# 幽冥宮殿的死者之王

槻影

【插畫】
メロントマリ

1

Kadokawa Fantastic Novels

illust.メロントマリ

# Contents

# Prologue

# 復活儀式

——然後，我的意識清醒了。

我緩緩睜開眼睛。

這是一間石室，可以看到牆邊排滿的書架，以及血紅線條畫成的魔法陣。

視野如墜五里霧中一般模糊。但是，從原先什麼都看不見、感覺不到，毫無意志或意識，完全虛無的狀態到此刻的變化宛如從夢中醒來，卻是比那更鮮明強烈的改變。

就好像從地獄底層被打撈上岸一樣——

或是被人強行從安息之地拖出一樣——

視覺、聽覺、嗅覺——全副五感感受到的排山倒海資訊量壓迫著我的思維。

某人對著腦子亂成一團的我，用嘶啞的嗓音說：

「甦醒了啊……看來……你是個有天賦的屍肉人（Flesh Man）。」

聽到這陣彷彿滲入腦中的聲音，我緩緩看向旁邊。

這時我才初次發現我躺在一個平台上。

嗓音發自一個身上長袍宛如以黑暗織成的老人。刻滿無數皺紋的淺黑容貌配上他那炯炯有神的幽深雙眼，不可思議地令人無法想像他活過了多久的年月，儘管體格削瘦，卻不會給人虛弱的印象。

老人白髮蒼蒼，瘦骨嶙峋，面戴奇妙面具，手上握著造型扭曲、極其可怖的魔杖。

我無法掌握狀況。面對只能拋出狐疑目光的我，老人接著說了。

簡直沒在期待我的回答一樣。

「我的名字是赫洛司・卡門。我乃挑戰神祕之人，既是魔術師也是你的主人(Lord)。屍肉人，『我命你跪下』。」

這句話一刺激到鼓膜的瞬間，一種奇妙感受竄遍全身。

身體違反我的意志做出動作。

我從平台上坐起來後，就好像小嬰兒初次學站立那樣動作緩慢地站起來。身體自動彎曲，膝蓋無關乎我個人的意志失去力氣。當回過神時，我已經面朝地板，對主人下跪了。

聞到霉味，又看到灰石地板，我才初次察覺到……

——這裡明明沒有燈光，世界看起來卻像白天一般明亮清晰。

太奇怪了。感覺到的不協調感形成開端，大腦一點一滴地整理資訊。我的腦部資源原本忙於處理外界資訊而無暇他顧，現在則耗費在整理內部記憶上。

忽然間，我的頭部遭到用力敲擊。雖然有受到震盪，但不會痛。

不，豈止如此——甚至連「平時」的心悸都沒有。吃止痛藥都不見效的那種宛如以細劍攪拌腦漿的頭痛，或是好像五臟六腑腐爛融化的疼痛都消失了。不但沒有彷彿永無止盡的痛苦，長久在疼痛中恍惚渙散的意識也敏銳得有如剛磨過的匕首。

說來奇怪，我在這個當下，久違地恢復了正常。

而我也在這個當下，初次——體會到常人的心情。

我正受到巨大衝擊而驚得呆住時，魔術師(主人)赫洛司的聲音灑落在我頭上：

「屍肉人，我的僕從，冥府復生者，由我為你這無名之人命名吧。」

——無名之人。

不對，我已經有名字了。

我有著出生時雙親替我取的名字，一個最近已少有人呼喚的名字。

但是，在我說出口之前的一刻，我打住了。

我有種直覺。直覺現在不該把它說出口。

也許這是我有生之年幾乎什麼都不能做，隨波逐流地活著所養成的壞習慣。

面對保持沉默的我，主人賜與了我名字。

「你的名字是恩德，終亡之人恩德(End)。是我的死靈魔術(Necromancy)賦予了你權宜的生命。」

權宜的生命，以及死靈魔術……即使是沒上過幾天學校，缺乏常識的我也知道。

知道這人是操縱死者，令人作嘔的黑暗魔術師——死靈魔術師。

這些詞彙順暢地進入大腦，然後，我明白了。一切都明白了。

只要從記憶與現在聽到的這些話推測，誰都能輕鬆理解眼下的狀況。

也就是我已經死了。而眼前的男人使用邪惡的魔導力量，使我再度甦醒。

「恩德，跟我來。」

主人簡短命令，走出像是研究室的房間，我默默跟上。

身體能動，手腳都能行動自如。我不知道有多少年沒能正常走路了——

不會疼痛的身體給我不可思議的感受。感覺很不真實，就像作夢一樣。

才剛走出房間，主人忽然停步，轉過頭來看我。

主人的眼睛是灰色的，但一雙眼瞳像內藏著某種熾熱火焰般發亮。

被這雙恐怖眼瞳定睛注視，我全身僵硬。

「嗯……似乎——聽得懂人話啊。不能以口頭下命令就什麼都甭談了。」

「……」

不能以口頭……下命令？

我不懂他在說什麼。不過我想起在我剛甦醒的時候，我的肉體是以主人的話語為優先採取行動，而不是我的思維。

那樣——很不妙，毫無反抗的餘地。即使我當時腦袋亂成一片也一瞬間就能理解，那是一種致命的感覺。

曾經聽說死靈魔術師能自在操縱活死人。也就是說對主人而言，我與人偶無異。

主人見我保持沉默，不知為何好像很滿意地點點頭，然後再次邁步。我也隨後跟上。

房間外的走廊，與我記憶中生前住過的宅第沒什麼差別。只是，可能是因為完全沒有燈光，有種莫名的壓迫感。

坦白講，我不明白現在是什麼狀況。他為什麼要讓我復活，這裡又是哪裡，他打算要我做什麼？總不可能只是想幫我從痛苦中解脫吧。

不過，只有一件事我很清楚。

我現在該做的既不是向主人提問，也不是逃走，而是掌握狀況。

所幸，我唯一在行的事情就是思考。生前我臥病在床一邊痛苦呻吟一邊抵抗死亡時，唯一能做的就只有思考。儘管我現在的狀況與那時相差無幾，但至少現在不覺得痛苦，應該比那時候好多了。

我就這樣跟著主人走了幾分鐘，步下石階，來到一間地下室。

主人打開金屬大門，走進室內。裡面是一個寬敞得不像地下室的房間。

這是個沒有燈光的房間。看到整齊排列的石台，我差點沒叫出聲，在最後一刻吞了回去。

躺在等間隔排列的石台上的——是屍體。

不過，跟我不同，他們凝然不動。

我這是頭一次看到屍體。但不知為何我只覺得驚訝，並不覺得恐怖。

「在接到我的命令之前，你就在這房間待命。」

主人從口中呼出一團白煙後，對我投以冰冷的眼神，簡短地下了命令。

門關上了，主人的腳步聲漸漸遠去。等足音完全消失後過了半晌，我才開始採取行動。

我第一件做的事，是確認身體的動作。

我大幅伸展手臂，單腳站立把腿晃動看看。

長年折磨我的痛苦消失得毫無痕跡。無論是揮動手臂、擺動腦袋、挺直背脊還是輕輕蹦跳，都舒服得令我不敢置信。簡直像作夢一樣。

我差點笑出來，但沒發出聲音，只是竊笑。這裡是地下室，我想就算稍微吵鬧一下，主人也不會回來，但畢竟我對狀況還一無所知，小心為上。

主人似乎將我留在一個像是停屍間的房間。不，與其說是停屍間——或許該說是死靈魔術師的材料庫吧。平台上放著大約五具人類屍體，如假包換。年齡從十五歲上下到三十幾歲都有，性別以男性為多。他們服裝整齊，乍看之下沒有嚴重損傷，但面容毫無生氣。

起初我進房間時嚇了一跳，但時間一久就習慣了。生前的我早已一隻腳踏進棺材，實際上（恐怕）也真的死了一次。我甚至不禁無聊地想，說不定這當中有幾具將來會變成我的同事呢。

停屍間構造簡約，只有一扇門，家具除了安放屍體的平台外，就只有設置於牆邊的大櫃子。周圍牆壁似乎是以石材砌成，輕輕敲打會得到堅硬的觸感。

我一邊心想「看來論居住性是我以前的房間為上」，一邊打算來翻櫃子。

我需要更多線索。

我謹慎地打開抽屜。抽屜沒上鎖。

看來魔術師赫洛司想都沒想過這個房間裡的死者會自己動起來。

「…………」

我得意洋洋地打開第一個抽屜，裡面是空的。第二個與第三個也都是空的；第四個裡面放了一些來路不明的獸牙般的物體，但無法幫助我解釋現況。第五個也是空的；第六個裡面有大約一打裝了液體的瓶子；第七個也是空的。我失望地打開最後一個抽屜，看到裡面的東西，不禁睜大雙眼。

「原來藏了這麼個好東西啊……」

我忍不住出聲說道，沙啞的聲音迴盪在死者安靜的房間。

這讓我想起我好久沒發出聲音了。而且即使發出聲音，也一樣不會痛。

不會痛真是太美好了。我懷著想哼歌的心情，拿出找到的東西。

放在最後一個抽屜裡的……是一面四方形的鏡子。

我用衣服擦掉表面髒汙，攬鏡自照。

鏡中的人影一如記憶中的自己——有著線條纖細的容貌、消瘦的臉頰與凹陷的眼窩。跟父母兄弟完全不像的掉色白髮活像個老人，但這是天生的。還記得醫生判斷我的生命力似乎極低。實際上我也真的死了，所以那個醫生搞不好是位名醫。只有髮型經過整理，與記憶中的一頭亂髮不一樣。

大概是在我死後幫我整理得好看一點了，真是感激不盡。

我看著鏡子沉浸在感傷中一會兒，但最後謹慎地把鏡子放回抽屜。

這下我知道我還是我了。很可惜沒能找到其他有用的東西，不過目前這樣就夠了。

我繞一圈把停屍間檢查一遍，最後走向這個房間唯一的門。

主人離開房間時並未上鎖。我有側耳細聽，所以敢肯定。

我躡手躡腳地悄悄走到門前。

我不知道這幢宅第的構造，也沒弄清楚狀況。但是，這個房間裡的線索太少了。

我——什麼都不知道。我想知道這幢宅第是什麼地方，也想對死靈魔術有更多了解。

還有我想知道——我究竟變成了什麼。

不同於生前，我現在有能夠自由行動的身體。死靈魔術師是邪惡的存在，我實在信不過他。

既然如此，能做什麼就該做。

我握住金屬門把，一邊注意不發出聲音一邊慢慢轉動。

與我的緊張正好相反，門把一下就轉開了。看樣子果然沒上鎖。

我把耳朵貼在門上，慢慢打開金屬門。沒有任何聲響，連自己的心跳聲或血流的聲響都聽不見，完全是一片寂靜。我鬆了口氣，但仍不忘輕輕推門以確認外面的狀況。

「…………？」

門沒上鎖，而且已經打開了幾毫米的一條縫。但不管我怎麼推就是打不開。
怎麼推不動……？有上鎖？不，不對。門沒上鎖，感覺也不像是做了什麼固定。
我用手掌推推看，用整個身體去推。我試著這麼做。
然後——我發現了。
那種衝擊性正如晴天霹靂。我雙腿一軟，當場癱坐在地。
門扉是用金屬做的，當然重量不會太輕。但不是重量，問題不在重量。
我重新伸手，輕輕放在門上。然後我打了個哆嗦後下定決心，使出渾身力氣去推門。
我以為——我有推門。
但其實我的手根本沒動。無論我多用力，都無法讓手往前推。
主人臨走之際對我說的話閃過腦海：
『在接到我的命令之前，你就在這房間待命。』
沒錯。恐怕不是「推不動」，是我「沒辦法推」。
我的肉體以主人的命令為優先，而非我的意志。
如同甦醒之初，聽從其命令下跪那樣。
某種冰冷的感覺竄過背脊，我無法正常思考。我顫抖著手拚命推門，但身體違背我的心情，說什麼也不肯動。
我以為我很明白，但終究只是「以為」罷了。

我瞪大雙眼，肩膀顫抖。胸中湧起的情感既非恐懼，也非驚愕。是憤怒。我真的好久沒產生這麼激動的情緒了。我這時才第一次知道，人在怒火中燒時表情會跟著僵硬。

我不會大吼大叫，不會失去理智，只是放在心裡罷了。

我以為我重獲自由了。得到沒有疼痛可以蹦跳自如的身體，讓我興奮過頭了。以為只要有這個能夠正常活動的肉體，我就無所不能了。

但是，錯了。我什麼都沒變。比以前好多了？大錯特錯。

生前我全身上下沒有一刻不痛，手腳都使不上力，只能專心思考以忘記疼痛。不，連專心思考都辦不到。

但是，最起碼——身體的控制權不曾落入別人手裡。

我可以聽主人的指示。主人就某種意味來說是我的救命恩人，就算他是個邪惡的魔術師，我也不吝提供協助。

但是，這件事不可原諒。

我不知道主人赫洛司為什麼要讓我復活，但是只有自己的生殺大權斷然不能交到他手上。這份情感熾熱得連我自己都驚訝。

看來我雖然早已做好心理準備——但其實並不想死。

而我，現在說什麼都不肯放棄幸運獲得的「第二次人生」。

沒錯，不管要用上何種手段。

我想大大做個深呼吸，這時才發現自己沒在呼吸。我把手貼在胸前，但感覺不到心臟跳動。

我真是太蠢了。到了這節骨眼，我才實際體會到自己已成了不被允許的存在。身體會動，不會痛。但我不是活人，只是能動罷了。

這時我才想到來到這裡的時候，主人吐出的氣息很白，擺放在這裡的屍體也沒有腐敗的跡象。沒錯，這裡一定——很冷。但我不覺得冷，我喪失了一部分感覺。

真要說起來，這個房間明明沒有窗戶與燈光，我卻能清楚看見室內的景象。

我——變了。說不定看到屍體不會害怕，也是這種改變造成的？

這種疑問一瞬間閃過腦海，但我立刻搖頭。

沒差。我有意識，能夠思考。我——人就在這裡。

我能夠體驗曾經那般渴望的下半輩子。

我曾經是個病人，而且為了折磨全身、病因不明的疼痛與徐徐衰弱的肉體所苦，唯一能做的只有等死，可以說是「半死不活」，只不過是現在變成「活死人」罷了。

既然如此——我想我應該接受。縱然變成了黑暗眷屬，比起毫無意義地結束一生，不算什麼大不了的事。

我站起來，瞪著打開一條窄縫的門，然後靜靜地關上。原本動也不動的門一下子就回到原位了。

我並不驚訝。果然是受到主人的命令影響。

超乎我意志的強制命令也許是喚醒死者之人的特權。

但是，其中應該有漏洞才對。絕對會有。

主人一開始說過：「不能以口頭下命令就什麼都甭談了。」換句話說，像我這樣被喚醒的死者「有可能不能下達口頭命令」。

無論如何——我都要活下去。我要知道更多情報，設法找出能逃離主人支配的方法。

我知道的不多。無論是關於死靈魔術或是這幢宅第，甚至是徹頭徹尾改變的自己。

現在該做的是收集情報。我要隱忍不發，磨厲以須。除了思考之外，我第二擅長的就是等待。只要想到今後能派上用場，生前那段只能苦撐的日子或許也有其意義在。

我重新提振精神，然後站到主人放我自由的位置，緊盯前方。

我就這樣停住身體動作，在腦中數數字。

我感覺不到睏意、疲倦或是飢餓。不用闔起眼瞼，眼睛也不會乾。我只是凝視眼前的空間，淡然地，不帶感情地數數字，假裝自己跟擺在周圍的死者一樣，只是具普通的屍體。

# 第一章

# 活死人

當我數到兩萬多一點的時候，主人再次來到房間。

身穿拖地漆黑長袍的主人確定我從他離開房間到現在都沒什麼變化後，把一件東西遞給我。

「拿著。」

他將一把刀刃足足有一公尺長的大柴刀遞給我。黑色寬刃表面黏著血汙，但不可思議地具有奇妙的光澤。

我乖乖接過。超乎想像的沉甸甸凶惡重量，使我不禁一個踉蹌。

主人見我用雙手重新拿好柴刀，鼻子哼一聲說了：

「我要試試你的能耐。跟我來。」

看來他沒有起疑。

我跟隨主人走出宅第。看到眼前鋪展開來的光景，我不動聲色，但驚得說不出話來。

我生前的人生幾乎都在病床上度過。那是一種怪病，頭痛、腹痛與不停竄遍全身的疼痛使我慢慢衰弱。查不出病因，沒有治療的方法，任何名醫或魔法師都無法治好我這不治之症。我從快滿十歲的時候就難以自己起床，後來直到死去的幾年之間，從自己房間窗戶看見的景色就是我的整個世界。

我不諳世事。我的知識大多來自在床上閱讀的書籍，而且大概有五年以上沒離開屋子了。即使如此，我仍然知道主人宅第的所在地點並不尋常。

主人的宅第周圍——有著一片蓊鬱詭異的黑森林。

現在似乎是晚上，天空陰暗，一大輪近乎渾圓的白銀月亮靜靜散發清輝。

金屬圍欄在宅第四周形成一個大圈，頂端排滿了長椿般的物體以防有人翻越。唯一存在的門看起來堅不可破，緊緊關著。

我僵在原地，主人在我面前駐足，稍稍舉起手來。

這似乎是個信號，我聽見靜悄悄的腳步聲接近過來。我不轉頭，只側眼確認。出現的東西讓我險些驚叫出聲，但勉強克制下來。

出現的是三頭有著漆黑毛皮的狼。牠們大概有我的一半大，說不定能勉強讓我騎在背上。

那些狼從左右兩邊靠近主人，接著發出低吼般的叫聲，停下腳步。

我用直覺就知道了，這些狼——是屍體。不，從主人的身分來想，這是從一開始就可想而知的事。這些狼身手敏捷，並且有著明顯的尖牙利爪，但仔細一看會發現牠們兩眼混濁。

既然是死靈魔術師，能讓人類以外的屍體活動並不奇怪。

看來……果然是逃不掉了。就算能逃出地下室也不可能逃離此地。

我如果魯莽地逃走，肯定會被捉住。我這幾年來別說跑步，連正常走路的機會都沒有。既然雙方同樣都是屍體，我跟這些狼玩捉迷藏就不可能取勝。

主人從懷裡掏出鑰匙開門，然後簡短下令：

「過來，恩德。讓我看看你有多大能力。」

看看……我有多大能力？我……哪有什麼能力。

他要我拿著的柴刀沉重無比。我要不是屍體，手臂早就抬不起來了。

他沒看出我無言的抗議。我沒有行動選擇權，既然主人出去了，我也只能跟上。

即使我擁有夜視能力，初次涉足的入夜的森林仍然令人毛骨悚然。無論是沙沙風聲，或是蟲鳴獸吼，都令人心驚膽寒。但主人毫不遲疑地在這沒有道路的路上邁步前進。

他那讓狼隨侍左右的前進模樣極具王者風範。不，實際上他就是個王。是讓邪惡不死生物隨侍左右的死者之王。而跟隨其後的我，不過是他的一個隨從罷了。

森林幾乎沒有經過人手整頓的痕跡。我一邊跌跌撞撞地走在崎嶇的路上，一邊拚命緊跟著主人。蒼鬱繁茂的枝葉與樹叢等等嚴重影響視野，一旦走散恐怕會遇難。

只有此時此刻，我感謝自己擁有不會疲勞的非人肉體。

可是，主人究竟要去哪裡？目的是什麼？

跟著主人走了十幾分鐘後，忽然間，在視野邊緣——樹叢後方有某種東西發亮了。隨侍主人左右的狼發出小聲低吼。主人興趣缺缺地低聲說：

「總算……出現了啊……」

樹叢窣窣地動了動，一團黑漆漆的東西現身。

出現的東西是一頭比主人帶領的狼大上一圈的野狼，很可能是同個種族。漆黑野狼淌著口水，眼露凶光地望著我與主人。

我全身僵硬。當然這是我第一次看到野狼。牠對主人而言或許不是什麼厲害的對手，但對我這個沒好好運動過的人卻不是如此。

黑狼沒有立刻撲上來，而是盯著我們緩緩做出準備繞圈的態勢。

然而主人面對這頭野獸連一點戒備都沒有，瞇起了眼睛。

「……數量真多……這個數量，可能不行。」

聽到這句話，我才終於察覺我們被包圍了。

前後左右，有好幾雙眼睛在看著我們。牠們有著與黑暗融為一體的漆黑毛皮，以及不留下腳步聲的輕巧身手。是狼群。我忘了，狼是會集體行動的生物。

假如我的身體還活著，我恐怕早已緊張得昏死過去了。但因為我早就死了，我沒把受到的衝擊寫在臉上，而是慢慢觀察四周。

發光的眼睛有十六顆——換言之，這裡有八頭狼。比主人帶領的狼多出一倍以上。

但是，主人只是一臉不快，臉色沒有半點畏懼。

狼群逐漸縮小圍成的圓圈。主人見狀，只是彈響右手手指。

魔術師赫洛司．卡門就這麼一個動作。三頭屍狼一躍而起。

我感覺自己像在作惡夢。守衛右側的狼用身體去衝撞離牠最近的狼；守衛左側的一頭狼咬住亂跳亂叫的野狼咽喉，將它扯斷。

悽慘的景象使我睜大雙眼。數量是對方為上，但主人的屍狼實力彌補了數量劣勢。兩者之間的差異大到就連沒打過架的我都看得一清二楚。

首先屍狼雖然體格較小，但體能顯而易見地出色。儘管對手的動作柔軟而迅速，主人操縱的狼卻宛若一陣黑風。

其次，牠們在攻擊行動上毫無半點猶疑。牠們一直線撲向眼前的狼，不顧己身安危撕咬敵人的模樣，甚至給人一種只是完成既定動作的印象。

最後一點，是牠們的動作從來不會變慢。即使遭到包圍，身體被利爪撕裂，腿部或喉嚨被啃咬，牠們連一點退縮都沒有。

結果一直要等到殺了狼群中的五頭，剩下三頭逃進森林深處，牠們才罷手。

三頭狼若無其事地回到主人身邊，鞏固防衛。但是從那副景象之中，感覺不出忠誠心之類的感情。

我只能愣在原地，對牠們的強悍與可怖大受震撼。

死靈魔術師。一般認為他們在這世上的多種魔術師當中是最邪惡的一種存在。

我不是很清楚，只知道操弄、褻瀆死者靈魂或屍塊的死靈魔術在全世界被視為禁術，術師在神話、童話故事或歌劇當中經常作為瘋狂反派登場。

我雖然早有這些知識，但親眼目睹其力量才終於明白這種力量受到世人厭棄的理由。

實在太過——褻瀆了。

我對那些狼毫無感情，但只要看到這種景象，誰都會斷定此人為「邪惡」。

而被這種人施法復活的我——恐怕也得說變成了邪惡存在。

我能戰勝他嗎……戰勝這個褻瀆死者、正面違逆世界的男人？

不，是非戰勝不可。不戰勝他，不久我也會落入跟這些可悲的屍狼同樣的下場。

主人檢查過手下們打倒的狼屍後低聲說：

「嗯……雖然夜狼（Night Wolf）數量不夠——這些就放著吧。走了。」

他剛才明明說過「總算」，難道說目的不是夜狼……

不過仔細想想，假如他的目的是夜狼，那就沒有必要帶我來了。他雖然要我拿著柴刀，但還沒對我下任何命令。主人甚至沒有命令我站在前面保護他，也沒有叫我劈砍樹叢開路，只是叫我跟來。

我們繼續在森林中前進。森林裡真的毫無人類蹤跡。我動腦思考。也許本來就沒有人會在夜裡進入森林，不過既然會出現那麼巨大的野狼，可見這森林應該不在城鎮附近。

此處時常有野獸出現，而且是明顯具有敵意，會襲擊人類的野獸。說不定牠們就是一般所說的魔獸。除了起初主人稱為夜狼的狼種，還有比我大上兩圈，手持棍棒般物體的猿猴、身纏藍色火焰的狐狸，以及青苔色的大野豬。假如我一個人碰上牠們，恐怕只能慘遭殺害。主人的三頭狼不費吹灰之力就驅散了這些種類豐富的魔物。

我只能呆愣地旁觀。慘了，這座森林比想像中更危險。這下就算我能躲過受操縱的狼與主人的目光翻越圍牆，也別想逃掉。

不過跟著主人走了一段路，我漸漸明白一些事情。我這具肉體不但不會疲勞，且毫無痛覺。體力彷彿沒有極限，也不需呼吸。然後，所有知覺似乎都比當人類的時候來得敏銳。只要集中注意力，要察知野獸的氣息不是難事。

森林雖然深邃，應該離人類村鎮不遠。無論主人是多麼優秀的魔術師，總不至於能用魔術變出大房子，況且也需要糧食什麼的。我合理地猜測應該會有少數人出入此地，一邊整理思維一邊拚命跟上以免被拋下。

這時，主人再次駐足。

伴隨著枝葉摩擦的聲響，一個巨大身影冷不防地衝出來。

出現的是一頭熊。

可能還是幼仔，身高只有大約我的一半，但發達的四肢與長爪已經夠凶惡了。

至今現身的野獸都是群體，這次似乎只有一頭。靠主人的狼輕易就能解決。

我正在做如此想時，主人突如其來地說了：

「一頭，是吧……恩德，你去對付牠。」

……啥？

一時之間，我無法理解他跟我說了什麼。

對付？叫我去？

拿這個狀況與我所知道的死靈魔術師知識做比較，其實早就該料到會有這個命令了。對死靈魔術師而言，不死者是武器，但我卻在無意識之中屏除了這個可能性。

我體弱多病，別說沒對付過野獸，連打架的經驗都沒有。

我也沒鍛鍊過體魄，根本不知該如何戰鬥。

我看看一手拎著的柴刀。行不通。對手雖然體格較小，但終究是熊。一個沒受過訓練又一無長處的人類，不可能贏天生體能過人的熊。

與我們對峙的熊眼中帶有殺意。即使看到主人的三頭狼滿身回濺的血汙，也沒有半點退縮的模樣。

我有柴刀，但熊有爪子。雖說我擁有不會疼痛的肉體，但要是被大卸八塊一樣不能動。真要說起來，柴刀能算是武器嗎？行不通，絕對行不通。

見我畏縮不前，也不把柴刀舉起來，主人滿臉狐疑地說：

「怎麼了？這是命令。『盡全力戰鬥，殺了牠』。」

命令的言詞搖撼了我的大腦。

我的雙腳蹬地了。直到野熊逼近我的眼前，我才認知到這一點。身體擅自動了起來，拋下我的恐懼、猶豫等所有感情。在這個瞬間，我只是個無能為力的觀眾。

持握柴刀的手高舉過頭，對著熊劈砍過去。熊看到我急速來襲，抬起前腳擋下這一刀。

刀刃深深砍進牠的左腳。斬斷肌肉，擊中骨頭的觸感透過刀刃傳達給我。熊發出咆哮，無視於傷勢用頭撞我。

衝擊力道竄遍全身，我從體內聽見某種物體噗滋綳斷的聲響。那是一種我至今從沒聽過的致命聲響。但我的手沒放掉柴刀，也不覺得痛。

我的頭動了起來。還來不及慘叫，我已經探身向前咬住了熊的耳朵。

強烈的野獸腥臭貫穿思維，從牙齒傳來的堅硬皮肉與獸毛的觸感使我一陣噁心。

我的牙齒碎裂，下顎傳來不祥的聲響。熊猛力搖頭把我甩開。被我咬下的耳朵碎片從嘴裡掉出來。

反胃感與臭味都瞬即從我腦中消失。

在這個瞬間——我的確是一個誰都不忍目睹的「怪物」。

左手立刻做出動作，朝著退後一步的野熊右眼刺去。還來不及感覺到指尖刺穿柔軟物體的觸感，熊的左前腳先重擊了我伸直的手臂。

喀嘰一聲，我聽見了骨頭折斷的聲音。折斷的骨頭從左臂刺出，全力捅去的指尖也折斷了。但我依然不覺得痛，貫穿眼球的手指遵守主人的命令開始往前鑽。

野熊力大無比，比我這種小角色強悍太多了。本來脆弱如我，就算長出三頭六臂也不可能贏牠。

然而，主人的命令比我的意志更強烈。

即使是能冷血襲擊人類的魔獸也有痛覺。但是，我沒有。我的右手強行拔出一半陷進皮肉的柴刀。鮮血四濺，野熊慘叫般大聲咆哮。

可能是背脊斷了，視野在搖晃。但是，我的手臂完全不把這當一回事，逕自把柴刀高舉過頭，然後按照主人的命令全力劈向牠的粗壯脖子。

野熊終於發出痛苦的哀叫，倒臥在地。我只是一個勁地卯足全力高舉柴刀劈砍牠。

不懂得控制力道的劈砍刀刃切開熊厚實的毛皮，剁碎了肌肉。儘管血花四濺，我的手依然沒有停止。

身體在擅自行動。我能夠以局外人的角度認知自己的這種狀況。

飛濺的血黏到臉上與眼睛。但是，不會痛。不，真要說的話——假如我有痛覺，我的身體現在應該正劇痛難忍才對。

我的手臂很細，我沒拿過多重的東西，也沒揮過劍。憑我這種瘦巴巴的手臂，能夠砍開野生動物的厚皮膚與肌肉嗎？我這沒吃過幾餐正常食物的下顎，雖說只有一部分，但能咬下魔獸的肉嗎？

照常理來想，不可能。我如果與熊搏鬥，十次裡有十次會是我輸。這種事用膝蓋想也知道。就算能夠幸運地給牠一擊，也絕不可能光憑這樣就殺死野熊。

但是現在，我眼前是一片正好相反的景象。野熊還在一顫一顫地痙攣，但我揮砍的柴刀深深砍傷了牠的肌肉，傷口見骨，很明顯是致命傷。

我為什麼能打倒這頭強壯的野獸？我從每次掄起柴刀劈砍時手臂傳來的可怕衝擊與聲響猜出了主因。

「夠了，牠死了。住手。」

接到主人的命令，故障般不停揮動的手臂停了下來。我呼吸沒有紊亂，既不疲勞也不難受。不死者沒有那些問題。

我低頭看看右臂。我的右臂瘀血到令我擔心隨時有可能腐爛脫落。

除非是我看漏，否則右臂並未受過攻擊。這個傷害，恐怕是我用柴刀全力劈砍野熊造成的「反作用力」。假如我有痛覺，早就無法繼續攻擊下去了，至少會使不上力。這就是那種類型的傷勢。

不，不只如此。接近時腹部受到的鐵頭功以及被粗壯前腳揮開的左臂，都具有如果我還活著，恐怕一擊就能剝奪我戰鬥力量的威力。

折斷的骨頭從左臂突出；深深插入翻攪腦漿的手指折斷，彎向誇張的方向。

能夠不理會傷勢、痛楚或疲勞全力攻擊，恐怕就是不死者的強項了。

但是，這並不代表我不會受傷。主人那幾頭狼一路上受到的傷也都尚未痊癒。

我這具曾經那般受到疼痛折磨的肉體，如今變得感覺不到任何痛楚。這項事實對我而言，比明白自己轉生為不死者時帶來的衝擊更大。

還有……這個傷勢，會痊癒嗎？我現在的肉體無庸置疑沒有生命。不知道不死者的特性是如何……

主人略瞥一眼熊屍做確認，接著從頭到腳觀察我的身體，蹙起眉頭。

「就這點程度啊……不，病死的屍體能做到這樣，也許算是表現很好了。就算現在派不上用場，以後再慢慢鍛鍊就是了。也許現在還不該急著下定論……」

強迫我戰鬥還講這種話，真是過分。

主人嘆氣之後，將魔杖抵在我瘀血的肉體上。

他小聲吟唱了兩三句咒文。跟我在病榻上多次讓白魔術師施展的回復魔法是不同的咒文。

「自深淵降臨吧，時光停滯之人。請賜與活死人負向力量。『逆向轉換（Reverse Force）』。」

魔杖前端亮起紫光，令人毛骨悚然的快感竄過傷口。

右臂的瘀血在瞬間消退，骨折的右臂喀嘰一聲歸回原位。體內的骨骼在蠢動，恢復成該有的模樣。下顎得到修復，碎裂的牙齒回復原狀。

我曾聽說回復魔法是一種難度很高的魔法，說是如果想用魔法完全治好骨折，需要花上龐大的金額。我不知道不死者用的回復魔法難度是否一樣高，但可以確定主人是個本領高超的魔法師。使用魔法應該會帶來強烈的疲勞，但主人的呼吸沒有半點紊亂。看他住在這種森林的深處就能猜到幾分，看來果然不是泛泛之輩。

主人看過我的傷處，確定已經澈底痊癒後，一副不感興趣的表情說了：

「找下一個吧。恩德，跟我來。」

結果我在這天，被迫跟總共五頭的恐怖魔獸交手。

戰鬥後，主人粗魯地用水沖掉我身上的髒汙，然後再次把我帶到地下室。

看來我基本上會被擺在地下室。

我大概就像是劍士的劍。這沒什麼不好。

主人離去後，在靜悄悄的地下室裡，多得是思考的時間。

這下我澈底弄清楚自己的狀況了。身體能動，不會累也不會痛，而且有夜視能力。不怕冷。關於體能方面，所有能力都比生前優秀，但沒有痛覺可能導致我忽略肉體的損傷，只有這點需要注意。

還有，我發現主人是法力高強的魔術師，除了我以外還有好幾個強悍的手下。

夜狼就是其中之一，我在回地下室時還看到了會走路的人類骷髏。

那大概就是故事中死靈魔術師經常役使的「骷髏人（Skeleton）」吧。雖然我只看到這一種，不過故事中的死靈魔術師總是會操縱大量不死者，我理所當然地猜測主人應該還有操縱其他亡者。當然，我也得考慮到主人本身的戰鬥能力。

然而，我猜不透最重要的問題——主人的目的。

他為什麼要讓我這個只擁有病弱肉體的人復活？如果是要選護衛，應該有更多選擇。

而最令我在意的是——主人料想的狀況與我現況上的「差異」。

等主人的氣息消失後過了半晌，我再次展開行動。我輕手輕腳地走到門前，謹慎地握住門把。門扉發出嘎吱聲把我嚇了一跳，但主人似乎沒有要回來的樣子。

我悄悄施加力道。當初怎麼推都推不開的門，安靜且輕易地打開了。

我睜大雙眼，用右手抓住門口邊緣。然後，我慢慢讓右腳往外踏出一步。

腳底碰到了地板——房間的外面。

——果然不出我所料。

出得去。當初被指示待命時明明怎樣都出不去，現在卻溜得掉。

現在跟當初的狀況差在哪裡？

主人這次把我留在這裡，沒有「下命令」。這次不像當初，少了「不許離開房間」的命令。所以此時的我不會受制於命令，能夠自由地踏出房間。

理應早已停止跳動的心臟彷彿撲通跳了一下。

這正是——差別所在。就是主人料想的狀況與我現況之間的差異。

主人完全沒料到我有可能逃走。他不太可能是忘了下命令，操縱死者的魔術師不可能那麼粗心。

恐怕當初的命令才是突發狀況。

沒有什麼特別用意，可能就只是脫口而出的一句話。

然後，他為什麼沒料到我會逃走？

假如我的心臟還沒停止，現在想必因為緊張而狂跳不止。

我不禁感謝起過去的自己。

真是幸運。當初甦醒的時候沒對主人說話，真是太幸運了。

回想起來，至今主人所說的話都帶有自言自語般的口氣。就連對我下命令時——都不像在問我的意願。

我把腳縮回，悄悄關上門後，回到方才站的位置。以目前的狀況，在宅第裡到處走動太粗心大意了，至少得先摸清主人一整天的行動模式才行。

假如我猜得沒錯——主人還不知道我擁有自我意識。

雖然還只是猜測，但他確認過我聽得懂人話，而且我一句話都沒跟他說，他也不覺得奇怪，所以我想應該八九不離十。

更何況如果他知道我有自我意識，當初應該會有一個必須下達的重要命令。

這件事不能被主人發現。

我讓雙臂無力地下垂，維持雕像般的姿勢。無論要做什麼，應該都能找到機會。

不管要不要與主人為敵，手上的牌是越多越好。

§ § §

於是，我的新生活開始了。

我的職責是輔佐主人赫洛司，主要的工作是主人前往野外之際的護衛兼狩獵。

主人用我狩獵魔獸，再用這些魔獸的屍骸生產新的不死者。

習慣成自然，起初我只能笨手笨腳地戰鬥，但練個幾次之後就能有效率地打倒魔獸了。

我也不需要再用什麼咬人的野蠻方法。我的肉體沒有痛覺，不會疲勞，而且主人的後援做得無懈可擊。就算是個大外行，人家都幫忙準備這麼多了，絕對不會輸。

而我在這些戰鬥當中得知，主人不只擅長役使不死者與使用回復魔法，攻擊魔法的本領也是一流。

當我不慎讓魔獸跑到後方時，主人隨手就把牠解決掉了。而且只花了一瞬間的工夫，不留痕跡。而主人對於我沒能擋下魔獸這件事，也沒表現出半點反應。

我在那一刻重新體會到了魔法的可怕。主人根本沒把這座森林裡的魔獸們放在眼裡。

主人明顯比我強悍。冷靜想想，他當然不可能把自己對付不來的魔獸棲息的森林選為定居處，我卻在無意識當中認定這個年老魔術師不擅長戰鬥。

不過，照這樣看來……想利用魔獸除掉主人是不可能了。

真要說起來，現階段我如果打倒主人，不知道自己會變成怎樣。在童話故事當中，失去主子的不死者不會消失，會永遠在人世間徘徊，但真相不明。

經過一星期之後，如果只有一頭「夜狼」，我已經幾乎能毫髮無傷地打倒。

我自認揮動柴刀的方式也漸漸有模有樣多了。給予對手致命傷的訣竅在於必須扭轉全身，將柴刀一揮到底。可能是因為知道自己不會輕易喪命，我運用身體的方式慢慢大膽起來。現在的我搞不好連翻筋斗都會，只是沒受到命令所以不做罷了。

我佇立於天靈蓋被劈開而腦漿四濺的夜狼面前，主人表情狐疑地喃喃自語：

「嗯……我本來還有點憂心……看來這次的屍體品質相當不錯……」

「……」

我不會回答他說的話。但是，的確我也覺得有點奇怪。

全力將柴刀一揮到底的手臂不再像初戰時那樣瘀血了。初次戰鬥時我或許是因為恐懼、混亂與命令的力量而太過用力，造成反作用力也比較大，但就算考慮到這點——有可能才一星期就能夠毫髮無傷地打倒夜狼嗎？

我的肉體很瘦弱。死前的幾年我都是臥床不起，肌肉不用說，骨骼、皮膚與內臟應該也都萎縮衰弱了。就算有主人的法力讓我得以發揮超越極限的力量，基礎弱應該還是會讓能力受限。況且我也不認為自己有戰士的才能。

現在的我肉體已死。既然已死，肉體上應該不會再有成長。我雖然應該還在發育期，但既然沒有吃東西，萎縮的肌肉也不可能變回原樣。

然而——我卻在確實地變強。不只是經驗，肉體也是。若不是如此，才經過一星期的實戰就能活像老練戰士般擊殺魔獸，實在太不自然。

主人沉默地看著我半晌後，喃喃自語道：

「……難道是變異為『屍鬼』的時候近了？這麼快……太快了，不過，這不是件壞事……」

「屍鬼」……我有聽過。記得那是一種嗜食人類屍體的不死者。

不過，其他部分我就不知道了。我的情報來源只有主人的自言自語。

看來……差不多該行動了。

我定睛往下看著主人刻滿皺紋的額頭，同時做好覺悟。

雖然危險，但我不認為繼續按兵不動能讓狀況有所好轉。更何況如果他說的「變異」真的即將來臨，我必須在變化發生前知道相關細節。

我要在宅第中進行探索。

主人是魔術師，也是研究者。主人使我復活的房間——研究室裡，除了有著無數用途不明的器具，還有好幾本書。闖進那個房間實在太過危險，不過除了那裡之外，應該還有其他地方藏有能解釋我目前狀況的物品。

我已經習慣數數字了。如果可以貪心一點，我想要時鐘。

不過，雖不知道正確的時刻，但我已經摸清主人赫洛司的日常生活模式。

不，正確來說，是我知道主人赫洛司什麼時間會來這個房間了。

主人赫洛司總是在深夜時分造訪停屍間。到目前為止，沒有例外。

如果我數得沒錯，他每天固定會在深夜時分造訪一次停屍間，帶我去入夜的森林狩獵。之後，狩獵所費的時間雖不一定，卻總會在天亮前回宅第，把我收進停屍間。起初他還會仔細地把我帶回停屍間放好，但漸漸地可能是嫌麻煩了，現在都命令我自己回去。

除了狩獵的時間，他不會過來。

我對不死者所知有限，但在我的少數知識中，有一項是怕陽光。主人只在夜間進行狩獵，恐怕是這個原因。

我不知道主人白天都在做什麼。不過，他雖是個本領高超的魔術師，同時也是個活人，不像我不需睡眠。他在沒有使喚我的時候，很可能會做那些我不再需要的睡眠、進食與排泄等行為。

就我的觀察，這幢大宅裡的生人包括主人在內只有兩個。兩者我都需要提高戒備，其中特別需要提防的是主人。一旦被他發現，我的計畫將會全面崩盤。

不過，他對我沒有戒心，所以只要我小心行動，必定能瞞過他的眼睛。

我輕手輕腳不發出聲音，謹慎地離開停屍間，凝目往階梯上看。

宅第除了部分房間之外，幾乎沒有能稱為燈光的設備。少數幾扇窗戶也全被木板堵住，外界光線幾乎照不進來，但不影響我的視野。

宅第裡有很多死角，只要謹慎前進，應該不用擔心被發現。

我如此勸說自己，握緊拳頭，集中精神。

我變成這種身體之後才知道生前的肉體伴隨著多少雜音。心跳聲、呼吸聲……已死的身體不會產生這些聲響，但說來不可思議，感覺卻比生前敏銳多了。

只要細心注意，想必連對方的呼吸聲都聽得見。

於是，我按照舊習慣大大做個深呼吸下定決心後，往真正的自由踏出一步。

我謹慎地走在被黑暗籠罩的宅第裡。

目的地是書齋或圖書室，總之就是我目前這種狀態的相關文獻收藏的地方。

所幸我識字，臥病在床之後的唯一樂趣就是閱讀。

雖然我只認得我居住國家的官方語言萊提斯語，不過萊提斯語是各地廣泛使用的語言，主人講的也是這種語言，所以應該沒問題。

總之什麼都好，我想要知識。

我決定先遠離主人平常埋首工作的研究室型房間，從其他地方確認起。

這幢宅第不同於我生前居住的宅第，裝潢力求簡約。沒鋪地毯，也沒有插花裝飾。只不過是這樣，就給人某種缺乏生命氣息的印象。

由於沒有東西能吸收聲音，一不小心搞不好會發出腳步聲。

不過一點點聲響應該不成問題。因為……可以混雜於其他腳步聲中。

閉上眼睛就會聽見堅硬有規律的腳步聲回音傳來，而且不只一人。

這幢宅第的居民只有主人跟另一個人，是個佣人，但生人以外則不在此限。

這幢宅第裡設下了無數的警衛，而且是死者衛兵。

這裡換個說法，就像是主人赫洛司的城堡。是死者之王居住的幽冥城堡。

死者衛兵的腳步聲有規律性，而且不會試著壓低音量，因此遠遠就能清楚聽見。腳步聲來自前後兩方，逃不掉。我在走廊旁邊蹲下，屏氣凝神地隱藏蹤跡。

我並不焦急，只是做好隨時可以飛奔而出的準備，等著那一刻到來。

一如我所料，在黑暗中染成淡墨色的人類骷髏自幽暗空間驀然現身。不同於普通骷髏的是，那具人類骷髏身穿重點保護要害的輕鎧，佩帶著劍。而且明明沒有大腦與心臟，卻能走動。

盔甲與骨頭互相摩擦，發出微小的「喀達喀達」聲。兩具這樣的骷髏就好像要堵住通道般並肩走在走廊上。沒血沒肉沒心臟卻能活動的模樣極度不自然而令人厭惡，如果我在活著的時候忽然碰上他們，搞不好會嚇到心臟病發作。

那是在童話故事中被稱為「骷髏人」的不死者。由於他們以劍、盾與鎧甲做了武裝，就讓我稱他們為「骷髏騎士（Skeleton Knight）」吧。

這一個多星期以來，我跟隨主人去狩獵的途中，有好幾次遇到骷髏騎士。主人曾讓我跟他對打一次，我發現骷髏騎士不同於只有骨頭的外表，身手敏捷，身懷熟練的劍技，我只有力氣與重量比他強，憑我目前的實力完全不是對手。

即使沒有痛覺，肉體受到損傷仍不免會拖慢動作。他們的實力似乎有著個體差距，如果只有一人，我或許有辦法解決，但一次兩人的話我就只能等著被分屍了。就算萬一發生奇蹟讓我同時打倒兩人，也不是這樣就沒事了。

整條走廊上隨時有大量骷髏騎士徘徊，想躲過他們的目光行動幾乎不可能。他們跟我一樣不會累也不用睡覺，也就是說邪惡魔術師的宅第對外敵的戒備一樣做得滴水不漏。

不過只要我想得沒錯，就不用擔心。

反正無論如何，這事注定遲早都得做個確認。

骷髏騎士停下腳步，只把頭迅速轉過來，低頭看我。

我縮起身體停住不動。一秒鐘感覺有十秒或一百秒那麼久。

骷髏騎士用空蕩蕩的眼窩盯著我這邊看，但很快就像是失去興趣般把臉別開——再次開始走動。

我習慣性地呼一口氣，放鬆僵硬的身體。

我早就猜到他們不會襲擊我了。

骷髏騎士並不是沒看到我。

實情更單純，他們——是受到命令不准襲擊我這個身為不死者的自己人。

我初次遇見骷髏騎士時，看到骷髏騎士不由分說地拔劍就要襲擊我，主人下了命令。從此以後，他們就愚忠地遵守著這道命令。

我不知道骷髏騎士是否像我一樣有智力，但從一舉一動看來，他們似乎沒有個人意志。況且明明主人在場，他們卻照樣襲擊我，可見他們應該就像是忠實聽從主人命令的人偶。

在這幢主人的宅第裡，說來諷刺，我擁有的一個強項就是我是他的不死者。因此，我不會遭到主人的手下攻擊。我必須提防的只有確實擁有智力之人——主人本人以及另一個生人，而且只有被主人本人發現才算是致命失敗。

假如我被主人知道擅自四處走動，他必定會發現自己的命令不夠充分。屆時主人可能會殺了我，至少一定會追加命令讓我不能擅自走動。為了今後著想，只有這點必須避免。

已經跨越一個障礙了。我慢慢站起來，再度確認附近有沒有主人的氣息。

然後，我姑且伸手打開離我最近的一扇門。

我謹慎地打開一扇扇的門，逐一確認房間內部。

所幸這幢宅第基本上都不鎖門。我只知道主人的研究室，主人於外出狩獵之際會鎖門，其他房間他可能是懶得去管。

說到這個，地下室的門也沒鎖過。

這可能是因為主人無庸置疑是這幢宅第的絕對支配者。

在這幢宅第裡，沒人會忤逆赫洛司·卡門。定居於此之人無分生死，全是主人的奴僕。觸犯禁忌的死靈魔術師總是樹敵無數，不過入侵的敵人有骷髏騎士負責應付。

我不清楚正確的數量，不過在宅第內巡邏的骷髏騎士少說有幾十個。這些以兩人一組巡邏的骷髏騎士甚至讓我覺得戒備有點過度森嚴。

我沒有開鎖相關的技術。幸好沒上鎖，否則我就得想辦法了。

每個房間幾乎都像是長久無人使用，雖然有家具但沒有生活感，我試著打開櫃子抽屜，裡面是空的。而且好像也沒人打掃，我用手指滑過邊緣，指尖沾上了薄薄一層灰塵。看來那個佣人並沒有打掃房間。不過也是，光靠一個人要維護這幢大宅想必有困難。也許她只會打掃有在使用的房間。

不死者不會用到房間。這幢宅第只讓兩個人住實在太大了。光是從外頭略為確認一下，就會發現這幢宅第還真不小。

我一邊壓抑一無所獲的焦躁心情，一邊繼續在宅第中探險。

這裡已經離主人的研究室很遠了。

……假若有書庫或書齋之類的空間，會不會比較有可能設置在主人的研究室附近？

我無意間想到這點，停下腳步。

仔細想想，假如我是主人，當然會在自己的房間附近設置書庫以求方便。

但我如果在研究室附近走動，有可能被主人抓到。主人的研究室沒有床。無論是再邪惡的魔術師，就寢之際總不可能睡在地板上，所以應該會去別的房間。

我猶豫了一下是否該折返，但只要不小心碰上就完了。失誤等同於死亡或失去自由。

要冒這個險……等最後再說吧。

這時，我無意間看到通道另一頭有一團微光。啪噠啪噠的腳步聲迴盪而來。

在這宅第內需要燈光的人很少。

是露。就是這幢宅第裡的另一個生人。

露是主人的女佣，也是奴隸。她脖子上套著作為奴隸證明的魔法項圈。露負責照料主人起居並擔任實驗助手，總是挨罵，有時我還看到她挨揍。

不用急。我悄悄打開門，迅速躲進附近的房間。

腳步聲四處徬徨般靠近過來，越來越大聲，隨即遠去。她不是我的朋友，但也不是主人的忠實奴僕。項圈會以違反命令為觸發因子給予奴隸痛楚，但無法改變奴隸的自由意志。而且，就算露看到我在走廊上走動，也不太可能向主人報告。因為她那樣做沒有好處，況且她無從判斷我的行動是不是基於主人的命令。

她不是我需要過度恐懼的對象，也不是魔術師，幾乎可說無害。

現在應該是白天，她說不定是在忙著打掃。我把這事記進腦子裡。等氣息遠去之後，我重新開始探索。

然後，走了幾分鐘，我在走廊前方輕鬆就找到了擺滿書櫃的房間。

這是個有著氣派大門的房間，比至今看過的其他房間大上兩圈的室內擺滿巨大書櫃，滿是陳舊的紙張氣味。房間裡安靜無人，書櫃上塞滿了厚厚的磚頭書，但還是不夠放，到處都是堆積如

山的書本。

我用指尖滑過書櫃邊緣，發現跟之前看過的其他房間不同，沒有積灰塵，大概是露會定期來打掃吧。不能待太久。

我生前就很喜歡看書。雖然臨死的那段日子沒多餘力氣看書，但長年以來書本都是我唯一的朋友。

我有些興奮雀躍地掃視書櫃上的書背。然後，我忍不住蹙起眉頭。

擺在櫃子裡的書出乎我所料，幾乎都不是以我知道的萊提斯語所寫成。

難道是所謂的魔法書嗎？或者是只有死靈魔術師能懂的暗號之類？我連它們是用什麼語言寫成的都不知道。

我變得有點沒勁，但隨即重新打起精神。

反正我本來就沒時間把這裡的書全看完，說不定選擇少一點還比較好。

我掃視書背確認。不久，我看到了一本以萊提斯語寫成的書籍。

這是本舊書，書名是《可憎不死者之歷史與危險性》。

我費勁地從只差沒塞爆的書櫃上抽出這本書，試著翻閱看看。

首先撲進我眼裡的，是以下這行文字：

『不死者乃是一種詛咒。受到死靈魔術師侵犯的靈魂將永遠淪為苦楚的俘囚，唯有神聖偉業帶來的終焉方可令其解脫。』

意想不到的這段文字，使我不禁歪脣笑了起來。

感覺好像聽到了黑色笑話。

難道不是嗎？如果不死者是種詛咒，如果此時此刻，我的靈魂成了苦楚的俘囚，那麼生前那個比現在更痛苦的我究竟算什麼？

那種病痛，那種全身隨時為劇痛與悲辛所苦的感受，只有嘗過的人才懂。

那段痛得無法入睡的日子，一天比一天少的探病次數，負責治療的白魔術師的死心表情，以及明知死亡即將來臨卻束手無策的無力感……

得天獨厚之人哪能懂命小福薄之人的苦難？

我只是無法忍受自由意志遭人剝奪，並非對變成不死者感到絕望。假如生前的我知道變成不死者可以從痛苦中獲得解脫，我做起決定絕對毫不猶豫。

當然，我對主人——赫洛司．卡門也沒有恨意。縱然那是一種褻瀆行為也一樣。

這本書沒有參考價值。

我闔上書本，硬是把它塞進書本之間的縫隙後，決定找些更有參考價值的書。

我帶回了幾本書，順利回到自己的房間。回程沒有碰到露。

我盡量安靜地關上門，然後留下一本書，其他書藏進櫃子最底下的抽屜。

就我所知，沒人會打開這個房間的櫃子抽屜，所以呢，應該是不用擔心被發現。看完之後再去拿下一堆書就好。

圖書室看來似乎不常有人使用。越往房間裡走，書櫃的灰塵就越厚，也沒看到把書抽出來的痕跡。我覺得那裡比較像是用來收藏看完的書。

我選擇了放在最深處的書櫃，而且是擺在後邊的老舊不死者圖鑑。

首先我得了解自己的狀況。

我的不死者相關知識只來自童話故事與主人的自言自語，這個問題必須盡早改善。

雖然沒有燈光，但夠讓我閱讀文字了。我想起在病榻閱讀童話故事的那段歲月，感慨萬千地慢慢翻頁。

我需要力量，而且不只蠻力，知識也是力量。

夜晚的學習時間開始了。

§ § §

我用早已使慣了的柴刀砍死甩動著不合身高的長臂從樹木上跳過來襲擊的小猴子魔獸。

鮮血芳香飛散在半空中，然後森林歸於寂靜。

從高大樹上觀察我們的猴群可能是領悟到對手不好惹，發出奇妙的叫聲，以驚人的敏捷身手消失在森林深處。

行動自如的身體，以及透過柴刀傳來的生命消失的手感，化為強烈的滿足感充實了我。

剛復活的時候我以為是生前行動不便，相比之下帶來的反差，但如今我知道這不是心理作用。活死人會殺害生物，累積「死亡」。

威風八面地雙臂抱胸站在後面的主人確認了一下猴屍，隨即轉向我。

「恩德，你……是不是變強了？」

「……」

我沉默地佇立，因為他沒有命令我回答。

復活之後過了幾個月，我已經完全習慣行動自如的身體，而且多虧有每天持續狩獵森林裡的魔物，我已能在某種程度上預測魔物的動作。

起初我還用力過猛，讓自己的肉體被反作用力弄壞，現在則能夠「控制力道」狩獵野獸，主人幫我回復的次數也減少了。我有極力留意，不讓自己從剛開始的戰鬥到現在的變化引起主人疑心，但戰鬥確實變得輕鬆，如果什麼都沒改變也不知道主人會做出什麼事來，很難拿捏。

運動很快樂。跑步、跳躍、學習都很快樂。

最快樂的是——活著這件事。

我還沒完全獲得自由，而且身處於大意不得的狀況，但這幾個月來我已經習慣了不死者的立場，有多餘心力可以享受這個狀況。

「嗯……仍是屍肉人……是嗎？已經收集相當多的死亡，照理來講也該化為屍鬼了……」

主人來到我眼前，用他那骨節突出的手指在我的手臂與身上輕輕敲擊做確認。我面無表情地承受被觸碰的感覺。

得到教材以來已過了一段時日。比起生前，我對不死者有了更多的知識。

雖然主人的藏書有很多我看不懂，但不妨礙我獲得基礎知識。

如今我已經能大致聽懂主人說話的意思了。

儘管不死者不同於生物，不會隨著時間經過而成長，但似乎能藉由收集生物死亡時產生的負能量（書中直接形容為「死亡之力」）強化自我，產生變異。大概就是說已死之人也並非活在停滯的時光中吧。

書中稱這種現象為「位階變異」。

根據書中記載，除了部分不死者之外，多數不死者都是死靈魔術師下咒的結果。

遭到死靈魔術詛咒的屍體變質而開始活動，就是現在的我了。

而這種詛咒當中結合了進化系統。

在死靈魔術師的邪惡詛咒下復甦的屍肉人會聽從主子的命令，收集負能量取得新的自我，變成更強大的不死者。屍肉人就是它的一個起跑線。

平日埋首於研究，就連用餐都不離開房間的主人之所以每晚必定帶我去狩獵，想必正是為了累積死亡之力，好讓我變成更強大的不死者。

我這個位子似乎有個前任。前任同樣在主人的手中累積死亡，從屍肉人變異為屍鬼後，接受主人的命令獨自去狩獵，結果被森林裡的魔獸生吞活剝而死。所以，主人總是緊跟著我。

主人抬頭用發出陰沉光彩，幽暗程度更甚不死者的眼瞳看我後，歪著頭說：

「自我的萌芽慢了嗎……也罷，目前還不成問題。」

沒錯，不成問題。還沒穿幫。

我應該還能維持現狀，再蒙騙一陣子。

主人雖是法力高強的魔術師，但不曾看穿我的演技。

本來屍肉人應該是沒有自我的，書本當中也沒有任何關於生前記憶的記載。雖不知道為何現在的我能像這樣擁有自我與記憶，但因為如此，他這個不死者專家從未懷疑過我的行動。

與主人進行狩獵對我有極大好處，可以安全地提升我的力量。

主人一旦發現我已經有了自我，必然會改變命令。至少應該會命令我不准傷害他。

我需要的是時機。

我現在能動，是多虧主人的詛咒。但是，我已經知道了。

知道不死詛咒一旦施放之後——即使術士死亡也不會解除。

「恩德，把那具猴屍帶上。」

一如平常的命令。我抓起還在汩汩淌血的屍骸手臂，跟在主人後面。

可以聞到強烈的鮮血與野獸的腥味，以及屍體的芳香。烏黑血液從深深刺穿撕裂的傷口中濃稠地湧出流下。

體內彷彿有某種火熱的感覺蠢動了一下。

最近肚子很餓。

食慾。許久不曾產生的這份欲求如烈火焚身，令我心焦難耐。

我一如平常地聽從命令，被擺回停屍間後，開始採取行動。

自從我獲得這份欲求以來，已經過了一個多月。

而就在那時，我知道自身的存在有了變化。

食慾、睡慾與性慾。

人類具備的這些欲求雖與屍肉人無關，但變成更高階的不死者之後就不同了。

由於當時我已經獲得某種程度的不死者知識，我立刻就知道這份欲求來自「位階變異」。

儘管外表幾乎不變，但藉由剝奪無數生命，我的存在有了變化。

從「屍肉人」變成人稱「屍鬼」的存在。

產生的食慾，證明我本身已經變成了更高層次的物種。

屍鬼不同於屍肉人，擁有某種程度的自我，並具備人類幼兒程度的智力。雖然肉體也在大量累積的負能量下受到強化，但可以說智力才是屍肉人與屍鬼的最大差異。

對於原本就具備自我與記憶的我來說，好處頂多只有肉體稍稍得到強化以及獲得幾項特殊能力，與食慾這個壞處相比不見得划算，但我樂於接受這種變化。

食慾，多麼符合人性的感情啊。

屍肉人雖然方便，但對我而言，這份欲求值得我捨棄便利性去獲得。

在瀕臨死亡之際，我幾乎無法正常進食，也不覺得餓，沒有多餘心力去感覺餓。食慾是我曾經失去的一樣東西。

屍鬼的飼料是肉，一如其名就是死屍。

停屍間就這層意義來說，看在我眼裡就像糧食庫。臭氣熏天的屍臭對變成怪物的我，也只像是芳香。但是，我不能在這裡進食。

如同初次擊殺魔獸時那樣，我對於吃屍體沒有排斥感。不，從人類情感來說我是很想避免，但為了求生存，我不會遲疑。然而這些屍體是研究材料，如果數量少了，即使是現階段對我沒太大戒心的主人也不免會起疑心。

主人不知道我變成了屍鬼，但知道今後會變異。而誰都知道屍鬼擁有智力與自我。飢餓感難以忍受到彷彿要燒焦大腦，一不小心就會想啃身邊的屍體。

在名為食慾的本能凌駕於理性之前，我得設法滿足這份欲望。

我一邊壓抑伴隨著空腹高漲的情感，一邊脫掉破爛衣服變成裸體，然後躡手躡腳地離開停屍間。我鑽過巡邏警衛骷髏騎士之間，從入口敞廳走到屋外。

打開門的瞬間，溼黏微溫的風撫過我的臉頰。

深藍色的厚重雲層覆蓋住夜空。寬廣的庭園與大門在我眼前鋪展開來。在這庭園當中有著多達幾十頭的猙獰「屍肉獸（Flesh Wild）」對外敵提高戒備。牠們大多誕生自森林，是遭到我或我那些前任殺戮，被主人喚醒的可悲存在。

不死夜狼嗅出我的氣味，把頭轉向我。儘管外觀看起來與棲息於森林的夜狼無異，眼神卻令人吃驚地不剩半點感情。夜狼抽動了一下鼻子，但可能明白我是平常主人帶著的屍肉人，很快就走開了。

那副模樣恰如書本所寫到的，是個只會聽命行事的傀儡。我每次看到牠們，都會深切感謝自己沒變成那樣的幸運，並強烈體會到自己絕對不能變成那樣。

我一邊感受著夜風，一邊走近門邊。這裡有高達數公尺的鋼鐵柵欄，設置成包圍整幢宅第。不只是物理性障礙，這裡似乎還設下了魔術結界，但對於被設定為自己人的我無效。

大門用巨大鎖具與鐵鍊緊鎖，只有主人有鑰匙。我無視大門走到它旁邊，用雙手抓住柵欄靈活地爬了上去。換成生前的我根本無法用雙手支撐自己的重量，但現在這個收集了負能量的我輕易就能辦到。

我爬到如長槍般尖銳的頂端後，握住槍尖用翻筋斗的方式把身體拋向外頭。

視野一個翻轉，我用四肢降落在地，化解令人發麻的衝擊，慢慢站起來。這不會影響身體動作，況且「屍鬼」的身體不像「屍肉人」——一點小傷會自己痊癒。

當初我還會緊張，如今這個獵食行為就跟去散步一樣輕鬆。

然後，我毫不遲疑地踏進深邃的森林——騷動不安的黑暗之中。

不同於在主人面前走動的姿勢，我獨處時可以全速前進。雖然反過來說就表示得不到主人的後援，但這座森林裡已經沒有魔獸敵得過我。

沒有柴刀，但我不需要。

我集中精神之下，右手手指便發出嘎吱嘎吱的擠壓聲。指尖開始發熱。五指指甲變得像小刀一樣隆起尖銳。

這是我變成屍鬼後獲得的特殊能力之一，名稱直接就叫「尖爪」。

我用左手藏起發熱伸長的指甲，在黑暗中疾奔。

可以聞到野獸的腥臭，以及風的氣味。燒灼腦內的強烈飢餓感使我的感覺更加敏銳。

我很快就發現了獵物。在樹木之間，有個黑色物體從高草叢中露出了一些。

個頭大約在兩公尺前後。那東西很可能是四腳獸，如果用兩腳站起來恐怕會高大得需要仰望。然而那個比我大上兩或三圈的巨大身影，看在此時的我眼裡只像是飼料。

我壓低姿勢，只顧向前衝。對行動自如的身體產生的喜悅之情，在因食慾而狂暴的腦中疾速奔走。

風吹動樹叢，我將唧唧蟲鳴拋諸腦後。

獵物似乎察覺到我的接近，想轉向我這邊，但在樹木繁茂的森林裡，牠那龐然巨軀無法急速轉換方向。

於是，我運用全身的彈性讓身體躍上高空。

頭下腳上。世界轉了一圈又一圈。就在我的正下方，黑影轉過頭來。

牠有著漆黑的毛皮、血紅的眼睛，以及略瞥一眼就能看出的發達、強韌而柔軟的肌肉。

這是頭熊型魔獸，也就是主人所說的夜熊（Night Bear）。牠比夜狼更堅韌，也是我第一頭對付的魔獸。然而，這次的個體不是幼仔。

不過，是不是都無所謂。我於錯身之際大幅伸出手臂，讓指甲呼嘯而過。伸長了幾公分的指甲前端稍微傷到了牠那毛皮覆蓋的腦殼。以堅韌毛皮保護腦部的堅硬頭蓋骨被削掉一小塊，鮮血飛濺，魔獸發出咆哮。我於著地的同時彎折身體，滑進龐然大物的懷裡。

我早已——不再是只會活動的屍體。

在這個瞬間，我比夜熊更具有獸性，而且是有智慧的野獸——惡鬼。

以「尖爪」伸長的指甲比隨便一把劍更為鋒利。屍鬼就是用它來割開屍體的皮肉供己食用。

強烈的野獸腥臭傳來，食慾彷彿受到觸發般猛烈燃燒。我灌注全力用手掌捅向牠的心臟部位。屍鬼的臂力與指甲利刃輕而易舉地刺破了鎧甲般的毛皮與肌肉，以及骨頭。

龐然巨軀一個抖動痙攣，咆哮在一瞬間停止。其後只剩下恍若虛無的幽靜森林。

肌肉的觸感與溫度包住手掌。我細細體會遍布全身上下的充實感，同時把手拔了出來。

聽得見血管噗滋噗滋的斷裂聲。手中只留下還在跳動的生命泉源——巨大的心臟。填滿嗅覺的駭人血腥味與死亡的臭味，這些全都在促進我的食慾。

拔出手的同時，我倒退數步。就像等著我這麼做似的，魔獸的巨軀往地面倒下。牠死了。雖然死了，但挖出的心臟還在跳動。它無助的跳動讓我感覺到生命的氣息。

我就像罹患熱病般嘆了口氣。

——明明變成不死者的我不可能會發燒，明明不需要呼吸。

我舉起被血液弄得溼亮亮的心臟，萬無一失地伸舌去舔。血弄髒了我的身體，但不用在意。

我就是為了這個才脫掉衣服的。

舌頭碰到了心臟。光是這樣，我就感覺到一股直穿腦髓的衝擊。滋味、香氣與口感，全都是我這具身體想要的。哪可能有什麼排斥感，這是我現在正需要的東西。

啊啊，我已經不是人類了。成為不死者之後多次實際感受到的事實再度浮現腦海，我陶醉地咬住了這顆寶石般的心臟。

§ § §

全身充滿力量。自從獲得新生以來，不知究竟過了多久的時日。

主人看我的視線隨著日月經過，開始變得含有強烈的疑心。

「……還不變異，是嗎……嗯……照理來講已經用了不少次——」

這裡是研究室。結束今天的例行狩獵後，主人低聲沉吟，看看我扮演人偶的臉孔。

任何事情都有所謂的平均值。死靈魔術是禁忌的魔法，所以學術方面似乎沒有蓬勃發展，但就我確認過的書本內容，屍肉人大抵會在半年或一年後變異為下一種存在。

當然，其中也有個體差距。假如被關在收集不到死亡的密室裡，無論過多久都不會發生位階變異現象；反之也有例子顯示在大規模戰爭中誕生的不死者位階變異所需的時間極端地短。但以這次的情況來說，我每天都受到主人無微不至的照料，不斷收集死亡，怎麼想都不該比平均情形更花時間。

從我誕生以來，可能還不到一年的時間。自從我開始能感覺空腹，應該也沒經過太長的時間。但是，這段時間似乎足以讓主人起疑了。

主人用骨瘦如柴的指尖觸碰我的手臂，湊過來看我的瞳孔，並且吟唱了某些咒文。

我聽不懂內容，不過八成是某種死靈魔術吧。

渾身漲滿力量。手腳發熱，一種簡直像肌肉膨脹的激烈感覺竄過全身。

然而我無視於湧上心頭的衝動，堅持保持沉默。

「……不是魔力不足？會是……欲念不足嗎？」

他蹙起眉頭，滿臉忿懣地抬頭看我。

主人是優秀的魔術師。從他把宅第建在凶暴魔獸橫行的幽林深處就能明白這點，從藏書量與能夠收集大量屍體這點也能推想而知。然而，主人正因為在死靈魔術方面造詣至深，便過度受困於常識。

屍肉人本來是一種低階不死者。雖然難點在於需要使用新鮮屍體，但只要克服這點就能輕鬆製作，是一種非常脆弱，只會遵守命令的人肉傀儡。其中不具有自我意識，因此若沒有主人的命令，連一根手指都不會動。

可以想見主人至今一定製作過相當多具屍肉人。當然，我的前任想必也是個性質一般的屍肉人，位階變異造成的變化應該很明顯。

就是突如其來地獲得智力。根據書上記載，變異為屍鬼的不死者似乎分成兩種。亦即要麼理解狀況臣服於主人，要麼無法理解狀況而激烈反抗。

至於我，則是毫無反應。

正因為主人對不死者的位階變異具有淵博知識，才無法理解我的狀況。他不知道有什麼方法能確認我這個極為優秀的屍肉人實際上變異了沒有。

他明知我收集負能量而提升了力量，疑心卻終究只是疑心。

屍肉人與屍鬼外表上幾乎沒有差別，想必也造成了很大影響。

雖然內在確實改變了，但他似乎忘了最有效的區別方法。

換成是我，會死馬當活馬醫這樣下令：

「你發生變異了嗎？誠實回答我。」

我對主人的命令只能絕對服從，即使在變異後也沒有改變。

主人如果這樣質問我，我只能死心；但主人由於熟知屍肉人原本的性質，沒對我這樣做。

對他來說，我是不可能做出意外舉動的「物品」。

主人輕拍我全身上下做確認後，皺起眉頭，用不服氣的口吻喊了一句：

「露，拿小刀來。」

輕微的腳步聲停在研究室門口，猶疑般沉默了半晌後，房門發出「嘰……」的聲響打開。

露表情浮現懼色走進來。她有著黑色頭髮，個頭很小，衣服髒兮兮的，體格也瘦弱到隨時可能倒下。可能是營養不良，她看起來年紀比我小，但從她以前與主人的對話，我知道她當主人的奴隸當了很多年。脖子上套著證明奴隸身分的黑色魔法項圈，目光比不死者清澈不到哪裡去，嘴脣乾裂，一不小心可能會把她錯看成屍肉人。

這不是我初次見到露。露負責做些不死者做不來的纖細工作，像是協助研究、照料主人生活起居、打掃宅第、煮飯與收拾書本。她在走廊上移動時會拎著燈，所以非常容易看到，但另一方面來說，她跟主人不同，會在走廊或房間裡隨意走動，因此我在探索過程中曾經不小心碰上她幾次。不過……彼此都對對方不感興趣。

屍肉人沒有意志，奴隸也沒有。露甚至可能比我更怕主人。而她看我的目光當中也暗藏著恐懼。

她有她的想法，但沒有意志。她只會聽主人的命令行事。

「拿小刀來。」

聽到主人這麼說，露急忙從口袋中拿出小刀，走到主人身旁。主人接過她遞出的小刀，隨手揍了她的腦袋一下。

「慢吞吞的，廢物。」

口氣聽起來不屑，但主人的眼裡沒有怒意，恐怕只是亂出氣罷了。就算不是，主人也只是把奴隸當奴隸看。

露不支倒地。主人把手掌骨頭握得喀嘰喀嘰響，然後將那把小刀插進我的右臂。

彷彿將原本的疼痛稀釋一百倍的鈍痛竄過手臂。這也是位階變異的證明。

不死者是種詛咒。原本完全是具「會動的普通屍體」的我，藉由累積負能量的方式，正在漸漸變成更可怖、更受詛咒的存在。在這過程中獲得的不只是好處。

會動的死者將取回欲望，取回智力，取回痛覺，然後獲得強大無比的力量。

雖然比沒有痛覺的屍肉人時期痛多了，但跟生前比起來不算什麼。

傷口幾乎沒有流血。大概是血液還沒恢復循環吧。

不過，根據書上記載，「陷得更深」的不死者跟人一樣會流血。

就好像在確認一樣，主人把傷口挖得更深。我面色不改地撐過不斷持續的疼痛。

好痛好痛好痛好痛好痛——不痛……不痛了。

主人慢慢放開小刀，視線繼續對著我，口氣強硬地對趴在地上的露下令：

「……終究就是屍肉人，是嗎……喂，這傢伙的傷口如果產生變化，向我報告。」

「啊……嗚——」

「回話啊。」

「唔！……」

暴力性的聲響占據了四下。

據說魔術師能用魔力強化自己的肉體。主人的身體看似只有皮包骨，卻似乎有著不小的力氣。露被他踢了心窩，簡直像皮球一樣彈了出去。

我只是毫無所感地旁觀。

被小刀挖開的傷口疼痛滲血。

主人每當我在森林裡受傷時，都會用魔術為我治療。由於屍肉人不具再生能力，如果想長久使用同一個屍肉人，當然得這麼做。

說到傷口的變化，「屍肉人」與「屍鬼」一個特別大的差別在於再生能力的有無。看來主人想從自我意識萌芽以外的要素看出我的變異與否。

我早就知道這一刻會到來。

但是……他太天真了。一旦在我面前說出要用什麼方法做檢驗，就沒意義了。

我一如平常地被擺回停屍間後，開始採取行動。

我捲起衣袖確認自己的傷痕。屍鬼的再生能力比人強，傷口已經開始癒合。雖然不至於像治癒魔法那樣能瞬間治好，但這點程度的傷一天就會好了。

據說變成更高階的不死者之後，再生能力也會得到強化。幸好我還停留在屍鬼的階段。我舉起左手，慢慢讓指甲前端變成刀刃狀。指甲前端的鋒利度不亞於主人用來挖傷我手臂的小刀。

為了擴大留在自己手臂上的傷口，我將指甲插進去。

痛楚以傷口為中心慢慢擴散，搖撼了我的心臟。

比起剛才的小刀，這麼做並沒有比較痛。

然而，這種自殘行為……對我來說是第一次。對自從有記憶以來身體就不聽使喚的我而言，就算天崩地裂也絕對不會傷害自己。

眼睛……身體並未流淚，但心裡卻在哭泣。

頭腦深層感覺到火燙的痛楚，但我咬牙忍住。

這是——有必要的。

我會殺了束縛我的人。我總有一天必須殺了握有我支配權的赫洛司．卡門。他不是個好東西。雖然不知他有何目的，但他想必只把我當成奴隸的衍生物種。

現在是蟄伏以待之時。為了製造機會，我什麼都願意幹。

主人很強，還握有我的絕對支配權。現在的我實在贏不了這種對手——不過，至今並不是沒有不死者成功反抗過主子。

在藏書之中，有幾本提到了不死者的反抗事例。

眼下，主人只對我做了最小限制。只要這種狀態持續下去，而我變成了更強大的不死者——

雖然只有萬分之一，還是有勝算。

他是絕對支配者，但並非全知全能。

就像在強調自己的決心，我用指甲鑽動著挖肉。雖然傷痕形狀跟小刀挖出的有點不同，但他不至於會察覺到這點差異。

確定傷口擴大之後，我從傷口中拔出指甲，直接含進嘴裡，動動舌頭把碎肉與血舔掉。儘管我現在的味覺連魔獸的心臟都覺得美味，但對自己的血肉卻毫無感覺。

不過，如果他們發現我手指上有汙漬就麻煩了。我正在舔掉汙漬時，忽然聽到了聲響。

我往前一看。她是什麼時候進來的——我完全沒發現。

在房間一隅，露睜大眼睛看著我。

她眼睛周圍有瘀青，嘴脣紅腫。雖然一張臉死氣沉沉，視線卻無庸置疑地緊盯著我放進嘴裡的指尖。

我們四目相接。我還沒說什麼，露已經一溜煙地跑出去了。

失敗了。被她看到了。她雖然是奴隸，但就算是奴隸應該也知道我剛才的舉動很不自然。

我原本要抬腿追去，但在最後一刻克制住了。我不能追上去——那樣鐵定會被主人察覺。況且追上去又能怎樣？難道要說服她嗎？我以為自己說服得了嗎？

我是不死者，是魔術師赫洛司．卡門製作的不死者。她絕對不會信任我，換作是我也不會信任對方。

既然如此……就不用追了。最糟糕的狀況是被主人看到我在追她。

因為主人沒有命令我做那種事。

我調整呼吸。指尖已經沒有沾上任何一滴血了。

§ § §

光芒閃爍，裂帛般的尖叫響徹宅第。

露整個人飛上半空，波及了擺放在石台上的屍體。是攻擊魔法。

我這時候才第一次看到人被吹飛的光景。

主人的表情一如平常，眉毛沒動一下，臉頰也沒抽動，但狡猾雙眼的深處確實燃燒著怒火。

「露，妳──算計我是吧？我跟妳說過，如果他的傷口有什麼異狀就告訴我。」

「！──」

可能是倒地時受到了撞擊，露無法回話。主人用力踩踏她無力癱在地上的手。

「但我可不記得有叫妳撒謊。」

露向主人報告了。但是主人在我與露之間，似乎選擇相信我。

那是當然了。他對自己的死靈魔術很有自信，奴隸說的話──看不出什麼價值的奴隸說的話，想必不值得考慮。如果內容荒唐無稽就更是如此了。

我早就知道了，所以我才會任由她逃走。

我一直在觀察。至今我看過好幾次主人冷淡對待露的場面。說不定露是妄想據實以報可以博得主人的好感，藉此改善自己的待遇。或者是她驚嚇得沒多餘心思料到狀況會如此發展，也可能是想到就做了。

換成是我，鐵定不會這麼做。看來她的絕望還不夠深，才會對這種極其微小的希望下賭注。奴隸連回嘴的權利都沒有。主人踢了露的身體好幾下後，抓起她的脖子，把她帶到動也不動的我身邊。

可能是嘴裡破皮了，小顆血珠從露發黑的嘴脣間滴出。我感覺到那血滴一瞬間冒出美好的芳香，使我的表情險些放鬆下來，趕緊繃緊面皮。所幸主人似乎正在專心打罵奴隸，完全沒發現。

「喂，妳這垃圾。妳說恩德的──什麼地方變了？再給我說一遍。」

「啊……嗚……」

主人的視線以及露的空洞視線集中在我的傷痕上。那裡有著跟主人弄出的傷口並無二致的傷痕。正確來說其實有些不同，但主人不會看得那麼細。

「恩德，把手臂抬起來，讓我跟這傢伙──能看清楚那個傷口。」

我主動聽從命令抬起了手臂。傷痕暴露在只點了幾根蠟燭的幽暗空間裡。

換成屍鬼的話理應早已痊癒的傷痕，還清清楚楚地留在上面。

「喂，露，我再問妳一遍。妳說這傢伙的傷──怎麼了？」

「咕嗚……老……爺，這傢伙──自己──」

聽到她口齒不清的聲音，主人動作誇張地看向我。

「恩德，來。這傢伙說你……自己挖開了傷口。哼，哼，哼，我問你，這是——真的嗎？」

是。答案是「是」。但是，我不作答。

命令必須正確下達。假若希望我回答——就必須命令我「回答」。他沒這麼說，所以我沒有義務回答。

這是懂得動腦的人才能鑽的絕對支配中的漏洞。

主人往我看了幾秒，但想必心中已然有了結論，隨即將視線轉回露身上。露肩膀抖了一下，臉色鐵青，口沫橫飛地反駁：

「老、老爺——這個男的——在撒謊——」

「哼，哼，哼。露，我沒跟妳這個奴隸說過，所以妳不知道……不死者對創造自己的術士是絕對服從的！」

主人一邊放聲大笑，一邊把抓起來的露往地板上一摔。

我繼續抬著手臂，看著這一幕。這是因為——主人沒有命令我把手臂放下。對於一個只能聽命行事的忠心屍肉人而言，這是理所當然。

「嗯嗯？妳是不是以為只要報告異常狀況，我就會待妳好一點？妳以為妳這顆沒多大學問的廢物腦袋騙得了我？」

真是可憐，忠心的奴隸將異常狀況告訴了主子，卻似乎得不到主子的信任。

大概是平常沒做好事吧，也可能是主子天性如此。

明明少說兩句話就不會被打罵了……但我不打算可憐露。因為露差點就害我——行動自由受限了。

連一點悲憐心都沒有，是否表示……我是個殘酷的人？

「啊……嗚……這傢伙——以前，還看過書——還有，對了！他還吃過東西——」

「住口！妳這比屍體還不如的餿水！」

的確到目前為止，我已經被露看過幾次不自然的舉動。但是，她現在把那些事情搬出來不是明智之舉。看到異常狀況的時候必須當場舉報，否則不可能取信於人。

看來正如主人所說——露的腦袋不怎麼靈光。

幾分鐘之間，四下只有人挨揍的聲響與夾雜慘叫的呻吟聲。最後主人可能是揍膩了，對著趴在地上動也不動一下的露唾罵道：

「妳只是個飼料。但是，下次再敢謊報——我就把妳活生生大卸八塊，對妳的靈魂刻上永難磨滅的痛苦。」

他的聲音極具魄力，帶有真實的聲調。

死靈魔術師。

聽到受眾人厭棄，褻瀆靈魂的魔術師所言，如死屍般倒臥在地的露身體一陣痙攣。

最後主人看向我。

「恩德，可以放下手臂了。」

可以放下了。這句話不是命令，我沒有義務聽從，但我是忠心的屍肉人，所以把手臂放下了。主人看到我這麼做，顯得不大滿意地用鼻子哼一聲，幫我治好手臂的傷。

大概是看到擺了一天都沒有變化，覺得已經沒意義了吧。雖然我忍得住，但也痛得心煩，所以不動聲色地悄悄鬆了口氣。真是太感謝露了。

「露，把這房間恢復原狀。放在這個房間裡的屍體——可是比妳更有價值，比妳這個我用一枚金幣買下的奴隸更值錢。」

一枚金幣，是吧？不知道我花了主人多少錢。

我沒聽說過屍體可以買賣，但價碼應該不只一枚金幣吧。畢竟在眾多屍體當中，我可是被選為了主人的守護者。

主人離開房間，停屍間裡只剩下露。

露繼續趴在地上，沒有要爬起來的樣子，不過似乎沒死。我能清楚感覺到她細微的呼吸。也許是主人有手下留情。

不過，我還是會擔心。她是自己人，雖然立場不同但近似於同事。同事倒下的時候當然應該伸出援手。

我沒有接到不許動的命令，所以大大伸了懶腰，然後在露身邊蹲下。

也不忘留意主人有沒有改變心意跑回來。

這次的事都怪我不夠小心。我不會重蹈覆轍。
露抬起頭來，用渙散的目光打量我的臉。
我用手指沾起露滴在地板上的血珠，當著她的面放進嘴裡，舔給她看。
然後我才頭一次知道，人類在真正感到驚愕時會露出惡鬼一般的嘴臉。
但是沒用的。主人……原本好像就不太信任妳，這下更是絕對不會相信妳說的話。
除了掌權者的存在，以及所作所為被掌權者發現導致自由受限的風險之外，目前的環境無可挑剔。
然而我感覺到「必須」叛亂的時機近了。
主人一度產生的疑心今後勢必會慢慢加強。主人雖然斷定露在說謊，但那些話想必就像小刺一樣插在他心頭。
我需要看清最適當的局勢。
我不再每晚去拿書了。我不認為現在的主人赫洛司會相信奴隸所言，露看起來也沒變，但我認為應當盡量減少危險性。
我已經得到了最低限度的知識。對露而言，我必定是跟主人同樣難應付的存在。
主人的狩獵時間延長了。每當主人帶我進入森林，都會命令我狩獵更多魔獸。
這項命令對我來說求之不得。夜裡偷偷進行的獵食行為，萬一受到無法再生治癒的傷害會讓主人起疑，但白天的話就能讓主人幫我治療。主人是有朝一日必須打倒的支配者，但同時也是最可靠的自己人。

計畫奏效了，我的力量一天比一天強，但也漸漸滿心焦躁。

我摸不透主人的底。他毫無破綻，我不知道他有什麼能耐與弱點。除了他躲在這種森林裡的理由不明讓我心存不安，魔導也完全在我的知識範疇外。那類書冊的文字我看不懂，無法獲得詳細情報。

假如想安全行事，最好能獲得更大的力量，確定勝券在握之後再挑戰主人。但據說從屍鬼發生下一次位階變異需要花上將近幾年的時間，再怎麼說，期待這種事情都太不實際了。

何況歸根結柢，無論我獲得多大力量——主人都對我擁有絕對命令權。

只要他命令我一句不准攻擊，一切就玩完了。我能戰勝主人的唯一方法，就是用一擊造成他無法下命令的狀況。

不死者強悍無比。我現在的體能遠遠凌駕於成年男性之上，而且擁有再生能力。主人沒有命令我不准加害於他，所以我大可從背後偷襲。

我認為就算是再厲害的魔術師，也不可能被我能砍斷魔獸堅硬頸骨的指甲抓到還毫髮無傷。

但是，我不能失敗。假如不能一擊殺死主人，我將會受到命令束縛，第二個人生也將在受人壓榨中結束。這對我而言，是比臥病在床更無法容忍的狀況。

我需要的是忍耐，是實力。我如此勸說自己，壓抑住焦躁感，靜待良機。

我過著每晚聽從邪惡魔術師的命令進行狩獵的日子——避開奴隸的目光，尋找主人破綻的日子。

當初獲得能夠正常活動的身體已經夠令我滿足，但嘗到暫時的自由滋味，會讓人想得到真正的自由。這一定就是人類所說的欲望吧。

自由。這兩個字，比我撕咬的獸肉滋味更為甜美。

就在這時，主人的客人帶來了推動狀況的新消息。

住在這幢宅第裡的人只有露與主人，不過主人還有其他同夥。

大概是表示縱然是邪惡的死靈魔術師，也難以完全離群索居吧。

每個月一到兩次，會有個名叫哈克的男人帶著護衛前來。男人是個頭戴髒兮兮綠色牛仔帽的小矮子，我都在心裡叫他「屍體搬運人哈克」。

正如其名，這個男人總是搬著棺材越過森林而來。主人布置警戒的骷髏人也會放過男人與他的同伴。

我不清楚雙方的詳細關係，只知道哈克負責補給生活物資與屍體。哈克會向主人提供以食品為主的生活物資以及不知從哪挖來的新鮮屍體，收受金錢或骷髏人。從對話內容聽起來，哈克買下骷髏人似乎是當成戰鬥人員。而且不是普通的骷髏人，是材料經過嚴選，收集過死亡而身懷強大力量的骷髏人。運用不死者是一種禁忌，可以想見這人絕不是什麼好東西。

他們談生意時我大多不在場，不過這次主人難得把我叫了過去。長相兼具狡獪與和善的哈克，以及全副武裝、一看就覺得擅長行使暴力的護衛，都聚集在少有機會用到的會客室裡。

哈克睜圓了眼，一臉興味盎然地說道：

「哦……真的活下來了呢。他是病死的屍體，本來還以為很快就會喪命呢。」

「也許貴族的屍體就是不一樣。」

主人目光凶惡地抬頭看我。

他恐怕是想錯了。我能活到現在無非是因為我渴望存活。

當我恢復意識時立刻支配了我的這份渴望，即使如今我已獲得某種程度的力量，仍然沒有些許淡化。豈止如此，我甚至感覺越來越強烈。

那種感覺……對，用言語來形容就像是靈魂燃燒般的衝動。那是我生前活著卻跟死了無異的時候絕不曾感受過的激烈情欲。

如果要舉出一般不死者與我的巨大差異，肯定就在這裡。

不過，我絲毫不把它顯現在臉上，只是平靜地低頭看著主人。

主人混濁暗沉的眼睛看起來就像在確認我有無智力，但這恐怕只是我的錯覺。假如他確定我有智力，應該會下具體的命令才是。

「還能弄到其他貴族屍體嗎？」

「饒了我吧。雖說是屍體，但會想出售家人屍身的怪人可不多見。」

「但是，你已經弄到了一具。作為恩德原料的屍體——」

聽到主人簡短的言詞，哈克大大皺起他那張臉。他用帶有濃厚責備意味的口吻說：

「說好不能追究屍體的出身背景了。只不過是碰巧有人想賣家人的遺體，我嘛，就把這機會告訴赫洛司大爺您，赫洛司大爺是自己決定要買的。不過是如此而已。」

「……我明白。他長年臥病在床……這應該是不相關。也看不出有受過鍛鍊。」

主人目不轉睛地觀察我的肉體。

我長年以來過著起不了床的生活，全身肌肉衰退，成了只能靠定期造訪的白魔術師施加療癒魔法勉強活著的存在。即使現在頻繁進行又跑又跳狩獵魔獸這種以過去狀態無法想像的重度勞動，肉體仍然瘦小。

健康的肉體（當然，光是得到不會全身受劇痛折磨的肉體就讓我十分感激了）從生前就是我的憧憬。既然聽說反覆「變異」變成更強的怪物能夠讓肉體產生變化，那麼無論如何我都要活到那一天。

但是，原來如此……原來我的屍體是被賣掉了。

這是一項新情報，不過令我驚訝的是我並沒受到打擊。

恐怕是因為我對家人沒有那麼深厚的感情。生前的我只顧著忍受痛苦，沒有多餘心力對其他方面付出感情。

至於恨意——大概也沒有。這幾年來，家人雖然不曾來看我，但白魔術師定期進行的「看護」想必所費不貲，事實上這種維生處置也的確稍微延長了我的壽命。

戰鬥中最重要的是攻擊距離。我雖然瘦小，但至少成長到了離成年男性只差一點的體格，可以說是僥倖。

就算看護的理由不是為了我好，結果確實幫到了我。

至於把屍體賣給哈克的事，更是不言自明。

無意間，我想起從書中看到的不死者基礎知識。

書上說不死者是以屍體的遺恨為活動力。但我的活動根源恐怕不是一般不死者對生人的「怨嘆」，而是「生存欲求」。

我即使時時刻刻受到疼痛折磨，卻從不曾想過自殺。我想應該沒有。

我不想死。死了以後還是想繼續活著，想維持自我。說不定就是這份純粹的情感，賦予了我屍肉人本來不該有的生前記憶。

我的知識極其淺薄，因此不敢確定，但確不確定都無所謂。

主人赫洛司從各方面來想都是我的恩人，我對他真的覺得很抱歉。

但是，我不能放任對我擁有「特權」的他恣意行動。

其實——我有唯一的殺手鐧。是那種只要用過一次就再也不能使用的殺手鐧。

雖然不是一拿出來就能贏的最終王牌，但只要時機正確，大有可能打倒主人。

越是殺死活物收集死亡之力，時間拖得越久，我就變得越強大，奇襲的成功率也就越高。

容我一再重申，重要的是時機。我要收集情報。主人的戰鬥能力尚不明確，強大魔術師的外表年齡不可信。即使我再擅長近距離打鬥，對付觸犯禁忌與世界為敵卻能活到這個年齡的老奸巨猾魔術師，做再多戒備都不為過。

我正在面無表情地燃燒陰暗鬥志時，哈克忽然板起了臉孔。

「講到這個……最近終焉騎士團那幫人似乎要來到埃吉這邊了。」

「什麼……？……不會是你失手了吧？」

「怎麼可能，我的客戶口風都很緊。不過，那幫人的嗅覺真夠靈的。如果要小心行事，我這陣子最好還是別來了。」

聽到這個名詞，難以形容的衝擊竄遍我全身。

「終焉騎士團」。那是為無盡黑暗帶來終焉的世界最強戰鬥集團。

我生前讀過的書裡提到過他們，主人的藏書裡也有這個名詞。

他們時常在童話故事中作為英雄人物登場，這些以光明之劍斬殺一切威脅或苦難的存在是孩子們的偶像，事實上我臥病在床之前也曾對他們的英姿懷抱淡淡憧憬。

玩弄人類靈魂創造出不死者的死靈魔術師是他們的頭號敵人。

昔日當我還是個孩子時，在我看過的圖畫書裡有很多都在描述死靈魔術師與終焉騎士團之戰，哪邊獲勝則不言自明。

從主人憤怒扭曲的表情看來，雙方的血海深仇似乎不只是書中故事。

而這個終焉騎士團——與本來不該存在的我這個活死人也是敵對關係。

想到連兒童圖畫書當中都描述他們鐵面無情，他們絕不可能放我一馬。

「是來追殺我的嗎……？若是能再等幾年，研究就大功告成了——這些獵犬，看我殺了你們，當成我永恆的奴隸。」

「我可不想被捲進赫洛司老爺與終焉騎士團之間的廝殺，就讓我暫時躲遠點吧。」

「…………且慢，哈克。在你逃跑前，我要跟你訂個東西。恩德，回去你平常的停屍間。」

他打算訂購什麼……？雖然好奇，但命令不能不聽。

我盡量以緩慢的動作離開房間，卻還是沒能聽到內容。

……也罷。雖然聽到了討厭的消息，但總比對事情發展一無所知來得好。

期限大幅縮短了。為了求生存，我該怎麼做？

我回到停屍間後，背靠牆壁，雙臂抱胸開始思考。

首先我需要確認戰力。我、赫洛司與終焉騎士團，其中最弱的肯定是我。

我能對付森林魔獸完全是因為有主人的後援。儘管現在的我經過累積經驗與位階變異而稍微有所成長，肉體強度本身還是跟當初沒什麼不同。

一般認為，不懂得如何戰鬥的城市居民變成有名的一種最低階不死者——殭屍(Zombie)時，戰鬥力會有所增強。這是因為不死者沒有所謂的生理限制。

人類的大腦原本有其先天限制。據說人類的肉體如果真的使出全力，會在反作用力下受傷。大腦限制就是用來預防受傷的安全措施，這項功能幫助人類度過健康平安的日常生活，但同時也讓人類基本上使不出全力。

另一方面，化為不死者的生物沒有所謂的限制，也沒有痛覺。變成殭屍的人能夠不顧肉體受損，發揮超乎生前的過人臂力，直到澈底破壞目標之前不會罷手。由於其生存不用仰賴肉體器官，即使心臟遭刺或是手腳炸飛也能僅憑怨念緊咬對手。

我之前不是殭屍，而是屍肉人，所以有著若干差異，但總之這就是我才剛復活就能以脆弱肉體打倒森林魔獸的原因之一。附帶一提，另一個原因是有主人用魔法幫我拖住魔獸或進行回復。要不是有他幫忙，不習慣戰鬥的我八成早就力盡倒下了。

現在的我更是成了屍鬼，身懷比那時更強大的能力，但如果問到我這樣能否與終焉騎士團抗衡，答案是否。捉對廝殺的話肯定會輸，就算有五或六個我，他們恐怕也能當成雜草一樣割除。

聽說終焉騎士團經過嚴格訓練且經驗豐富，是菁英中的菁英，每個團員各有不同的武裝，但全都是萬夫莫敵的強者，而且慣於對付我這種不死者。戰鬥技術比不上，體能也比不上，甚至連經驗都落於人後，我連萬分之一的勝算都沒有。

他們是光明。如果死靈魔術師是黑暗支配者，他們就是正好相反的存在。而這跟社會地位高低無關。

終焉騎士團……能夠操縱與死靈魔術師正好相反的能量。

詳細原理我不清楚，不過根據書上記載，世界上似乎大略區分為正負兩種能量的存在。

兩者也可改稱為光明與黑暗，或是生命與死亡，總之世間萬物都是帶著正能量誕生，無一例外。而當這種能量歸零時生物就會死亡，與這世界永別。

另一方面，有種魔術可以顛覆此一法則，就是死靈魔術。

這種魔術——詛咒，能夠將生物的屍體——改造成以負能量活動。

我如今在赫洛司施展的魔法之下，成了以負能量活動的人偶。心臟沒在跳動，身體卻能活動，是因為我這個存在的動力來源變了。

我變成不再仰賴心跳生產的正能量，而是以負能量來活動。而負能量不同於正能量——不會自然消耗。

所以，不死者沒有壽命，才會被稱為不死者。

但是，不死者並非沒有弱點，我的肉體並非無敵。我的身體能活動是因為在主人的力量下處於稍微偏離正道的狀態，假如肉體受到激烈損耗而變得無法維繫住靈魂，可能還是會死——或者因為某些原因導致能量「歸零」也會死。

講到這裡還算單純。接下來的部分我自己也弄不太懂，所以有些複雜——就是不死者在對付終焉騎士團時大大吃虧的理由。

為求方便，我一直在使用正能量、負能量等名詞，但嚴密而論似乎不太貼切。

「正」是一種能量，但作為我的原動力的「負」並不是能量。負似乎是一種「狀態」。

終焉騎士團操縱的（應該說普通生物運用的）是光明之力——就是正能量。

他們雖以世間罕有的武力為傲，但在與不死者對峙之際做的不是「破壞」，而是極有效率地——加以「淨化」。不是付出龐大勞力破壞肉體，而是藉由添加光之能量的方式試著將我的狀態從負向狀態歸零。而我的身體是有主人的力量才勉強能動，歸零的瞬間，我就會依據這個世界的法則變得無法動彈，也就是迎接第二次死亡。這對我……不如說對不死者而言是致命性弱點。

另一方面，我們不死者無法用同一招對付他們。

負能量嚴密而論並非能量（我自己講著講著也混亂了），所以無法射個負能量光束什麼的把他們歸零。

這項弱點符合世界的大原則，無法消除。

就連正面交手都打不贏了還這樣，真是不公平。不過就算沒了這個弱點，我面對以壓倒性戰力為傲的他們還是毫無勝算就是了……但閒話就講到這裡。

我比起生前也變強多了。由於我生前就像是練到最弱的狀態，拿來做比較或許很奇怪，不過化為屍鬼的我身懷過人臂力、過人韌性與過人的再生能力，而且還獲得了能讓指甲一部分變形的力量——「尖爪」，以及讓獠牙變得尖銳的力量——「銳牙」。

以不死者來說，我就像是二年級。屍鬼不同於屍肉人，不吞噬死屍就使不上力，但臂力強得光是用不受生理限制不足以形容。

以一般的等級，屍鬼似乎被認為是一到兩名最低階傭兵就能打倒的不死者，但我比一般個體更聰明一點，就算來三四個人也有自信能擊退。

但是，這點程度的實力贏不了有望成為英雄的終焉騎士團。

最快的應對方式是逃跑。我不像主人對終焉騎士團懷恨在心，也不想跟他們打。但是對我擁有「特權」的主人會礙事。

主人擁有的「特權」強力無比。而這項權利，其實不只有絕對命令權。雖然能找到的魔術資料有限，但光從我查閱的結果就知道，主人除了絕對命令權之外還握有兩項權限。

就是大致掌握自己創造的不死者所在位置的權利，以及從遠距離施展特定魔法的權利。

無論拉開再遠的物理性距離，我與主人之間仍然有魔術性聯繫。這是只要主人沒死就不會消失的一種安全措施，主人能夠透過此一聯繫對我自由施放魔法。總之簡單來說，他能夠隨意把我變回普通的屍體。

這項特權無法以外來方式解除。不，說不定其實有辦法，但我實在沒那能耐，也沒時間。就算要逃亡，也得設法殺了主人才行。

坦白講，我無法判斷是與主人聯手擊退終焉騎士團，還是殺死主人之後逃走比較難。

我走投無路了。兩者都超出我的能力範圍，但我必須二者擇一。

然後，哈克離去的翌日，我還沒想出辦法解決這個煩惱，就被逼進更艱難的困境——主人在院子裡放出了無數的看守。

就是無聲無息地接近目標，將聽到、看到的事物完完整整傳達給主子的無數貓頭鷹。

我再也無法半夜偷溜出去了。這表示我弄不到東西來滿足我作為「屍鬼」的食慾。

§ § §

我誤判了主人的謹慎個性。不，可以說是我所知道的世界太狹窄了。

我的資訊來源只有書籍，而那些書籍的內容沒有提到監視魔法。

不過，先不論知道了又能怎樣，其實我早就該料到了。主人這次使用的顯然不是死靈魔術，但我早就知道他不只會使用死靈魔術。

無數貓頭鷹從畫出的魔法陣現身後被放出窗戶，四散往森林飛去。唯一幸運的是主人沒在宅第裡留下貓頭鷹，但不能外出就不能填飽肚子。

主人把露叫來，語氣嚴厲地對無力俯首的奴隸下令：

「露，等牠們回來之後餵飽牠們。那些東西是使魔——我的耳目，是比妳有用多了的忠誠奴僕。」

「好、好的，遵命……老爺。那麼……請問……該餵什麼，飼料——」

「肉，滴血的新鮮生肉。不用另外處理。」

露嚇得要死，但我沒多餘心思管她。

耳目？糟透了。我沒那能耐躲過主人使魔的目光，享受夜半散步。

於宅第內徘徊的骷髏騎士是不具疲勞概念的優秀衛兵，但沒聰明到能向主人報告自己人的行動，也沒有聲帶。但是，那些貓頭鷹不一樣。既然主人形容成耳目，牠們看見或聽見的事物恐怕會立刻傳達給主人。

在這種狀況下想半夜出去狩獵——是不可能的。風險實在太高了。

更何況現在的主人正對四面八方嚴加戒備。

夜間狩獵對我而言具有兩種意義。

也就是累積力量，加快位階變異的速度——以及進食。眼下的問題是後者。

不死者的位階變異不只是單純強化，有時也會增加弱點。

優缺點是一體兩面的事。「屍鬼」擁有高過「屍肉人」的體能，幾乎所有能力都超越後者，但相對地，屍鬼跟屍肉人不同，需要靠食物維持生存。

不是「能夠」進食，是「必須」如此。只屬於屍鬼的特性，就是——劇烈的飢餓感，而且是可能完全喪失理性，生前不曾感受過的強烈飢餓感。

這恐怕就是屍鬼襲擊人類的最大原因，也是這種不死者被稱為「鬼」的理由。

我一開始變異時嘗到的飢餓堪稱地獄。那是一種燒焦腦神經，搖撼本能的衝動。思考被「想吃東西」幾個字淹沒，從主人、露、屍體到其他不死者，所有東西在我看來都是「食物」。我能勉強克制住這份衝動，好不容易才找到食物，只不過是運氣好罷了。

就只是生存欲求以毫釐之差稍稍高過食慾罷了。我勉強壓抑住衝動，在撲向屍體或主人之前成功溜進了宅第的糧食庫。只要稍微走錯第一步，我早已化身為受食慾支配的餓鬼，再也不可能將生存欲求擺在食慾前面。

屍鬼的食慾靠毅力撐不過。時間原本已經所剩不多，這下更是等於大限已至。就我的經驗判斷，如果什麼都不吃，屍鬼的飢餓感約莫三天就會達到極限。

之後就是與理性的搏鬥了。上次我撐了半天，今天應該也能撐那麼久。

但是，一陷入那種狀態就是我輸了。

屍鬼的力量與飢餓感成反比。越是陷入空腹狀態，我的力量就越是不斷降低。

我不知道會降低到什麼程度，但想必沒多少時間讓我蘑菇。然而我已經引起露的疑心，無法像第一次那樣溜進糧食庫。

我跟隨主人去狩獵。

雖然使不上力，即使在這種狀態下，對付獵殺慣了的魔獸一樣不成問題，況且還有後援。

我硬是壓下火種般悶燒的飢餓感，只是淡定地專心聽命行事。我殺死眼前的活生生肉塊，殺了又殺。肚子餓了。血花四濺，溫熱的屍體躺在地上。但是，現在碰不得。一旦得知我變成具有智力的屍鬼，主人必定會給我套上枷鎖。在目前這個階段自由還沒大幅受限只是我運氣好。

該怎麼做……眼下主人隨時處於戒備狀態，實在不覺得奇襲能生效。

我用柴刀擋掉沿著拋物線飛來的小石子，將躲在樹上的黑色猴子斜劈砍死。

唯一的一線光明是——位階變異。只要再發生一次位階變異脫離屍鬼階段，應該就不會如此為飢餓所苦了。儘管這是治標不治本，而且會帶來別的大麻煩，但最起碼可以爭取時間。

這有可能嗎？我花了大約三個月變異成屍鬼，遠比一般屍肉人位階變異所需的時間——半年到一年——來得短。但是下次變異按照常理，通常得花上數年。

奇蹟，我需要奇蹟。我用思考讓自己忘記空腹，柴刀橫掃包圍我的成群夜狼，殺得牠們血肉橫飛。這時，主人忽然狐疑地出聲說了：

「……恩德，你的身手是不是變差了？」

「……」

「出了什麼問題嗎？看起來……並沒有受傷啊。」

「……」

主人的混濁雙眼就像在確認自己的作品那樣檢查我的狀態。我捏了一把冷汗，但繼續沉默地站著，結果主人可能以為是自己多心，命令我搜尋下一個獵物。

……是哪裡讓他覺得不對勁？

一瞬間我感到一種難以言喻的煩躁，但我畢竟是全力忍受著空腹在戰鬥，總是待在近處看我戰鬥的主人即使感覺到哪裡不對勁也不是什麼不可思議的事。我以為我的動作就跟平常一樣，心情卻難免比較急躁。

我只能心無旁騖地揮動武器。揮動，再揮動。血液飛散，碰巧有一滴噴進我嘴裡。

我從沒喝過酒，但所謂的酩酊大醉說不定就是在形容我這時的狀態。一股驚人的熱氣從胃裡深處衝上食道，搖撼思維。

不夠，光喝血不夠。膨脹的食慾搖動理性，雙腳險些站不穩。

「怎麼了！恩德，出了什麼事？」

這是個明顯蹩腳的動作。主人語氣嚴厲地喊道。

一滴血完全不夠讓我充飢。

不行，還不行，不能穿幫。我必須活下去。沒有目的，也沒有理由。我就只是——想活下去。就算要為此犧牲掉一切也在所不惜。

我不動聲色地往丹田使力，用理性塗抹掉無法解決的飢餓，撐過火烤般一點一點升溫的焦躁感。

於是，我勉強迴避主人的疑心，成功結束了當天的狩獵。

我與主人一同回到宅第。

在宅第裡，平常從不會出來相迎的露在等著我們。

在黑暗中，她那被手裡燭台照亮的臉龐疲累得毫無生氣，只有雙眼異於平常，含有一種莫名的光輝。

我有種不好的預感。露面對雙臂抱胸、低頭看待自己如同垃圾的主人，聲音沙啞地說：

「老……爺……那個……我，找、找到了，證明我沒有說謊的，證據…………」

食慾與生存欲求互相衝突。我明明沒有體溫，卻從身體當中感覺到燃燒般的熱度。

我現在沒那閒工夫理會露，但露的兩隻眼睛像是打定了主意要告發從來沒傷害過她的我。

露把強忍著火氣的主人與忍受空腹的我帶到我平常待著的地下室。

她究竟找到了什麼？停屍間裡不可能留下我的行動蹤跡。地板是石版地，況且我也有在注意不要留下自己走動過的證據。真要說起來，房間裡根本沒幾樣東西，家具也就只有櫃子與放置屍體的石台，屍體是主人的東西，我也有留意不要亂碰。

「在、在這裡，老爺………」

到達地下室後，露打著冷顫，動作果決地走向櫃子。

這時候，我才終於想到露找到了什麼。

我的表情變得僵硬，僅僅一瞬間讓我忘了食慾。

露伸手去開從下面數來的第二個抽屜。那個抽屜本來什麼也沒放——但現在，放著原本在主人的圖書室積灰塵的不死者圖鑑。

那是我在露第一次告狀之前拿來的東西，是我的寶貝。

就我所知，主人與露從來不會碰地下室的櫃子，所以我大意了。

既然她知道我有看過書，我當時就該湮滅證據的。

露想必是從第一次向主人告狀未果之後就在找我會活動的確切證據。沒想到那個筋疲力竭的女人，居然能瞞過我的眼睛做到這種地步，人類的惡意真是深不可測。

露當著表情狐疑的主人面前，誇張地舉起不死者圖鑑給他看。

我與露都是主人的奴僕。明明立場處境相同，為什麼要這樣跟我過不去？

我的指尖抖動了一下。不能動，我不能動。

「請、請您明察，老爺。這、這裡，原本，應該沒有放書。是這傢伙，這個不死者，從圖書室把書帶進來的！這個男的，在對老爺——」

露顫聲告狀。主人接過她呈上的書本後，沉思般半晌不說話，然後用彷彿發自地獄深層的低啞嗓音說了：

「……………那麼，妳有什麼證據能證明這本書不是妳拿來的？」

「……………咦？」

贏了。看來主人對露的信任度低到不能再低。

主人把圖鑑丟到地上。畢竟這本書原本躺在圖書室最裡面積灰塵，對主人來說大概沒多大價值吧。

露一副搞不清楚狀況的表情抬頭看著主人。

主人語氣平靜地說下去。

儘管聲調並不激動，卻也因此感覺得到主人是真的動怒了。

「真是個無藥可救的女人……我說過了，下次再敢謊報，到時候……我絕不輕饒。至今我還把妳看作是個奴才──妳竟然恩將仇報。」

「怎、怎麼這樣，我──」

「我經常覺得束縛奴隸的術式──實在有缺陷。應該像我操縱不死者時那樣，強迫你們絕對服從──」

主人對著臉色發青、雙腿發軟癱坐在地的露，右手從腰際抽出短杖，一邊用左手撫摸著做確認一邊往她靠近一步。短杖前端亮起詭異的綠光。

我親眼看過幾次主人使用，那是製作不死者的魔法發出的光。

露的臉在後悔與恐懼下嚴重抽搐，手腳完全失去力氣，只有雙眼在乞求主人開恩。

「請、請原諒我──！」

「不用再說了，露，妳將會重生為我的忠僕。只是呢，記憶就保不住了──」

主人持杖的手不容分說地高高舉起，刻滿皺紋與憤怒的臉被綠光照亮。可能是太過恐懼，露連逃跑都不會了。

她似乎失禁了，癱坐在地的胯下附近擴散出一片溫熱水灘。

我在心中向露道謝。

來了。時候到了。

主人背對著我，整個心思只放在露身上。

我按捺住食慾，咬緊牙關。用不著去意識，雙手的指甲已經靜靜伸長，就好像肉體在要求我咬住獵物。

我敢確定，現在是唯一機會。

我要殺了我的主人、恩人與天敵。儘管力量不是最佳狀態，但要殺死柔嫩的人類綽綽有餘。錯過這千載難逢的良機就再也沒有機會了。

我不用呼吸，也沒有心跳。我是死人。死人的一項長處就是安靜。肉體記得如何殺死生物。這是主人至今給我的教育。

主人集中精神，低吟了兩三句魔法咒語。那根短杖朝著不受任何人信任的可憐奴隸高舉並揮下。

就在這剎那間，我高舉爪子往主人毫無防備的後腦杓劈砍過去。

這是使盡渾身解數的一擊。

指甲輕而易舉地貫穿主人的頭蓋骨。露看到我突然施暴，愕然睜大雙眼。但是，太遲了。

我不覺得興奮，只是有種陰暗的喜悅。說不定這正證明了我已經成了怪物。

我拔出刺穿脆弱頭蓋骨的指甲。滾燙的血液四處飛散，使我自然地面露笑容。

我殺了他。這下，我就自由了。再來只要速速離開森林，想往哪裡逃都行。

我不打算跟終焉騎士團交手。找個類似的森林離群索居，獵捕野獸維生就行了，直到我過膩這個新的人生。

——這時，忽然間，我聽見了某種東西劈啪裂開的聲響。

「真是意外——這是……怎麼回事？」

「！」

不可能聽見的聲音撞擊耳朵。

我無法理解。慢了幾拍，一種寒毛直豎的感覺才終於襲向全身。

我的指甲應該確實貫穿了主人的腦袋。主人躲都沒躲，也沒防禦。

聲音來自我眼前。理應留下致命傷的主人姿勢從剛才到現在毫無改變，平靜自若地出聲說話。指甲整根刺入的部位連一點傷痕都沒有。

不可能——豈有此理。主人不是不死者。我身為屍鬼，很清楚主人是有生命的人類。

曾幾何時，黏附在指甲上的血跡……原本四散的血痕消失了。

不可能不可能不可能。

我明明——已經殺死了主人。應該已經殺死他了！

「沒想到，你真的……已經——有了智力？或是早就有了……有意思。」

「！」

還沒完。還有挽回的餘地。

我帶著激昂的氣勢全力刺出手臂。瞄準的不是頭部，是心臟。

五根刺出的指甲把主人的削瘦背部連同長袍一併貫穿，在身體中心開出一個大洞。溫熱的血漿觸感傳至掌心，冒出血流如注的咕嘟一聲。

我再次聽見奇妙的劈啪一聲。

眼前軀幹被刺穿的主人發出絲毫感覺不到怒意的稱讚般的聲音：

「我剛才之所以沒死，並非因為被貫穿的部位是頭。不過，聰明，真聰明。雖不知你是何時得到智慧的——你經過位階變異後仍繼續深藏不露？虎視眈眈地伺機要我的命？呵呵呵呵……本來沒有寄予期待的，看來你是個超乎預期的……優良身體……我可得向哈克——道謝了。」

簡直是個怪物。就連身為屍鬼的我，心臟被刺穿也絕不可能毫無反應。

太誇張了。難道這就是——死靈魔術師嗎？

我早已明白正面交手贏不了他，所以我可是挑選了最佳時機發動攻擊啊。

飢餓與生存欲求支撐住險些一蹶不振的心靈。

我抽出手臂。拔出來的瞬間，原本明明黏在手臂上的碎肉與血液簡直像煙霧一般消失無蹤。

我在剎那間思考：

怎麼辦？要怎麼做才能殺死頭蓋骨或心臟受損都還能存活的生物？

不——不對。他不是受到致命傷還能活著。這跟超回復力什麼的無關。對，簡直就像……他用了某種手段，讓攻擊——變成沒有發生過一樣——

我無法逃走，也無法防禦。一瞬間我就做了判斷。

殺到他死為止。我第一次在主人面前咆哮。

「啊啊啊啊啊啊啊啊啊啊啊啊啊啊啊啊啊！」

我由下往上斜著把指甲一揮。就在銳利的指甲尖端即將撕裂長袍時，主人赫洛司的聲音劃破咆哮，飛進了我耳裡。

「住手。」

命令如雷聲一般穿透我的身體。手臂一陣痙攣，由於急遽喊停而自我毀壞。手臂的肌肉組織噗滋噗滋地綳開，一陣鈍痛來襲。原本忠實聽我使喚的肉體，行動自如的肉體，聽從主人的命令勝過我的。

指甲前端未能再度傷到他的皮肉。指甲在到達即將碰到長袍的位置時，無論我如何使力都沒有再往前一點。

這時，我才終於接受自己的敗北。

不行——我打不贏，絕對打不贏。眼前的男人——是怪物，是我遠遠不及的怪物。

主人在按照命令一步也不能動的我面前緩緩轉過身來。

他的表情當中沒有怒意，僅僅掛著陰暗的愉悅。這點如實呈現了彼此的實力差距。對主人而言，對眼前這個曾因為露的謊報（儘管事實上她說的是真話）而動怒的男人而言，我抓住千載難逢的好機會發動的叛變根本不到讓他動怒的程度。

假如能造成生命危險，主人的表情應該多少也會有變化。

我的叛變連萬分之一……億分之一的成功機率都沒有。

主人就好像想故意折磨我似的公布了正確答案。

「哼哼哼哼……恩德，你似乎有點腦袋，但是——你不懂魔術。你的敗因在於你以為我……呵呵呵……『只有一條』性命。噢，我准你開口說話。」

「這是，怎麼回事——」

我從剛才到現在一直試著攻擊他，但全身簡直像石化了一般動彈不得。主人的面容顯出深深的笑意，從懷中慢慢掏出一顆銀色的圓石頭。

這顆石頭具有我從未見過的神奇光澤。原本似乎是渾圓的球形，但現在上面有一大道裂痕。

「哼哼哼……我——把我的性命分成了一百二十條。你殺死的，不過是其中兩條罷了。也就是說身為我的下屬，你想殺我的話，必須在剎那間對我造成一百二十次的死亡。這對於一流的死靈魔術師而言是常識。」

裂痕擴大開來，主人手中的銀球粉碎了。但是，我沒心情去看那種東西。

他說……一百二十條性命？太離譜了。就連我生前讀過的童話故事當中，都沒有這麼誇張的故事。卑鄙也要有個限度。但同時，這也讓我理解了主人從容不迫的理由。

如果他說的是真的──那我絕無勝算。

一兩條命可以用奇襲擊潰，但多達一百二十條的性命絕不可能殺盡。

我的叛變從一開始就沒有成功的機會。

強烈的後悔襲向心頭，但我也無可奈何。當時我沒有其他選擇，只是遲早的問題罷了。重要的是……今後。

我今後──會有什麼下場？眼前的男人會如何處置叛變過的屍鬼？

被我瞪視的主人嗤笑著下令：

「不過……今後若是再被你偷襲，那可吃不消。恩德，我禁止你今後對我做出任何攻擊行為，以及可能對我不利的行動。」

果然──是跟我來這招。

但是，原先我死都不想聽到的這番話現在卻讓我鬆了口氣。這是因為這項命令表示他目前無意殺我。

而我又對於自己為此鬆一口氣徹底感到絕望。

儘管現在多出了幾項新疑問，但就先擺到一邊。

我不能一蹶不振。我現在需要的——是絕對堅定的意志，以及貪婪無厭的信念。

赫洛司．卡門必須死，我絕對要殺了你。比起生前那種迫於眉睫，無可挽回的死亡氣息，你只是個不值一提的小角色。不管要用上何種手段，無論要花上幾年或幾十年——總有一天，我會贏得自由。

「哼哼哼……多麼駭人的戰意啊。即使感受到力量的絕對差距，仍然不見衰退的漆黑意志，以及經過位階變異並取得自我，卻能深藏不露的智慧……你正是我夢寐以求的『死者之王』。看來我長年以來的夙願成就之日也不遠了。縱然專殺不死存在的終焉騎士團即將到來……呵呵呵，哈哈哈哈……」

主人凶惡地轉動眼珠，高聲嗤笑。他的雙眸在黑暗中散發強光。可以看到差點被變成不死者的露就這麼被撇在一旁，縮在地板上發抖。

笑吧，儘管笑吧。只要最後一刻笑的——是我就夠了。

「我要你成為我的力量，恩德。不管你願不願意。」

「放我自由。我會聽你的。」

我的反抗已經穿幫了，表面工夫的恭順不具意義。而主人一定也希望我如此。

被我瞪著的主人果不其然，愉快地笑了起來。

「哼，哼，哼……聽說你是病死的，沒想到竟是如此凶暴的男人！不過，可以。恩德，我准你活動。」

「……再命令我一遍。」

「？我准你活動。」

直到剛才還像全身凝固般動不了的肉體接收到這個聲音的瞬間，輕易就取回了自由。

我即刻一個轉身，全速往房門跑去。我不理會隱隱作痛的手臂，全力踢踹地板，衝上階梯。

背後傳來有些慌張的叫聲：

「恩德，不許逃跑！」

「！……」

果然還是不行。不，其實我從一開始就知道行不通，但就是忍不住想試試。

見我停下腳步，主人一邊傻眼地說話一邊靠近過來。

「看來真是輕忽不得。不過，這才是──死者之王該有的資質。」

於是從第二天起，我被囚的歲月開始了。

我過著表面上並無不同，全身卻被看不見的鎖鏈五花大綁的日子。

# 第二章

# 生存欲求

晚上我與主人一起去狩獵。

對不再需要隱藏實力的我而言，森林裡的魔獸根本不是對手。

每晚的狩獵讓我早就適應了屍鬼的體能。我有柴刀與利爪，又有高過屍肉人的體能，再加上主人的後援，可謂所向無敵。

我橫掃過去曾經那般恐懼的成群夜狼，大嚼牠們的肉。

雖然是生肉，但生前記憶中不曾嚐過的甜美熱度滑入喉嚨，在體內化為烈火。

以前夜半狩獵不便弄髒衣服，所以都是脫了衣服進行，也必須極力小心不讓血弄髒身體；但現在都無所謂了。

見我渾身血汙地大嚼死屍，主人佩服地低聲說了：

「真想不到，才三個月就能變異為屍鬼……這是何等天賦啊。而且，竟然還能……隱藏到現在。」

「前任花了幾個月才變成屍鬼？」

「十個月。但是，那樣絕不算慢，是你——太快了。雖說個體之間必然有差異……看來貴族血統就是有差。」

的確，我生前是治理一個小地方的貴族家庭的兒子。

但是我家並不像故事中的貴族那麼富裕，家譜中也沒人做出什麼大事業來。只有財產比一般人多一點，所以設法為身患絕症的我做了維生處置，這點我很感謝他們；但我在世時，並不覺得貴族的血統有多特別。

我一邊用尖銳利齒啃著黏有肉屑的夜狼骨頭，一邊瞪著主人。

「……管他是貴族還是平民，死了都只是普通的屍體。」

「…………說得有理。哎，也罷。憑你的天分，想必用不了多久就會變異為『黑暗潛行者』(Dark Stalker)了。至於原因，之後再想……即可。」

主人的聲音含有自言自語般的語氣。

我抱著必死決心叛變的結果，只得到了少許情報。

其中最重要的情報應該是——現在的我完全對付不了主人。

如今我已被禁止對主人做出攻擊行為或於他不利的行動，所以一籌莫展；但就算沒有這項禁令，我也不可能在受到絕對命令之前殺光一百二十條性命。那時我以偷襲的方式勉強殺掉兩條，但就算之後沒被下令停止動作，想必也是殺不死主人。

主人能使用魔術，而我沒有辦法對抗魔術。

本來以為只要用偷襲的方式做掉他就不用擔心魔術，結果是我太小看魔術師了。

「黑暗潛行者」。這種存在又稱為「潛鬼」，是我繼「屍鬼」之後預定變異的對象。

根據圖鑑指出，他們在不死者當中數量相當稀少，然而就算我能成功變異成那種存在，恐怕也贏不過主人。

「……變成『黑暗潛行者』之後，我就能打贏終焉騎士團嗎？」

「當然贏不了，別妄想了。說來氣人，那幫人是獵殺黑暗眷屬的專家。就連三級騎士——我們都無法正面與之為敵。『活屍（Living Dead）』系當中有可能贏過他們的…………只有連他們的力量都無法輕易填補的深淵……沒錯，就是『吸血鬼（Vampire）』。」

主人舉出了我變異的目標——位於遙遠巔峰，最有名的一種不死者的名稱。

我以為我成為屍鬼，已經獲得了相當強的力量。但看樣子這種想法還是太自大了。

終焉騎士團應該是人類。不像我，是藉由殺死生物得到大幅強化的不死者。

他們究竟是如何以人類之身獲得那麼大的力量？主人——死靈魔術師擁有的力量比童話故事描述的更強大，但終焉騎士團似乎也擁有能與之抗衡的力量。

對以前身體狀況只能等死的我來說，真是難以置信。

而正因為如此，我絕不能被他們那種人殺死。如果要被殺——那我就先殺了他們。就算對手是過去憧憬的對象，誰想殺我就是我的敵人。

「放心吧，我已在森林裡放出了眼線。眼下的敵人是那幫人。無論你作為死者之王擁有多優秀的天分，現在的你還很弱小。你與我利害關係一致，不會那麼容易就敗在他們手裡。」

主人鼻子哼了一聲，聲調帶著陰暗情感說道。

我在心中咂嘴後，進食完畢，站起來準備尋找新的獵物。

主人是我的敵人，最大的敵人。

光論擁有絕對命令權這點，這個敵人就比只要逃開就好的終焉騎士團更棘手。

我一如往常地被送回地下室，收到「禁止外出」的命令。我得到的只有讓露告發我的關鍵物品——熟讀了好幾遍的不死者圖鑑。

換成我是主人的立場，也會下同樣的命令。

絕對命令權雖然效果強大，卻不是無敵。至少對主人來說，讓怨恨自己的不死者下屬增長智慧不會是件好事。尤其是主人的藏書（雖然我看不懂）幾乎都是魔法書，交到識字的不死者手裡太危險了。

不過，即使我理智上明白這麼做的合理性，感性面卻無法容忍現在的狀況。我的自由度比起以前能偷溜出去的那段日子，實在太受限了，感覺就像呼吸不到空氣。

雖然說……總比被殺好多了。

在除了一堆禁止食用的屍體之外什麼都沒有的地下室裡，我能做的事只有思考與做體操。

現況來說唯一幸運的是，主人誤以為我的智力是位階變異帶來的變化。

最糟的一點……並非主人封鎖了我的反抗，而是主人太強了。

他太強了。一個性命多達一百二十條的存在，能有什麼辦法打倒？

他那樣連意外死亡都不可能，壽終正寢……恐怕也不值得期待。

而最大的問題是，我不知道主人的目的是什麼。

他為什麼在知道我叛變之後，仍繼續用夜間的狩獵鍛鍊我？明明如此，卻又不肯讓我學習變強所不可或缺的「知識」？還有，「死者之王」究竟是什麼？他在這座森林裡謀劃些什麼？我試著問過這些問題，但他總是把話題岔開。

畢竟是死靈魔術師，想也知道不會是什麼好事；而且既然他限制我的自由，可見並不打算與我和睦相處下去。

主人看我的眼神極其冷血透徹。他對我表現出的喜悅恐怕也絕非父親為兒子感到驕傲，而是對自己的實驗成功感到滿意。

難道是想增強我作為下屬的力量，把我當成強悍的兵力？我都已經叛變過了？

不可能，主人並不信任我。

我看看待在房間一隅的使魔貓頭鷹。發亮的冰冷眼瞳定睛注視著我。

終焉騎士團就要來了。不管怎樣，我一定得設法殺了主人。

必須設法騙過擁有一百二十條……我已經擊潰了兩條，所以尚餘一百一十八條命的主人……用命令束縛我的主人。

我抱住膝蓋，坐在房間牆角把臉壓低。我用力亂抓頭皮，睜大眼睛，精心思考。

我承受著強烈的焦躁感，想方設法。但是想了半天，我的腦中還是沒浮現什麼好辦法。

但是後來，我嘗了幾天不自在的生活後，命運的時刻到來了。

事情起因自狩獵之後，主人對我說的話：

「恩德，我要你擔任露的護衛，與露一同前往附近的城鎮——埃吉。」

意想不到的一句話，使我不禁忘了對目前不自由生活的不滿，睜大眼睛。

主人面對變了表情的我，額上擠出皺紋，摸了摸魔杖。

「城鎮雖然危險——但我不便前往。我準備了能隱藏死亡氣息，不讓那幫人察覺的道具，你只要謹慎行動就不會出差錯。你都能騙過我了，這件事一定辦得成。」

我沒有拒絕權，也無意拒絕。

去了城鎮，說不定能找到改變現況所需的要素。

我板起臉孔以免心思顯現在臉上，主人用戒心極強的眼光看著我。

爾後，我將在那裡見到英雄。見到死靈魔術師與不死者的天敵……對黑暗存在擁有傲人的壓倒性優勢，自古以來受譽為最強武力的戰鬥集團。

§　§　§

真的好久沒有上街了。

生前我到了死期將近時幾乎都是臥床不起，所以恐怕有五六年沒上街了。

自天空灑落的陽光曬得肌膚發疼。狩獵都是在晚上，所以我也好久沒在白天外出了。

陽光對所有不死者來說都是毒害。陽光可以算是微弱的正能量照射，因此幾乎所有不死者都只在夜裡活動。

但是，這絕不代表我們在白天無法活動。

以陽光為弱點的不死者當中，最有名的當屬光是曬到太陽就會變成灰的吸血鬼，但那並非陽光含有的正能量填補了他們的深淵，而是詛咒本身造成的效果。他們正因為受到制約在陽光下無法活動，夜間才能發揮強大無比的力量。

原則上來說，不死者的詛咒弱點越多，實力就越強。

如同以進食與些許痛覺為代價——讓屍鬼獲得了種種力量一樣。而照主人的說法，在不死者當中屬於低階的屍鬼算是比較不受陽光影響。

說是變異前的屍肉人完全不受日光的詛咒限制，但擁有的負能量低，使得日光含有的微弱正能量已足以帶來沉重負擔，所以整體來說在太陽下活動時，最能取得平衡的不死者是屍鬼。

在我要上街辦事時，主人借給我兩樣東西。

一個是可減輕日光影響的「常夜外套」，另一個是可隱藏負向氣息，瞞過終焉騎士團耳目的「暗影護符」。

可能是穿了漆黑外套的關係，即使在日光下，身體的動作也跟平時沒什麼改變，使我差點忘了自己是不死者。但據說下個變異對象「黑暗潛行者」會大幅受日光影響，所以這或許是我白天正常走動的最後機會了。

與我一同被吩咐辦事的露沉默地走在前面，只露出最小限度的肌膚慘白病態得不輸給我這個不死者，再加上瘦小枯乾的手腳，看起來比我更像個將死之人。她眼睛底下有著消除不掉的黑眼圈，頭髮也只做了最基本的梳理。服裝雖比平時來得乾淨，但那是主人在我們外出時，為了不讓人起疑而讓她做的打扮。

到頭來，露雖然賭命告了我一狀，主人對她的態度卻沒有半點改變。她免於變成不死者，但也就只是這樣了。我不知道露的出身背景，也不感興趣，總之對主人而言，露大概是個沒多大價值的存在吧。

我對露不感興趣，不過多少有點同情。雖然那程度只比主人好上一點點，但畢竟她毫無自由的生活，與生前臥床不起的我有些相似之處。

假如我能順利殺了主人，我或許可以放她自由。

主人吩咐我們的任務是到街上跟哈克拿訂購的東西。

在露的帶路下，我們很快就走出森林，抵達了城鎮。我們在森林裡遭到魔物襲擊，但我已經達到能帶著一個護衛對象穿越森林的等級。為避免引起疑心，主人沒讓我帶上平常使用的柴刀，不過即使有露這個包袱，靠我自己的利爪就夠了。

埃吉鎮位於從森林走一個小時路程的地點。既然哈克都能定期拖著棺材過來，我早就在想這座森林不會是無人祕境了，但城鎮比我想像中更近。宅第坐落的森林範圍廣闊，不知道位置的話可能很難找到，但只要知道方向，真沒辦法的話一路直走也能抵達。

考慮到這點，得知天敵即將造訪的哈克說不再進入森林似乎也是理所當然。

埃吉鎮還算繁榮。雖然不是大城市，但也沒村莊那麼小。城門很堅固，地面被行人踏得緊實，好幾輛大馬車絡繹於途。

街上有著我以前望眼欲穿的熱鬧景象。

我們用主人準備的身分證進入城鎮。對方絲毫沒有懷疑我是不死者。

我雖是不死者，不過外表相當接近人類，臉色不好，但這種人多得是。只要表現出不死者少有的智力，一點疑心很快就消失了。

不死者當中最受人畏懼的是吸血鬼，原因是這種不死者平均擁有高度智力，能夠潛藏於人群之中。我雖是屍鬼，但又會說話又能在陽光下活動。就以能夠藏身於人群這點來說，也許還勝過只能在夜間活動的吸血鬼，在不死者當中居冠。

我有些雀躍地看著人潮。到處都是聲音、色彩與氣味。

「露，我們在街上逛逛怎麼樣？」

「……」

黑暗籠罩的主人宅第也不錯，但這片光景更是美好。可惜手頭沒多少錢，所以不能亂花，但稍微逛個街應該不會遭天譴吧。

相較於我睜大眼睛把明亮的景色烙印在腦海裡，露的態度很冷淡。

「老爺，命令我們，辦好事情，就迅速，回宅第。」

「可是，他沒說迅速把事情辦完不許繞遠路。只要我跟妳串通好就不會出錯。」

「……………你的，職責，是，保護我。」

「妳之前一直在那種黑暗的地方生活，稍微享受一下不會怎樣的。」

我追上快步往前走的露，壓低音量試著說服她。

露伺候主人的時間比我久，心裡想必也累積了不少怨氣。

「主人現在看不見也聽不見我跟妳的狀況，絕對不會穿幫的。我們並沒有要違反主人的命令。主人只叫我們盡快，並沒有限制我們的時間。」

「…………」

「妳受到的限制比我的輕多了。我都能辦到，妳不可能辦不到。」

奴隸人口不多，但不是一種罕見的存在，所以我對他們受到的限制略知一二。

奴隸的項圈施加了防止違反命令的魔法。但不同於不死者受到的絕對命令神通廣大，這種魔法的效果非常輕微。

奴隸受到的限制是……疼痛。

我的情況是身體會擅自聽從命令，奴隸在違反命令時則是以承受劇痛作為懲罰。

而且，他們的限制令數量有限，同時能施加的限制只有三個。又因為其中兩個固定用在禁止自盡與對主人進行直接或間接攻擊，所以能隨意自由運用的命令只剩一個。命令必須下得精準，範圍太廣的命令可能會導致隨便一點小事都觸犯命令而害奴隸活活痛死，而反過來說，也有可能被奴隸鑽漏洞。

對奴隸下的命令多得是方法迴避，所以主人才會派我跟著她。

主人是當著我的面下令，所以我知道露受到的命令是她剛才說的「辦好事情就迅速回宅第」。主人還補上一句警告，說如果半路上我因為任何原因喪命，她將會在經過長時間拷打之後被處死。

我受到的命令是保護露，盡可能聽從她的指示，以及如果陷入最壞狀況就把露丟下，自己逃回來。主人能對我下的命令沒有數量限制，所以之前的「禁止做出任何可能傷害主人的行為」以及「禁止逃亡」都還有效，但至少我與露受到的命令沒有互相衝突。

露聽到我的好主意，眼色第一次有了變化。

她用含藏畏怯與少許憤怒的目光抬頭看我，顫聲低喃著說：

「不、不許你，誘惑我，你這怪物。你對我做的這些提議，我之後，會向老爺報告——」

……看來交涉決裂了。露的語氣不同於她的外貌，成熟且頑固。

可想而知，畢竟我曾經害她被懲罰過一次。雖然嚴密而論那不是我的錯，是露自己愛多管閒事，但她似乎不這麼想。

看到露把畏怯藏在心裡故作堅強，我對她笑著說：

「沒用的，妳應該很明白……就算妳去打小報告，妳的待遇也到死都不會改變。主人很清楚我會有這種言行舉止。」

所以主人才沒有讓我獨自上街。或許一方面也是因為我不知道怎麼走，但這種小事給份地圖就解決了。他讓我跟露同行，必定是因為我跟她不是一夥的。不愧是老奸巨猾的魔術師，想法真夠陰險。

露聽我這樣說，緊緊抿起發紫的嘴唇，表情緊繃。

她不像我是觸犯禁忌的存在，但似乎害怕這世上的一切，對什麼都不信任。

不像我好久沒上街……心情是如此神清氣爽。

這下要是能自由地買小吃或觀光，不知道有多快樂。

「這樣吧，如果妳願意接受我的提議——當主人因為某些原因死掉，使我重獲自由時，我就護送妳到鎮上。」

聽到我的提議，露一瞬間露出呆愣的表情，隨即變了臉色。她睜大雙眼，乾瘦的手緊握成拳頭，彷彿心生戰慄般渾身顫抖。從唇間冒出的聲音感覺似乎比剛才大了一點。

「老爺……絕對，不會死。他所向無敵。老爺是，很可怕的……一個人。我看過他，好幾次擊退敵人。要死，我跟你會，先死。」

她這些話聽在我耳裡像是慘叫。

我毫無感慨，也不覺得她可憐。她的這些話只讓我感到失望。

看至今的情況，其實我已經料到，但實際看到還是很難控制內心情緒。露的心靈已經屈服了。不，想必正是因為已經屈服，才能一直在邪惡死靈魔術師底下做奴隸。即使枷鎖寬鬆，她卻隨波逐流地活到現在。在面對死靈魔術師時死亡不會成為救贖，或許也是她畏懼主人的原因之一。

想說服露是不可能的。本以為如果能巧妙說服她就能成為一大助力，但她以幫手來說太過弱小。就連要請她幫一點點忙，都得先想好一番花言巧語。

「這樣啊……那真是……可怕。」

「……………」

聽我隨口敷衍，露無言地微微看向下面，簡直像操線人偶一般往前走。我輕嘆一口氣，決定按照主人的命令跟著露走。

我們很容易就領到了訂購品，扛著它前往城鎮出口。

哈克看到我跟露一起來只是睜大雙眼，什麼也沒說。可能是因為做非法買賣，看來他秉持著不介入委託人隱情的主義。我喜歡。

主人讓哈克準備的東西用厚布包著。

長度將近一公尺，前端較細，越往底部越粗。以武器來說形狀很奇怪，重量也重到露拿不動的程度。我不知道這是什麼，不過那個狡獪的主人寧可冒險也要派我上街來拿，可見一定有它的價值在。哈克沒有多說什麼，因此我無法推測裡面是什麼，說不定是主人的祕密武器。

結果，我沒能在街上到處逛。不過只要我能活下去，第二、第三次機會遲早會到來。我依依不捨地跟著露往城鎮外走去。

——然後，我遇到了活生生的太陽。

他們就在通往城外的大門附近。

光是看到，意識就一瞬間飛遠。我渾身失去力氣，主人的包裹從我手中掉落。彷彿貧血頭暈的一陣眼花使我雙膝一軟，急忙提醒自己重新使力。露轉過頭來看我發生了什麼事。

那是幾人組成的集團。他們身穿磨亮的純白鎧甲，腰際或背上各自佩帶著各種武器。乍看之下，那副模樣跟普通騎士無異，但他們與其他人類的最大差異——在於蘊藏其身的正能量。

身為不死者的我，能隱約感覺出作為食物的人類身懷多少正能量。

那個集團散發的能量遠遠超過我至今見過的任何一個人類。明明還有一百公尺以上的距離，卻耀眼得令我無法直視。

實際上他們並沒有發光。沒有任何人的視線在注意他們。

但是，我理解到了。用絕望來形容都太溫和。

要比喻的話，那就像是光明、月亮、太陽——像是奇蹟。

我手腳發抖，明明應該早已不需要呼吸，卻感到喘不過氣來。

他們只要靠我太近，就足以燒光渺小的我。

大腦與本能都在全力敲響警鐘。我想逃走，雙腳卻完全不能動。

一靠近他們，我就會消失。就算不會消失，光是與他們對峙我就會沒命。令我身體活動的詛咒在如此告訴我。

那正是——不死者的天敵、英雄、勇者、光明使徒。是滅殺死靈魔術師之人。

——終焉騎士團。

我一直以為將性命分成足足一百二十條的主人無所畏懼。

雖然不到露那麼誇張，但我一直堅信主人能獲勝。然而此時此刻，我親眼目睹了那個存在，才打從靈魂深處理解主人為何會將終焉騎士團視作天敵。

我原本就知道他們是英雄，也崇拜過他們。但是，我從未真切理解過他們的本質。

我——贏不了他們。現在的我，絕對贏不了。

除了啃食死屍之外一無是處的餓鬼，怎麼可能擊敗比太陽更耀眼的人？

「……怎麼了？快把包裹，撿起來。」

「呃，好……」

露這句話讓我回過神。我一邊將那幅光景烙印在雙眼，一邊慢慢蹲下，撿起掉在地上的包裹。我用力咬住嘴脣，在做事的同時做好覺悟。

我必須贏。如果他們要來殺我，如果我為了活下去必須吞食光明，那我只能努力求勝。主人稱終焉騎士團為天敵，但沒有逃走。那個老奸巨猾的死靈魔術師不可能不了解敵人的能力，所以必然是有取勝之道。

我往全身灌注力氣，彈開從這麼遠的距離就能侵蝕身體的光明。

不要緊，他們不會發現我。距離這麼遠，況且主人還借給我預防終焉騎士團的護身符。就是鑲嵌著大顆黑色寶石的護符——「暗影護符」，據說具有讓不死者隨時散發且終焉騎士團能夠察知的「負能量」不外洩的效果。

我握了握放在口袋裡的它，慢慢往城門走去，同時觀察他們的一切。

可能是一度撐過了衝擊的關係，往全身灌注力量之後就能抵擋沉重壓力，勉強走動了。

終焉騎士團共有六人，男女老少都有。

有三個體格高大的男人與一名金髮女子，一看就極具騎士風範。武器有鎚矛、魔杖、劍與盾，以及弓箭。整體而論，都散發出遠比一般人強的光芒。

據說終焉騎士團分成三個等級，他們大概就是所謂的三級騎士了。唉，確實正如主人所說，我實在不可能打贏他們。

但是，但是我得說，他們還算比較好對付了。

另有一名女子銀髮髮尾剪齊，腰際佩帶著美麗的白銀寶劍。這名女子比剛才那四人年輕，但散發的光芒——遠比他們強。這只是我的感覺，恐怕強上不只兩倍或三倍。

怎麼看都不像人類。雖然容貌也比我見過的所有人都要出色，然而存在感更是大幅異於常人。恐怕一旦與她為敵，我還來不及攻擊就會死在她手裡。

她——如同明月。就像超凡、強悍，卻散發靜謐清輝的月之使徒。

而問題在於——我之所以判斷一開始的四人是三級，並且不得不判斷這位超然脫俗的銀髮少女是二級，是因為令人不敢置信地竟然還有人在他們之上。

靈魂、肉體、存在，全都大放光輝。

即使將其餘五人的光彩全加在一起，也比不上這僅僅一人。

那是一位個頭高大的年老男子。主人也是老人，但那人不像主人，背脊挺得筆直，一身肌肉也絕非主人可以相比。全往後梳的整齊髮型滿頭皓白，容貌也刻滿了皺紋，但雙眼散發出溫和的光輝。

那個男人——如同太陽。是我只要靠近，整個存在就會被焚燒殆盡的太陽使徒。

光看那位無敵英雄一眼就知道雙方的層次差距。他那所向披靡的威儀，令我覺得就算我苦練百年也絕對無法勝過此人。

如果他不是一級騎士，誰還有那個資格？

任何黑暗徒眾只要看到其英姿，就會逃之夭夭。想必天地諸神都對那肉身賜與了祝福。

啊啊，竟有這種事情。明明有我這種身罹怪病纏綿病榻，在痛苦中死去的少年，卻有老人能擁有這般充沛的生命能量。

——這世界——是多麼不公平啊。

在受到衝擊之後，烙印在我腦中的不是恐懼，是憤怒，是嫉妒。

我的目的是生存，是生存與自由。只要能得到這些，我絲毫無意與終焉騎士團挑起爭端。

但是，這事另當別論——我無法容忍像他那樣的存在。就算不戰鬥，我也絕不願屈服於那種人。像他那樣得天獨厚的存在居然跑來殺我這種可憐蟲，光想像就讓我忿恨不平。

我維持面無表情，讓心情鎮定下來。

不行，我得忍耐。我贏不了那個人。至少，目前——還贏不了。

我最在行的就是逆來順受……忍氣吞聲。

這是弱者的權利，是唯一的強項。

我用思考蓋過憤怒。我挪動雙腳，跟著表情狐疑地偷看我的露往前走。

但是，主人打算用什麼戰術對付那個集團？他有勝算嗎？

主人除了我以外還有無數手下，然而那種貨色對他們而言只是小角色。

骷髏騎士的確很強，但恐怕連三級騎士都比不上。基礎能力差太多了。

可惡…………我猜不透。

主人很強。但是，終焉騎士團也強悍到過分的地步。

正可謂天上無雙之戰——光明與黑暗之戰。我不知道主人在與他們交戰時打算怎麼使用我，但我如果跟他們對峙……一定會死。好不容易得到的第二個人生將會一事無成地結束。

簡直像變回了人類似的，我的頭陣陣抽痛。

強烈的噁心感使我雙腳踉蹌，視野為之扭曲。

不行，我腦子亂成一團。

我必須遠離他們。現在……總之……我必須……離開這裡——

然後，就在我勉強排到出城的隊伍後面，以為接下來只要跟著前面的人走就好，正鬆了口氣時，忽然有人從背後叫我：

「請問………你看起來好像身體不舒服，你……還好嗎？」

「！」

聽見這冷淡的嗓音，一時使我窒息。我強迫差點自動開始發抖的身體使出力量，轉過頭去。

只見一位宛如散發月光的二級女騎士以及四名三級騎士，從極近距離看著我。

那位女騎士有著剪齊的銀絲般秀髮，以及恍如紫水晶的深紫瞳眸。

年紀不到二十歲……應該在十五到二十歲之間吧。肌膚雖然白皙，但不像露那樣病態，若不是在這種狀況下，她那透露出智慧的容貌美得能讓人看得出神。

雖然個頭比我小，體態也纖細柔美，但感覺到的能量卻比剛才遠遠肉眼確認時更震懾人心。

不懂得如何感覺正能量的露也好像深受感動，目瞪口呆地看著她的身姿。

我看著她那湊近一看依然毫無陰影的神聖身姿，心想：啊啊，假如像她這樣的美麗少女要殺我——那我必定是不被允許活在這世界上的存在。

只是即使如此，我還是絕對不會……甘願受死。

所幸，我的肉體似乎承受住了這些能量。

不，也許我剛才感覺光是靠近就會被燒光其實只是錯覺，從她身上迸發的力量餘波可能根本不具破壞力。在童話故事當中，我也沒看過有終焉騎士能光是靠近就把不死者燒成灰燼。

即使如此，我仍然無法阻止身體發抖。

不可能逃掉。我的體能雖然遠遠高過人類，但對方並不是普通人。

「你在發抖，而且臉色——」

還不是妳害的？

她說話的內容在關心我，語氣與眼神卻冷淡如冰。

「芊莉，妳真是愛管閒事。」

後面一個跟她一起的騎士——腰際佩劍的茶色頭髮男子傻眼般說道，湊過來看我的臉，皺起眉頭。

我的防備應該很完善。據主人所說，終焉騎士能察知負能量的存在，從遠距離外捕捉我們的位置。既然我已用護符隱藏能量，他們就算懷疑我應該也找不出明確證據——

我做好了覺悟。既然反擊或逃走都行不通，那只能設法掩飾過去。

露保持沉默。太陽般的男人沒有靠近過來，只是從很遠的位置神情和藹地看著我們這邊——靜觀被喚作芊莉的少女的反應。

既然他們沒有冷不防襲擊過來，表示至少現階段應該還沒穿幫。他們的視線集中在露的項圈上，但奴隸不是什麼罕見的存在。雖然露瘦小得怎麼看都像個小孩，但兒童奴隸多得是。況且她只有這次穿著像樣的衣服，看起來還比平常好多了。

「抱歉，你聽她口氣可能會以為她在生氣，但我們家公主『天性』如此。別看她這樣，她可是前途不可限量喔。」

天性？她平常就是這樣？

她那銳利目光簡直像看穿了我的所有心思……你說這是天性？

聽到同伴這麼說，光用氣場就差點沒把我消滅的女人眉梢有些不服氣地下垂。

「話說回來，也難怪芊莉要擔心。這樣說可能不太好聽，你印堂發黑喔，臉色很糟。」

「勒夫利！你怎麼這樣說啊，很沒禮貌耶！」

身後的金髮女騎士打了他的頭，然後看向我的臉。儘管最糟的狀況似乎成功迴避了，但還沒脫離險境。

陽光很刺眼。我以自然的動作重新把戴著的連衣兜帽壓得更低。

「……沒、沒事，謝謝各位。我只是大病初癒，不要緊的。我直到前一陣子…………都一直臥病在床——現在總算能外出走動了。」

「臥病在床……那麼……現在沒事了？」

「是。」

隊伍往前走了一點，於是我們也跟著前進。但死神集團不識相地跟過來。

他們究竟想怎樣？難道是已經發覺我的真面目，想找機會消滅我？

幸好我是不死者之身。如果我還活著，現在應該已經滿身冷汗了。

月亮的使徒小聲說：

「我懂你的心情。因為……我以前，也曾臥病在床。」

「！……原來……是這樣啊……」

我面露淺笑後，芊莉同樣露出有些生硬的笑容。

我受到了兩種衝擊。其一是這個身懷奇蹟般力量的女人其實原本是病人。而她，竟然這樣就以為了解我——

換作是生前的我，早就拿東西丟她了。我現在聽到這種話還笑得出來，是因為我如今身體健全。而對我來說的健全，對他們來說卻不算健全。

可是，這真是令人意外。

聽見的話語讓我稍稍恢復從容，抬起頭來，重新看看終焉騎士團的各個成員。

他們各自面露不同表情。傻眼、笑意、佩服。我受到的另一個衝擊就是他們的形貌。

這些騎士無不光輝燦爛，但同時也令人不敢置信地——充滿人性。

在我生前讀過的故事當中，有的終焉騎士也的確由於情緒激烈火爆而受人畏懼，但至少我眼前的這些騎士都太有人味了，對我這個只不過是滿臉病容，周遭其他人都絲毫不感興趣的人表現出關懷之意。

他們的慈悲心腸符合光之使徒的形象，卻與我想像中的英雄不同。

如果是我想像中的英雄——我早就死了。不，假如那個太陽般的男人靠近過來，那男人想必已經看穿我的真面目。

那男人展現出的威嚴讓我感覺區區護符擋不了他的法眼。

芊莉忽然睜大眼睛，像是想到了什麼事。

「對了……我會用回復魔法——應該可以恢復一點體力。」

「不，不用了，我已經沒事了……謝謝妳，芊莉小姐。方便的話……與其讓我回復——請妳還是用在露身上吧。露——因為照顧我這個病人，累壞了。」

在這個當下，我露出了發自真心的笑容。

回復魔法對不死者無效。豈止如此，現在芊莉正要使用的分享正能量的治療魔法甚至如同劇毒。

芊莉這位慈悲為懷的少女微微點了頭後，將手掌心放在一旁渾身緊張僵硬的露身上。

自肉體湧現的力量波動得到凝聚，隨著小聲咒語獲得解放。我只要擦到一下就可能灰飛煙滅的過剩能量注入露身上，病態慘白的肌膚轉瞬間恢復了健康色彩。

果然——很強，太強了。不只如此，芊莉明明使用了強大得可以把我消滅淨盡的回復魔法，渾身散發的氣息卻不見絲毫衰減。不同於不死者，終焉騎士運用的正能量應該是有限的，或許只能說每個人力量高低不同吧。

然而，即使有人在極近距離施放能置我於死地的魔法，我的表情還是不變。因為我明白了。她是黑暗生物的天敵，也是弱者的救星。比起她過人的力量，她的精神層面實在太有人性溫情……絕對有機可乘。至少從精神層面而論，她比不上我那狡猾的主人。

當然，我無法與芊莉正面交戰，那樣做愚不可及。我完全不是芊莉以及太陽般的男人的對手。我得…………想想作戰計畫才行。

不是殺死芊莉等人以及太陽般的人，而是設法活下去。

我不讓內心思維顯現在臉上，低頭致謝。無數英雄的眼睛都在盯著我。

「謝謝妳。那麼，我們在趕路，失陪了——」

就在我推著露的背想往前走的瞬間，忽然有人把手放在我肩上。

理應已經停止跳動的心臟差點凍住。我沒有脈搏，沒有心跳，也沒有呼吸，而且其實體溫也——遠比人類低。

我只不過是運氣好才沒變得一臉驚愕。之前站在芊莉背後，至今一句話都沒說過，有著一雙狡詐眼眸的藍髮男子攔下了我。

「什麼事？」

「喔，抱歉把你攔下來。是這樣的，我們目前──正在按照老師的命令搜尋潛伏於這附近的死靈魔術師，就是玩弄死亡與靈魂的黑暗魔術師。」

「那真是……聽起來很不容易……」

「沒什麼，姑且不說我們幾個，芊莉可是號稱歷代以來最優秀的才女，只要被我們找到，死靈魔術師瞬間就會沒命。但是呢，就是遲遲找不到線索。陰陽怪氣的混帳總是擅長躲躲藏藏。」

嘲弄我的口氣聽起來實在不像是名聞遐邇的終焉騎士團。但是就某種意味來說，這個人比芊莉更大意不得。男子目不轉睛地盯著我的臉說：

「打開天窗說亮話，你的臉色跟不死者非常接近。雖然感覺不到黑暗氣息………不過吸血鬼都怕陽光。我要你掀開你的連衣兜帽，不願意也得做。」

「奈畢拉！」

芊莉的語氣帶有責備，但奈畢拉表情不變。

原來如此……論實力雖是芊莉為上，但之間的關係似乎比較像是對等。他說的老師，十之八九就是那個靜觀這邊情況的太陽般的男人吧。

我露出淺淺微笑後，慢慢把手伸向連衣兜帽，毫不遲疑地掀開給他看。

陽光射進雙眼，眩目地讓我瞇起眼睛。不死者最怕的陽光照射肌膚，使我感到些微的熱辣刺痛。

「這樣，就行了嗎？可能是因為長期躺在房裡，我皮膚比較敏感……」

可能是沒想到我居然毫不遲疑地照辦，奈畢拉睜大眼睛觀察我的神情十幾秒後，蹙起眉頭，刻意地嘖了一聲。

「嘖！猜錯了嗎？嗯，可以了，不好意思。」

「奈畢拉！……真對不起。」

「不會，職責所需，我能諒解。」

我帶著笑容搖頭，重新把連衣兜帽戴好壓低。但是，我心裡卻不像表情這般平靜。

我沒有脈搏、心跳與呼吸，體溫又低，就算不怕日光也多得是穿幫的可能性。他們只用日光確認我的身分，想必是因為那是不死者的最大弱點。智力高到能混入人群的強悍不死者全都懼怕日光，因此他們對不死者越是擁有專業知識，就越是想不到其他確認方法，如同主人也沒能看穿我的變異一樣。

……不對，「吸血鬼」好像有脈搏或心跳？

記得吸血鬼只要心臟被木樁刺入，就會消滅。真要說起來，那種不死者可是靠吸血生存的怪物，就算體內有血液流動也不奇怪。

回去之後再重讀一遍不死者圖鑑好了。

我心中如此決定後，帶著笑容向芊莉等人告別。

「那麼，謝謝各位的關心。有緣再會——」

但願——我們再也無緣相見。
這次的邂逅是偶然。不知為何，我有種預感。
下次相遇時——雙方必定會開戰。
我要活下去。我已經決定就算變成怪物也要活下去了。
我無意主動攻擊他們，但沾上身的火星不能不撣掉。
縱然那不是火星，而是淨化我的正義之光也一樣。

§ § §

「什麼！你說你們……碰上了終焉騎士！」
聽到我的報告，主人的表情變化十分激烈。
齜牙咧嘴的惡鬼臉孔，不同於終焉騎士團，讓人感覺到深沉幽暗的力量。
我把整件事告訴了他。反正露都會報告，我來說也一樣。我說出了他們的人數、武器與渾身迸發的能量。唯一隱瞞的，只有我從芊莉等人身上感覺到的「心軟」。
而當我提到散發太陽般能量的老人時，主人的情緒達到了沸點。
他露出燃燒著憤怒與嗟怨的汙濁雙瞳，一拳搥在桌上。那副模樣一如我心目中的死靈魔術師。他聽我說完詳情，睜大了雙眼。

「來的是一級騎士……而且還是那個男的？」

「你跟他認識？」

「！……當然認識，我們是長年以來的仇敵。我以為隱蔽做得夠完善了，想不到就在夙願以償的前一刻，『滅卻』居然來到這種邊境……看來那人無論如何都要破壞我的好事才滿意。」

「你有勝算嗎？」

「這還用說嗎！」

主人氣喘吁吁地嚷嚷。從這句話可以聽出他的驕傲自大、憤怒與高昂的鬥志。

他——沒有說謊。至少主人自己是這麼認為的。他有能夠取勝的根據。

「但是！……要是再給我一點時間，我就能獲得更強大的力量了！難道說——這是最後一道考驗嗎！不，或許還來得及。雖然有些不甘心，但對付那男人必須當機立斷。」

主人拆開包裹的布。從中出現的，是一根描繪出平滑曲線的棍棒。棍棒是黑色的，質感具有光澤，越往下越粗，越往上則越細——

這時我才終於看出這玩意兒是什麼。我不禁打了個冷顫。

看到我這種反應，主人臉上浮現深沉的笑意。

那是——獸牙。是碩大無朋的生物的獠牙。

如果光是一顆牙齒就有我的手臂這麼長，本體不知道有多巨大。至少出現在這森林裡的魔獸都無法與之相比。

主人小心翼翼地撫摸獸牙，皺起眉頭。

「但是，嗟怨的量果然不夠，我需要再來一根。雖然已經讓哈克準備了……恩德，你剛才報告時說過，你從終焉騎士團身上感覺到驚人的力量是吧？」

「嗯，是啊……我這種小角色一瞬間就會灰飛煙滅，光是碰到就會化為塵土。就是那麼強的力量。」

說來窩囊，但層次差太多了。無論我如何模擬狀況，即使在尚未摸清對手實力的情況下，只有這點我敢斷定。儘管我還不太清楚下次位階變異能賦予我多少力量，但我不認為一兩次的變異能讓我打贏他們。

然而，主人聽到我的回答，卻放聲大笑。

「哼，哼，哼，哈——哈，哈，這樣，這樣正是死者之王該有的器量！放心吧，恩德。你所感覺到的力量正證明了你的深淵之深！不死者——是反映光明的深邃黑影，一介屍鬼竟能感覺出來！看來器量是夠了！在那幫人到來之前，應該還有一點時間！高興吧，恩德！」

他的雙眸在狂亂與狂喜中發亮。

由於我才剛見過一群光輝燦爛之人，他這模樣顯得更可怖。

我不要什麼力量。我從不曾希望得到深邃的深淵。

我再次強烈體會到主人的危險性。雖不知道他在打什麼鬼主意，但眼前的男人是貨真價實的怪物。與太陽般的男人只是方向性不同，卻也是不輸那個人的……魔怪。

要是被捲進怪物之間的戰鬥，那可吃不消。
這下子一刻也不得遲疑了。沒錯，正如主人所言，必須當機立斷。
「我要讓你——成為死者之王！然後讓那些阻撓我魔導大業的愚蠢神差知道自己的斤兩！」
主人大聲叫嚷。露嚇得縮成一團，就好像等著災難自己離去一樣。
然而主人越是叫嚷，我感覺自己的思維就越冰冷。
不是恐懼。生存本能超越了恐懼。
死者之王？我才不要。我是知道自己分寸的死人，把我當成死人，別來理我就好。
作戰計畫——我有。這是我在回程路上想到的最後一招。
儘管風險很高，但只能幹了。同時，我也需要幫手。
我要跟露談條件，我已經想好要怎麼拉攏她了。我明白弱者的心情，應該可行。
管他是終焉騎士團還是死靈魔術師，誰敢打擾我的安穩生活——全都該死。

我待在主人宅第的中庭。月亮在夜空中靜靜散發清輝。
我利用離心力掄起柴刀揮砍過去。在我面前慎重地擺好架式的骷髏騎士一邊後退，一邊運用雙手握住的劍巧妙擋開來自超人臂力的一擊。
他的舉手投足都讓我感覺到長期的訓練與經驗的分量。
骷髏人的性能，視骨骸原主的能力而定。使用老練傭兵的骨骸可以做出戰力極高的骷髏人，如果使用沒有戰鬥經驗的一般人骨骸，同樣是骷髏人，實力也會有天差地別。根據道聽塗說的故事，從神話時代的英雄骨骸誕生的骷髏人甚至曾成功屠龍。我是不懂其中原理，也許是經驗滲入骨髓裡了吧。而聽說這就是製作骷髏人的好處。

「骷髏人」跟「屍肉人」一樣，都是最低階的不死者之一。

不死者有四種根源。

亦即自骨骸誕生的「骷髏人」、自血肉誕生的「屍肉人」、自靈魂誕生的「惡靈（Wraith）」，以及據說成了死靈魔術的起源，腐爛屍體甦醒活動的「殭屍」。

這些不死者各有不同特性，但層次沒有太大差別。從「屍肉人」經過一次變異成為「屍鬼」的我，性能方面勝過「骷髏人」（雖然佩帶騎士的劍與盔甲，但本身是骷髏人）。在一對一的戰鬥中，我的攻擊遭到化解，只能說差在經驗。

他的頭蓋骨戴著頭盔，空蕩蕩的眼窩深處亮著紅光。

對方只有骨頭，我則有肌肉。論力氣是我比較強，速度也是我比較快，論身手是對方比較輕巧，疲勞——雙方都沒有。

每當攻擊被擋掉，都增加了我的確信。

不行，我這樣絕不可能對抗得了終焉騎士。

假如我實際在戰場上遇到這個骷髏人，應該會是我贏。我的攻擊只要打個正著就能一擊粉碎骷髏身軀，況且我還有強大的再生能力。但是，那終究只是憑恃蠻力，對付力量比我強的存在不管用。

終焉騎士跟普通的傭兵可不一樣。他們——是英雄，想必擁有主人操縱的骷髏騎士望塵莫及的技能，以及經驗。這樣我如果與他們對峙，搞不好連爭取時間都辦不到。

主人答應我的請求，幫我準備了戰鬥技巧特別高強的手下，現在一邊觀察模擬戰一邊叫道：

「就是這樣，恩德。你要思考，智力才是你的強項。然後，爆發你的嗟怨、情感與負面衝動。隱藏在你體內的深淵深不見底，這正是不死者的精髓所在！」

這不是我要的。

爆發負面衝動或許的確能讓我變強，但我的目的不是變強。

戰鬥只是最終手段。我如果失去冷靜就本末倒置了，連逃跑都有問題。

主人似乎從我身上看出了天賦，但我沒信任他到會全面聽信他說的話。

不過，我需要某種程度的實力。假設我能活下來並成功逃出主人的手掌心，之後想必會有多次戰鬥的機會。我在這時候忽然熱烈要求跟骷髏騎士打模擬戰，而不是狩獵魔物收集負能量，是在為未來做準備——為了感受實力高低與技術落差。

以免未來的我妄自尊大，挑起有勇無謀的戰端。

這下我大略知道實力差距了，於是我使出足以扯斷筋骨的最大力量，高舉柴刀劈砍過去。以手臂產生的鈍痛為代價，骷髏騎士擋下這一擊的劍當場折斷，骨骸身軀連同盔甲一併被彈飛。

即使如此，主人的骷髏騎士畢竟訓練有素，他順勢一個翻轉，穩穩落地擺好架式。

但是，勝負已經分曉。

我如果在他採防禦態勢前拉近距離，早已打壞他了。繼續戰鬥沒有意義。

我放下柴刀。黑亮的刀刃不知是用什麼金屬做的，即使劈斷了劍仍然沒有一點缺口。

也許就像暗影護符或常夜外套那樣，注入了魔法力量吧。

「滿意了嗎，恩德？」

「嗯，謝謝。這下我大致明白了。」

我明白了。我——不可能練出劍士的素養。不知道是至今我都像野獸般憑恃體能戰鬥造成了壞影響，還是我根本沒有天分。

很遺憾地，至少我三兩天之內學不會，就算學會了也沒時間累積實戰經驗。目前——就先放棄吧，還是用手裡的牌應戰比較好。

「既然滿意了，你就去狩獵吧。時間有限，但你有必要盡量增強力量。與其體驗戰鬥技術，這樣更能助你變強。成為『黑暗潛行者』之後，你的力量將不再是屍鬼所能比擬。不死者……就是這種存在。」

主人言之有理。真要說起來，不死者受人畏懼的一個原因就在於我們能收集負能量，進行變異讓能力獲得飛躍性提升……聽說是這樣。

見我老實地點頭，主人一瞬間露出狐疑的表情，但隨即大聲叫人。

他對著急忙跑進來的露做出簡短指示：

「露！從武器庫拿備用武器給骷髏人。我必須為戰爭做準備……恩德，你狩獵到天亮之前就立刻趕回來。別忘了你在太陽底下使不出全力。」

「知道了。我也不想死。」

我簡短回話後，主人用鼻子哼了一聲就回宅第裡去了。

露小跑步靠近失去武器佇立在原處的骷髏人。芊莉用魔法暫時緩解的臉色早已恢復成原樣。

機會來了。中庭只有在這種情況下才會用到，沒有主人的使魔盯著。牠們幾乎都到外面去戒備外敵了。為防萬一，我一邊注意有沒有受到監視一邊用自然的動作靠近露，小聲跟她攀談。

「露，我有事拜託妳。」

「…………」

「我想跟妳做個交易。我有個無論如何都想弄到的東西，不是什麼大不了的東西，也不會牴觸妳受到的命令。」

「…………我拒絕。」

回答得沒有半點商量的餘地。

雖然骷髏人正看著露，但這種不死者沒有能說話的智力。我受到主人提防，隨時有使魔監視著，但露完全沒受到提防，也沒有使魔監視。

她是奴隸，是如假包換的弱者。只會淡淡地聽主人的命令行事，換個說法就像是有生命的不死者，而主人對她的觀感也正確到令人悲傷的地步。

畢竟她就連面對與主人為敵的終焉騎士團——都沒求助了。就算是害怕違反命令造成全身上下劇痛好了，終焉騎士團應該有辦法幫助她才對。

露很弱小。繼續這樣下去她活不了多久，她恐怕也有自覺。

我彎下腰，湊過去看她那對疲憊不堪的漆黑眼睛，對她笑了笑。

「我想做跟上次一樣的提議。只要妳願意幫我這個忙，主人死後，我會護送妳到城鎮，甚至要我陪妳到妳安頓好最低限度的生活都行。」

「……老爺，絕對，不會死。這種假設，毫無意義。」

露不像一開始那麼驚訝了，身體與聲音都沒有發抖。她的眼中跟之前一樣有著確信。恐怕就算露沒有因為我遭到打罵，也會回答同一句話。她的世界就是這麼一回事。

我試著稍微放低身段。

「那就算我欠妳一次。假如有什麼狀況……我會幫妳，所以……拜託。」

「不行。我沒有權利，讓你，欠我人情。更何況，你絕對，不會還我這個人情。」

露小聲回答，皺起眉頭。

的確是這樣，如果要我把恩情與自己的性命放在天秤上，我肯定會選擇後者。

不，歸根結柢……露根本不打算幫我的忙。

我按照預定，改變了提議的方向。我向可悲的奴隸問道：

「那麼，妳為什麼要聽我說這些？」

「……什麼？」

露睜大眼睛，這是她今天頭一次表情顯露出動搖。

我對她這種極具人性的表情感到意外，一邊用懷藏熱情的聲調繼續遊說：

「妳如果沒有想要的東西，何必聽我說這些？充耳不聞走開就是了。」

「……你說這些，是無聊的，玩笑話。我……才不會聽進去。」

「其實呢，我知道的。我跟妳同樣是弱者，所以我知道妳想要什麼想要很久了。只要妳把我想要的東西拿來，我就給妳妳想要的。」

「……？」

而生前的我有過那個東西——但是露，身為主人可悲奴隸的她，沒有那個東西。

露表情狐疑地抬頭看我，但她的臉龐比平時更無血色。

也許她根本不知道自己想要什麼。

我也不想做這種提議。只是，這根本不能跟我的性命拿來做比較。

我將嘴脣湊近偏著頭的露的耳畔，小聲說出遊說的言詞。

露聽了我說的話，理解了其中意涵，表情變了。那是相當戲劇性的變化。

她就像隨時可能發火，像是泫然欲泣，又像是想大笑一場，種種情感在她的表情中交錯。

「為……為什麼……啊啊……講這麼，荒唐的話——」

「我一定……說到做到。怎麼樣？」

露吞了口水，渾身顫抖。但是，抵抗已經不具意義。

沿著她的下睫毛，一道淚水從她的眼眸流下。

露不幸地知道了，知道自己渴望到會落淚的東西是什麼。

「真是……太可怕了……老爺，赫洛司・卡門，怎麼會做出這麼可怕的……怪物！——」

她那乾裂的嘴脣在辱罵我。但是，她再也無法反抗我了。

縱然會受到劇痛折磨，也一定會完成我的小小請求。

我再確認一遍四周無人監視後，微微感到自我嫌惡，將我需要的東西告訴了露。

# 第三章

# 光明、黑暗與可悲的死者

在埃吉鎮的一間旅館，終焉騎士團的成員們聚集在一個房間裡。

終焉騎士團是為了與黑暗抗戰而成立的戰鬥集團。雖然冠有騎士團之名，但不屬於任何國家，周遊世界以撲滅危害人類的敵人。

他們的成員是眾所周知的少數菁英，在依實力區分的三個階級當中，即使是最低階成員也擁有不亞於一流傭兵的力量。要一個普通人類去對付黑暗尖兵，負擔太重了。終焉騎士團是人類最後的堡壘，這也是其名聲在童話故事中屢次被描述為勇者的原因。

在房間的中心，一名男子將身體埋入舒適的安樂椅。他是個初入老境的男人，臉上深刻著皺紋，而且滿頭白髮。但他經年累月鍛鍊出的肉體幾乎不見衰退，明眼人看到他蘊藏於體內的龐大力量，想必會以為自己置身夢境。

事實上，這位老者在終焉騎士團當中屬於屈指可數的一級騎士——在此次來到埃吉鎮的隊伍裡擔任隊長。

此人在騎士團中以至高無上的權限與權力為傲，是至今多次保護人類免於災厄的光明棟樑。

「滅卻」的埃佩。

這位以無數武勳與穩重態度備受尊敬的老騎士，一如既往地用沉靜的眼神看著眾門徒。

「果然……還是沒找到赫洛司．卡門嗎？」

「不愧是二級。雖然應該就在森林裡不會錯，但……『避人迷道』法術的效力也實在牢固，沒有半點破綻。」

「用正攻法太花時間，不是個辦法。」

對於老師的詢問，一名門徒——平常總是活潑開朗地拉抬團體氣氛的三級騎士勒夫利聳聳肩，舉止粗野的奈畢拉嘖了一聲。

有實力的魔術師修習法術的範圍會擴及專業之外，特別是觸犯禁忌的魔術師經常擅長隱密系術式。雖然終焉騎士團也絕非對魔術生疏，但還是比不惜觸犯禁忌的老練魔術師差了一截。

「避人迷道」是能迷惑進入特定範圍之人，以自然的方式令其迷路的幻惑系高等結界魔法。從正面很難突破這種魔法，但相反地有個弱點，就是只要有個引路人帶路，結界就會失效。

聽了門徒們的報告，埃佩瞇起眼睛低聲說：

「他很危險，至今無數次逃出了我的手掌心。在他達到一級之前，絕對必須將他消滅。」

如同終焉騎士團的成員分成三個階級，終焉騎士團也把不共戴天的死靈魔術師分成三個階級。赫洛司．卡門雖被分類為二級，但能夠分類為一級的都是超越人類的邪神一類。二級可說是危險性極高的術師。

當然，他們不可能敗北，但視戰術的選擇可能導致幾名三級騎士捐軀。

不過，埃佩面露溫和的笑容改變至今的氣氛。

其中透露出一絲絕對自信。

人數稀少的一級騎士除了討伐黑暗族類，還有其他重要任務在身。

那就是將他們的力量與經驗傳承給後進。

他視線專注，望著安靜聽大家說話的最年輕的少女。

「芊莉，按照預定，這事交給妳，我要妳與勒夫利他們一同征討赫洛司。妳辦得到吧？」

「……是，師父。」

二級術師是相當強大的對手，儘管當然不如一級棘手，但也不是會經常遇上的強敵。

受到師父指名，芊莉的聲調沒有任何動搖。她那紫色雙眸毫無汙濁，回望著埃佩。

看到她的表情，埃佩大大點頭表示滿意。

「別擔心，芊莉。妳雖然還年輕——但妳的力量光從現階段來說，已經無限趨近於一級。特別是祝福的強度，在歷代騎士當中堪稱最高水準。」

高潔的靈魂、光之劍姬、天生受到萬物諸神祝福之人，說的就是芊莉・希爾維斯。

她在菁英雲集的終焉騎士當中擁有格外出色的才能，特別是與驅邪能力直接相關的祝福——死靈魔術師都將其形容為正能量等等——的強度，更是比埃佩至今的任何一個門徒都高。

終焉騎士會藉由嚴格修行與精神統一的方式提升祝福之力，但芊莉早在埃佩發掘到她時就已擁有不合常理的強大祝福。而她的光明之力隨著本人成長，如今已達到更高境界。

正可謂為了成為終焉騎士而誕生的存在。只要累積經驗，必能超越身為一級騎士的埃佩。

「對手在二級當中是格外強悍的存在，不過妳只要與同伴齊心協力，必定能打倒他。我打算以這次討伐赫洛司的功績將芊莉……推舉為一級騎士。」

「！這怎麼行——我還……」

「力有未逮不是問題。拿妳跟我這個當了三十年一級騎士的人比較沒有意義，況且妳很快就能趕上我了。我從妳的劍術看得出天分，祝福的強度更是無需爭辯。我唯一擔心的是——仔細聽好。我只擔心……妳心軟的個性。因為死靈魔術師——都很狡猾。」

聽埃佩這麼說，芊莉表情嚴肅地點頭。其他成員也嚴肅地注視埃佩。

芊莉直勾勾地望著他，用讓人覺得冷靜透徹的聲調斷言：

「請師父放心。我至今看過了種種悲慘的場面，知道他們是危害人類的存在。我獲賜的祝福是為了誅滅他們，賜與被他們汙染的靈魂救濟而存在。」

「……芊莉妳的溫柔與正直既是妳的力量，也是妳的弱點。不過，這是所有人的必經之路。不歷經苦難或內心糾葛是無法成為一級騎士的。」

「請放心交給我們吧，師父。芊莉的確行事還有點天真，但有我們跟著。即使我們祝福的強度遠遠不及她，但與黑暗戰鬥的經驗是我們為上。她缺少的部分我們可以彌補。」

面對這位眼神彷彿父母慈愛子女的老師，待在芊莉身旁的勒夫利走上前去，拍胸脯保證。其他成員也都各自表露出不同心情，點頭應和。

埃佩見狀，滿意地點了點頭。他翹起長腿，定睛注視芊莉。

「即使是死靈魔術師也無法獨自生存，強力的魔術需要珍貴觸媒。這座城鎮裡肯定有赫洛司的幫手，你們繼續搜查。芊莉，這件事…………是妳的工作。當妳有需要時我會給妳建議，但我無意直接介入。」

「是，師父。」

「話雖如此，妳畢竟還不是一級，我會在你們後面守著。那個男人應該還沒達到一級，但是……萬一赫洛司產生了變化，就向我報告。」

芊莉將埃佩——師父的話銘記在心，就跟同伴一起離開房間，準備重新展開搜查行動。

芊莉在據點檢查裝備時，奈畢拉來找她說話。

這個男人以鎚矛為主武器，在埃佩率領的隊伍中擔任前鋒。

「芊莉，我還是認為應該把結界連同整個森林炸了，靠妳的祝福應該辦得到吧。『避人迷道』是一種纖細的法術，只要稍稍打亂結構就能弄壞。」

「我已經說過很多次了，那是……最終手段。擾亂森林安寧有可能導致魔獸襲擊城鎮。」

「師父說妳心軟，講的就是妳這種地方。這樣做的確會造成損害，但比起二級死靈魔術師好多了。」

奈畢拉把牙齒咬得嘰嘰作響，低頭看著芊莉。

芊莉跟奈畢拉性情合不來，但芊莉覺得他說的有點道理。

終焉騎士團的職責是殲滅黑暗族類，其他事情必須擺第二。

有時在討伐敵人之際，甚至會造成多數民眾受到傷害。

而終焉騎士團向來認同這種損失。

操縱死者的死靈魔術師是可怕的對手。這種玩弄靈魂甚至是死亡的黑暗魔術師能夠毫不遲疑地做出任何卑劣行徑，所以在對付這種對手時，需要有所覺悟。

芊莉明白大家為何認定自己心軟。但是，芊莉是為了保護弱者才會成為終焉騎士。

過去，芊莉曾因為原因不明的怪病，長期臥病在床。

結果是因為過強的祝福——膨脹的正能量對肉體造成了負擔。

然而芊莉如今有所成長，身心都經過鍛鍊，能夠將這份力量運用自如。現在的芊莉有戰鬥的力量。

「這次的隊長，是我。我要繼續搜查。只要我們待在埃吉，死靈魔術師就不敢輕舉妄動。我想謹慎行事。」

終焉騎士在對付死靈魔術師時占壓倒性優勢，正面交戰的話絕不會輸。

聽到芊莉這麼說，奈畢拉用力抓抓頭之後語氣強硬地說了：

「……嘖！好吧，誰叫這次的隊長是妳。不過……至少妳得給個期限。花時間慢慢找的確可以找到知道據點位置的人，但我們沒那種閒工夫慢慢磨。死靈魔術師不是只有赫洛司一個，妳明白吧？」

「…………我明白。我會在一個月內解決這件事。」

「一個月太久了。那幫人時間越多就能累積越多力量，森林的戒備也已經變強了。妳或許可以平安脫身，但赫洛司是強大的術士，這樣會害死同伴。」

對於他恫嚇般的強硬口氣，芊莉沉默了半晌，最後抬起頭來，下定決心般說了：

「…………一星期。到時候如果找不到鑰匙，我就摧毀森林。我們一邊進行搜查一邊做好準備，包括破壞之後的善後工作，以及計算破壞的地點。」

「了解。」

看到芊莉的紫色雙眸不再迷惘，奈畢拉歪唇露出冷酷無情的笑意，然後用力拍了拍她纖柔的背。

§ § §

準備工作按部就班地完成了。我再次到埃吉鎮跑腿時，發現整座城鎮籠罩在一種緊繃的氣氛中。側耳傾聽，可以聽見上次幾乎沒人談論的關於終焉騎士團的小道消息。

我一邊厭煩於天空灑落的陽光，一邊辦好差事。

之所以選在白天要我辦事，想必是因為他們在不死者活動的夜間會加強警戒吧。

哈克交給我的包裹，跟上次跑腿時拿到的是同一種東西。

我收下包裹，正想早早離開房間時，哈克叫住了我，託我傳話。

他那逍遙自在的神態比起往常，顯出了些許疲憊。

「麻煩你轉告老爺，我們有緣再會。那幫人在搜尋我們的蹤跡。我是不打算背叛老爺，但那些傢伙鼻子很靈，繼續『調貨』風險太高了。」

「好，我知道了。」

「……你是真的有智力呢。竟然在陽光底下照樣能活動………真是可怕。老爺……你的主人無庸置疑——是頂級的法師，我的客戶當中沒人比他厲害。」

哈克如此說完，面露苦澀笑意，然後故意打個冷顫給我看。

結束交易後，我來到外頭。短暫的自由時間來臨，接下來才是重頭戲。我進入無人的後巷，之前百般責怪我擅自行動的露也默默跟來。

我不受主人手下監視的時間有限。他派手下監視平常安放我的地下室，也不准我擅自外出。跑腿辦事是我少數能逃離監視的機會。因為終焉騎士們盯得很緊，他無法派使魔監視我。我用身體覆蓋住縮成一小團的露，然後湊過去窺探她的黑眼睛問道：

「東西弄到了嗎？」

「弄、弄到了。可、可是，你要這種東西，做什——」

「真有一套。妳幫了我大忙，真的。」

我沒時間了。主人窩在研究室裡的時間一天比一天長。

恐怕是在準備進行某種儀式。他現在只有在命令我去狩獵時，會在那一瞬間見我的面。

主人臉上浮現深沉的疲勞之色，兩眼卻炯炯有神地發出詭異光輝，正在試著接觸一種新的禁忌。變成不被允許的存在的我沒資格這麼說，但真是令人作嘔。

我本來就無力對抗主人或終焉騎士，假如被他們先發制人更是毫無勝算。

露臉上浮現畏怯與疑問，從懷中取出我拜託她的東西。

我一把將它搶過來，仔細檢查後，臉上浮現久違的笑容。

這對露來說或許不是什麼了不起的東西，對我而言卻是求生的關鍵。

拜託主人或許也能弄到手，但會不必要地引來戒心。我希望能偷偷弄到手。

露看起來身上沒有產生痛楚。有無違反奴隸命令是由露自行判斷。

這表示她不認為幫我這個忙會形成對主人的間接攻擊。

露東張西望確認周遭情形，顫聲囁嚅著說：

「那、那麼……那件事——」

「嗯，當然了。關於這點只能請妳相信我，我說到做到。」

露大概還不太信任我，聽到我這麼說才明顯鬆了口氣。

她表情和緩了些，而且看起來肩膀力道放鬆不少，大概是放心了吧。

我是很弱小，但露比我更弱小。她毫無戰鬥的意志，不像我生前直到臨死之際都在抗拒死亡。真是個無可救藥的可悲人種。

但是，我沒時間鬼混下去了。我得準備。

「露，我馬上回來。我有點事要辦，妳在城鎮出口等我。」

「啊——！」

我不等她回答就拿著東西衝出後巷。

唯一需要留意的，就是不要突然遇上終焉騎士團。

儘管現在與臨死之際同樣是走投無路的狀況，但現在的我有能夠活動的肉體。

我不願賭在主人身上，也不願賭在終焉騎士團身上。

最後的贏家不是主人，也不是終焉騎士團。

——是我。

§ § §

可能是時候近了，主人的神色越來越嚇人。臉孔異常扭曲，從他背後感覺到的力量邪惡得連我這個不死者都退避三舍。

伴隨著感情的高昂，身為奴隸的露也比以往更加憔悴。她只能一邊挨罵，一邊被主人使喚著當實驗助手。

至於我，做的事情還是一樣。

也不做戰鬥訓練，就只是聽從主人的指示收集死亡之力。

第二次跟哈克領取的包裹內容果不其然，同樣是黑色的獸牙。

我沒有相關知識，所以不知道主人想拿它來幹嘛，但我該做與能做的都做了，只能盡人事聽天命。

死靈魔術師與終焉騎士團，主人與芊莉，究竟哪邊會得勝？

無論事情如何發展，狀況都會改變。緊張的心情使我精神躁動不安。

我能夠活過這個戰場，這個勝率過低的狀況嗎？

結束狩獵後，主人難得把我叫過去說：

「恩德，我要舉行儀式。儀式完成後——你就會成為最強的存在，最強的——死者之王。」

「最強……指的是什麼？」

這個疑問發自我的內心。什麼是最強？只要進行了那個什麼儀式，我就能變得比那個力量強大到毫無道理、超乎自然的一級騎士更強嗎？能勝過芊莉，以及那些終焉騎士嗎？能安穩而不受任何人束縛，自由地活下去嗎？

然而，主人沒有回答我的疑問。他用炯炯有神的狂喜眼神對著我說話。

當然了，他說這些並不求我理解，一半像是自言自語。

「但是為達這個目的，最起碼你得先變異為『黑暗潛行者』。不，是應當如此。你在我至今處理過的不死者當中是無庸置疑的頭等奇才，但屍鬼……實在太弱了。本來我打算等你變異到更高層次——『低階吸血鬼(Lesser Vampire)』，看清器量高低後再下決斷，但是在一級騎士逼近的狀況下無法奢求。在這個時機，恩德，最後的不死者是你，對我來說堪稱幸運。」

「低階吸血鬼」是「吸血鬼」前一個階段的不死者。

位階變異越是提升階級，越是需要龐大的能量，變異也就更花時間。

對於連「黑暗潛行者」都還不到的我來說，言之尚早。

我的變異速度似乎異於尋常。假如主人所言屬實，製作死者之王應該是更歷時長久的事。還真是需要耐心。

主人可能幾乎沒闔眼，聲調帶有些許熱度。

「你的靈魂——正持續往黑暗墜落。我感覺得到，『黑暗潛行者』……來得及。我的『避人迷道』沒那麼容易破解。恩德，殺吧，繼續殺戮！全力收集死亡！吞噬屍體，汙染你的靈魂！」

「…………嗯，我會的。」

我的感情沒有波動起伏，我只是淡淡地回話。

如今在我心中，赫洛司．卡門已經完全是個敵人。雖然還不知道死者之王究竟是什麼，但放眼古今中外，死靈魔術師進行的儀式從來不會有什麼好結果。

「可惡！時間寶貴……那幫人如果要來，必定是在白天。你萬萬不可大意。」

「不用你來命令我。」

「很好。恩德，回停屍間去吧！」

就連這種時候，主人竟然都不忘下命令。

我感到有點服了他，並且聽從這項命令，回到停屍間。在研究室被迫充當主人助手的露往我看過來，但沒跟我四目交接太久就把臉轉開了。交易早已談妥。

我手上還有殺手鐧。雖然用過一次，但八成沒被主人看穿。

使魔貓頭鷹目不轉睛地盯著我。

主人說來得及，說還有一點時間。但是，他錯了。

早就沒有時間了。主人他……我們已經沒有時間了。

我早已做好覺悟，對手也會做好覺悟過來。百密一疏的只有主人。

然後過了兩天，主人在異於平常的時段帶領無數骷髏騎士，神色大變地前來。

跟我預料的時間差不多。我聽都不用聽就明白發生了什麼事，但主人用流露出無限怒火的聲調斷斷續續地對我說：

「終焉騎士團……那幫人來了。太快了……該死！『避人迷道』沒有生效，是哈克背叛了嗎！不，就只有這個可能性。終究是個市儈，是吧！是見錢眼開，把我出賣了嗎！」

「……」

露受到命令束縛，而且有我監視著。

主人再多疑，似乎也懷疑不到這個奴隸頭上去。他的雙眸在強烈戰意下幽暗地發亮。

「所幸『滅卻』似乎沒來，只能擊退他們了。要是能張開爭取時間的結界更好，無奈沒那時間。儀式也還沒完成，那幫人——卻已經迫在眉睫了。好，很好，這些企圖阻撓我長年夙願的偽善者。的確『死者之王』尚未完成，但是——就讓你們見識見識我死靈魔術的奧祕吧。」

# 第四章

# 決戰

看過蓊鬱茂密的森林後，終焉騎士團三級騎士之一勒夫利瞇起了眼睛。

「原來不是陷阱啊……」

「還以為鐵定有人埋伏咧。」

「結界沒有生效，這就表示有人站在我們這一邊。」

芊莉淡定地表達看法後，折起手中的信紙，仔細收進懷裡。

這是一封請帖，寄信人不明，內容是通往赫洛司．卡門要塞的地圖。

怪不得勒夫利要起疑，但在來到這裡之前所懷抱的疑慮已經得到洗清。

原先遍布森林的「避人迷道」是強效無比的術式。

雖然不具有物理性障壁等效果，但在阻擋去路的性能上，沒有比它更有效的結界。

只要這個結界繼續生效，芊莉他們就算用上千人踏進森林，就算目的地就在一百公尺前方，也絕對抵達不了。

要穿越結界只有一種正規手段。

那就是讓認得路的人帶路。只要有認得路的人——引路人同行，這種結界就會失效。這是這種結界的弱點，也是「避人迷道」術式如此強效的理由。

而這種法術至少要有一名引路人待在結界之外才能發揮作用。

但是，對方畢竟是死靈魔術師的同夥，當然也知道自己被人追殺。那個人應該就在以結界為中心的一定範圍內，但要在短時間內找出僅只一名的引路人幾乎是不可能的事。

芊莉原本以為只能以物理性方式連森林帶結界一併炸飛。

芊莉在奈畢拉要求下交出的一週期限，一半是為了調查引路人蹤跡，但一半也是為了讓自己做好覺悟。

不過，這下就不用無謂地擴大被害規模了。

寄給芊莉的信雖然是一份簡單的地圖，卻確實達成了引路人的職責。

可以感覺到森林裡張開的結界在邀請芊莉等人入內。

而這就表示死靈魔術師的陣營裡，有人站在芊莉等人這一邊。

有人贊同他們的做法，這項事實給了芊莉力量。

面臨與法力高強的二級死靈魔術師之戰，芊莉．希爾維斯身心自在。

芊莉——並不害怕。他們全副武裝，身穿能減輕物理與魔法等各種攻擊傷害的白色外套、覆蓋人體要害的白銀輕鎧，以及保護己身免於詛咒與精神汙染等等的護符。乍看之下只是普通布料的裙子，也是以特殊材質製成的戰鬥服。

各人攜帶著磨得發亮鋒利的武器，瞪視深邃的森林。

終焉騎士之一——以弓箭為武器的金髮女騎士黛瑪迅速搭箭上弦，於剎那間瞄準目標放箭。

針對不死者弱點的銀製箭矢射穿了停在一根樹枝上的黑色貓頭鷹——使魔的腦袋。

「小心，對手麾下應該有無數的不死者。」

「哈！芊莉，什麼時候輪到妳來擔心我們了？我們會好好支援妳的，妳只管跟平常一樣揮劍殺敵就對啦。」

聽到同伴這麼說，芊莉點點頭，一如既往將蘊藏於體內的祝福轉換成更具效率的形態。能量從她的纖細身軀迸發，她的手拔出了掛在腰際的聖銀劍。

驅邪的正能量爆發性湧升，光芒照耀四周。於是芊莉等人——終焉騎士團開始襲擊赫洛司．卡門的要塞。

§ § §

戰爭開始。黑暗與光明、生與死、正與負的戰鬥就此展開。

也許因為我是不死者，即使待在宅第裡，我仍然感覺到巨大的光明之力正從遙遠他方接近過來。但那大小與我當初遇見他們時感覺到的不能相提並論。

這次的終焉騎士團不同於那時，是來殺主人與我的。

但是，我的身體沒有發抖。

這是——覺悟。我發誓無論要犧牲什麼，不管會遭遇到什麼險境，我都要活下去。

唯一的問題——是主人。

即使如此龐大的光明之力步步逼近，主人的表情仍然沒有半點懼色。

那是他的癲狂內涵所致，抑或是——縱然面對這般強大的力量，手中仍有勝算？

我只擔心這一點。

主人……與我之間以魔術維繫主從關係的主人————非死不可。

只要他還活著，我就連偷偷摸摸、抱頭鼠竄求生存的自由都沒有。

我接受命令，跟在他背後走出宅第。

主人眯起眼睛，仰望太陽後，高高揚起手裡握著的短杖叫道：

「…………啊啊，偉大的死亡化身、受囚之魂，此時正當自深淵匍匐而出，成就死亡的邀約。來吧——蹂躪一切活物。『死者行軍（Corpse Parade）』。」

不知不覺間，無數野獸的屍骸聚集到宅第的寬敞庭院裡。

狼、熊、猿猴、烏鴉。其中也包括了被我殺死，由主人變成不死者的野獸。

跟來的露眼睛睜大到不能更大，呼吸急促。她的身體在發抖，視線卻緊盯著無數屍肉獸群。

樹木都在令人毛骨悚然地沙沙作響。明明太陽高掛大空，四周的奇異氛圍卻像是夜幕降臨了一樣。

在我眼前待命的一頭夜狼死屍忽然發出嘎吱擠壓聲，原本就夠強壯的軀體膨脹了起來。牠的獠牙變得比原本大上一圈，雙眼亮起血紅凶光。

變化在幾秒鐘後結束。我不禁後退一步。

主人像指揮家一樣揮動魔杖，獸群就彷彿配合這個動作般咆哮出聲。

死者的軍隊。這個名詞浮現我的腦海。

之前還覺得奇怪，不懂他打算如何用手邊的不死者跟終焉騎士抗衡。

原來是強化。死靈魔術師不只能讓屍體復生，還能強化其力量！

主人喚醒的不死者們外觀全變了樣。

變得更大、更強、更凶暴，而且——更褻瀆。

從牠們身上感覺到的力量已遠非原先的狀態所能比擬。

可能是使出了太大的力氣，牠們血肉噴濺，腐臭四溢。在灑落的陽光下，幽冥獸群就像要吞噬太陽一般，表露出殺意。

這就是……死靈魔術師的備戰態勢？無須任何信號，獸群一齊衝進森林。牠們輕輕鬆鬆翻越圍牆，消失在黑漆漆的茂密森林裡。

只剩下經由主人施咒而變得巨大凶暴的骷髏騎士們，以及沒有變化的我。

「好歹可以爭取點時間吧。真正重要的法術需要時間。」

「你不幫我強化嗎？」

那股力量十分驚人。假如不會失去理智，我也希望務必能得到強化。

被我這麼問，主人給了我一個白眼。

「……牠們是棄子。過分的力量如同自尋毀滅，我不能毀掉死者之王的容器。」

原來如此……看來天下沒有白吃的午餐。說得也是，如果那麼容易就能加強力量，主人早就幫我強化了。

不過，我果然還有很多事情得向主人學習。死靈魔術師是違法的存在。在這種狀況下思考將來的事情沒有用，但是沒了主人，我要收集死靈魔術的詳細情報恐怕會相當費勁。

實在……太遺憾了。

「那幫人——太小看我了。哼哼哼，就讓他們見識一下吧。材料已經湊齊，關於這點我得感謝哈克——很好，等我殺光騎士們，與他再會時，就把他變成一個上等的不死者吧！」

主人喊叫道。化為異形的骷髏騎士們動也不動，聽候主人差遣。

他所說的材料……應該是我去找哈克拿的那些巨大獸牙。雖然到頭來我還是不知道那是什麼動物的牙齒，但既然主人如此有自信，想必是相當難得的珍品。

我可不想繼續跟他混下去。我對獨自興奮過頭的主人說：

「主人，在開打之前，我想跟你借裝備——『暗影護符』、『常夜外套』還有柴刀。」

「嗯……唔……」

「反正也沒人在用吧？我需要……用它們來戰鬥。」

這是賭注。

特別重要的是暗影護符。那個連終焉騎士的眼睛都能騙過，恐怕是非常珍貴的物品。

為了今後能度過安穩的逃亡生活，那個絕對不能少。

聽到我的提議，主人只一瞬間露出狐疑的表情，隨即嘖了很大一聲說：

「……好吧。那些東西在我研究室的桌子裡。恩德，拿了東西之後立刻回來我身邊。這是命令，我就在敞廳。」

「嗯，知道了。謝謝。」

我面露笑容道過謝，就獨自跑向研究室了。

我在重獲新生以來將近一年住慣了的宅第裡全速奔跑。

恐怕是把全體人員都召集去了，平常巡邏的骷髏騎士一個都沒看到。

研究室沒有上鎖。我還是頭一次獨自進這房間。

很遺憾，沒時間了。主人的研究室東西擺得亂七八糟，有搞不懂用途的藥水、書籍、備用魔杖以及來路不明的骨頭。假如我能一個人溜進來，有好多東西我都想玩玩看。

但是，我無視於這一切，從主人的桌子拿出我要的東西。

我拿出暗影護符，以及常夜外套。最後當我拿出用慣了的黑刃柴刀時，我停頓了一下。

外套具有減輕日光效果的能力，暗影護符能夠隱藏負面氣息，是求生時不可或缺之物。可是——柴刀呢？

我上街時，主人沒讓我帶上這把柴刀。

這把能夠輕鬆砍斷皮肉與骨頭，無論揮砍多少次都沒有造成缺刃的柴刀，很明顯不是普通刀具。

我看——這把柴刀搞不好受了詛咒吧？至今我用過了無數次，可以肯定它對我的肉體不會造成影響。但是——終焉騎士團能夠察知負能量。

我只猶豫了一瞬間。真要說起來——我根本無意戰鬥，不需要武器。我不會貪心。

我有殺手鐧。這個殺手鐧只要選對使用時機，將會帶來強大無比的效果。

我一直在斟酌使用這招的時機。當初攻擊主人時我沒用上，而且也沒必要用上，對我來說是個幸運。

我手裡的殺手鐧……

就是——我生前的名字。

命名對魔術師而言是很重要的行為。

他們用名字束縛他人，與精靈締結契約。所以，主人在讓我復活時，第一件事就是替我這個理應處於空白狀態的人取了「恩德」這個名字。

然而，我還記得我生前的名字。主人做出的命令有些對我具有強制力，有些則沒有。

我對此抱持著疑問，一直等到復活之後過了幾天，我才想到原因所在。

我，生前被人用另一個名字呼喚了十幾年的我，當時的記憶還鮮明地留在腦中的我，並不是叫作什麼「恩德」。因此，用恩德這個名字下的命令對我不具強制力。
從此以後，我總是刻意聽從主人的所有命令。
縱然命名失敗，我仍是主人創造出來的不死者，無法抗拒不含名字的命令。而且只要他一聲令下，我連生前的名字都會輕易洩漏。
我一直隱藏自我，好選在一個致命的時機背叛主人。
然後，時刻來臨了。
寫信給芊莉，把她喚來的——是我。
我用跟露談條件拿到的「紙」與「筆」……賭了一把。
我有可能跟露談不成條件，她也有可能中途改變心意。而且，由於我無法直接把信交給芊莉，信也有可能寄不到芊莉手上。就算信寄到了，她也不一定會立刻動身。
然而，我賭贏了。信寄到了芊莉手裡，芊莉立即率領同伴前來要主人的命。主人沒來得及完成創造死者之王的儀式。
我錯判了兩點。其一是一級騎士沒有一同前來，其二是主人手上還有其他幾張底牌。
勝負還沒揭曉。
我把一切全賭在芊莉身上。這時候芊莉如果落敗，我的身體將再次受制於主人，再也別想獲得自由。但是如今我能夠做的，只剩下祈禱了。
我披上常夜外套，配戴好暗影護符。

我出於生前的習慣做個深呼吸，然後奔向與主人所說的敞廳相反的方向。

§ § §

不死夜熊高舉毛蓬蓬的黑色前腳來襲，她用蘊含祝福的劍將其一刀砍死。死者的軍勢宛如雪崩。恐怕是原本棲息於這座森林的魔獸，死後淪落成了這副模樣。

每一隻的能力都受到過剩的強化。

牠們為了高舉爪子揮來導致前腳肌肉脫落，張大的下顎飛濺出源源不絕的血絲唾液。那副任由肉體崩壞照樣來襲的模樣，恰如自地獄復甦的惡魔。

芊莉很清楚。

這一切都是令人作嘔的死靈魔術造成的結果。

不過，如果換作是普通傭兵還另當別論，這點程度——阻擋不了終焉騎士團。

芊莉等人操縱的光之能量與祝福之力能讓黑暗無從近身。施加在劍上可以成為斬裂黑暗的力量，附加在鎧甲上則能成為遠離死亡的防壁，使其活性化更是能提升身體能力。

因此，終焉騎士團即使身為凡人，卻能對抗行使非人力量的黑暗眷屬。

「找到死靈魔術師了嗎！」

「沒有！該死，竟然能從遠距離把不死者操縱得這麼得心應手！」

同伴們氣喘吁吁，不停宰殺接二連三來襲的屍肉獸。

光明與黑暗、正與負。論適性是他們占優勢，所以死靈魔術師會用數量彌補差距。

在死靈魔術師的法力下，以靈魂崩壞為代價受到強化的不死者們深淵變得更加深邃。即使是慣於淨化不死者的終焉騎士團，也感到有些棘手。

雖然已經聽老師說過，但看來的確是個道行極高的死靈魔術師。

「芊莉，要不要暫時撤退？這些傢伙只要時間一過，就會自我毀滅喔。」

「不。」

「呵，我就知道妳會這麼說！這才是一級騎士候補嘛！」

見芊莉即刻回答，勒夫利微微冒汗，並且面露深沉笑意。

儘管還有餘力，芊莉感覺到同伴們的祝福正一點一滴在減損。

終焉騎士團擁有的祝福量雖然龐大，但絕非無限。消耗之後需要花時間恢復，而且一旦枯竭就會失去抵禦黑暗眷屬的手段。

芊莉目前幾乎不覺得累，但勒夫利等人具有的祝福量只有芊莉的大約十分之一。

此時來襲的不死者都是小嘍囉。

芊莉一邊如呼吸般自然地淨化狼群一邊思考。二級死靈魔術師是無限接近黑暗之王的存在，她不認為對付完屍肉獸軍團就結束了。

勒夫利等人的力量需要保存備用。讓他們活著回去也包含在芊莉的任務當中。

「我要一口氣解決牠們。」

「！等、等等，芊莉，這些傢伙還——」

「換成師父的話，就會這麼做。」

她行事果決。

芊莉用雙手握住成為二級騎士時獲賜的武器——以珍貴聖銀打成的劍，獻上祈禱。

她將劍刺進地面，讓全身漲滿的祝福之力集中於劍尖，使其一口氣爆發。

這是二級騎士規定必須練成的運用祝福之力的三十六招之一。

「『解放之光（Soul Release）』。」

純粹的正向力量化為光明之風往周圍擴散。

沒有造成破壞。高舉粗壯胳臂正要打來的不死野熊，以及不顧同伴死亡繼續接連撲來的不死狼群，無聲無息地崩解，化為塵土。

前仆後繼的死者們連慘叫都來不及，簡直就像一場幻覺般消失不見。芊莉懷著難以形容的感傷，目送牠們踏上最後一程。

「解放之光」是最基本的招式，以擴散的正能量填補不死者們的深淵，賜與他們安息，是一種符合終焉騎士本色的力量。

而且這招幾乎無從防禦，在對付大量低階不死者時，沒有比這更強力的手段。

寂靜重回現場，混濁的空氣得到淨化。奈畢拉把原本揮舞的鎚矛扛到肩上，心情愉快地吹了聲口哨。

「竟然能一次淨化那麼多不死者……不愧是二級騎士閣下。」

「我認為在這時候消耗力量更不妙。」

芊莉把劍從土地上拔起，試著把手掌握拳幾次，確認身體狀態後，面不改色地點了點頭。

「解放之光」雖然厲害，但必須釋放出大量光明之力，比起替武器施加祝福戰鬥，會消耗更多力量。因此終焉騎士都會學習如何使用武器以節省有限的祝福之力。

然而，芊莉擁有的祝福量可是有一級騎士背書的。

一次釋放出龐大力量造成了輕微倦怠感，但很快就消失了。

她還能戰鬥，減少的力量連一成都不到。

芊莉用她的紫色眼眸定睛注視森林的另一頭。

那裡還有其他受到黑暗侵蝕的靈魂等著她去解救。

「我沒問題。赫洛司應該沒料到我們會這麼快來襲，必須在他重整態勢之前結束一切。」

聽到芊莉這麼說，同伴們都表情嚴肅地點頭。

他們立刻就找到了宅第。

宅第被高聳圍欄環繞，悄然存在於蓊鬱茂密的森林裡，有種莫名詭異的氣氛。

一行人硬是撬開上鎖的門，進入其內。在圍欄內側的寬廣庭院裡有著濃厚的死亡餘香。

但是，不死者的氣息只存在於宅第內。

剛才來襲的屍肉獸原本可能是放養在這個庭院裡。芊莉只一瞬間想像到已死狼群在庭院中來回奔跑的模樣，皺起形狀優美的雙眉。

法力高強的魔術師由於體內隱藏著龐大力量，存在感會十分強烈。陰暗魔力從宅第溢滿而出，在芊莉至今戰鬥過的對手當中，擁有這般強大力量的不到五人。

他在。無庸置疑地，赫洛司・卡門就在那幢宅第裡。

明知芊莉等人……自己的宿敵終焉騎士團即將到來，這個人卻桀驁不遜地靜候他們光臨。

「呿！明明知道我們要來，竟然不選擇逃走。分明是個沒種的死靈魔術師，而且自己就快變成死人了，還這麼有自信啊。」

奈畢拉一如平常，臉上浮現野性十足的深沉笑意。

然而，他的臉色跟平時相比有些發白。他是險些被那邪惡氣息吞沒了。

「你害怕嗎？」

聽到芊莉脫口而出，奈畢拉一瞬間睜圓了眼，旋即咬緊牙關。

他揮動只有頂端以受過祝福的白銀製成的鎚矛，粗聲粗氣地嚷嚷：

「！……妳以為妳在跟誰說話？我可是終焉騎士好嗎？而且，芊莉，我幹這行比妳幹得久多了。這點程度的對手，我都不知道對付過多少次了。妳還是擔心妳自己吧，赫洛司的祕密武器還得由妳來對付咧！」

「……知道了，交給我吧。」

「真是。雖然早就知道妳是這種個性，但妳對前輩也太缺乏敬意了吧。」

照這樣看來，應該不會影響戰鬥。奈畢拉說得對，芊莉的同伴全是在「滅卻」的埃佩麾下身經百戰的勇猛戰士，就算受到死靈魔術師的力量威懾，也不會因此退縮。

除了宅第之外感覺不到其他不死者的氣息，那裡就是最後關卡了。

赫洛司打算在這幢宅第內一決生死。

宅第門戶大開，簡直像在挑釁。

芊莉集中精神，讓流遍全身的祝福活性化，進行轉換，提升體能。

勒夫利等人也是，從他們的神態看不出至今的疲勞，同樣都在活化身體力量。

如同死靈魔術師以死亡強化自我，光之眷屬也有光明庇佑，無須畏懼。

於是，芊莉他們終焉騎士團闖入了宅第。

§ § §

這是一條漫長的路，千難萬險的路。但是，總算能看到終點了。

自從成為二級死靈魔術師以來，已過了五十年。

死靈魔術師的夙願——死者之王。憑藉著它的誕生，赫洛司．卡門將光榮成為這世上最強的存在之一——亦即一級死靈魔術師。

終焉騎士團在這個最佳時機來襲，絕非偶然。

他們是在無意識之中感覺到最強的黑暗之王即將誕生。

因此，他們無論如何都要阻止這件事發生。

作為研究的最後一個缺片，能夠獲得恩德這個奇才真是一大幸運。

那種成長速度以及器量的大小，在赫洛司漫長的死靈魔術師人生當中尤其屬於最高層級。

去拿裝備的恩德到現在還沒回來，不知道是什麼事拖延了……

不過主人身為不死者的生父，知道恩德就在附近。這個人唯一讓赫洛司不安的地方就是有點太過聰明，但他已經下了命令，該做的事做完就會回來了。

赫洛司現在該思考的是如何擊退終焉騎士團。現在萬一失去恩德，不知得再花上幾十年才能獲得那般優秀的不死者。

一級騎士很強。滅卻者埃佩是赫洛司的宿敵，如今赫洛司為了專注在研究而放棄了軍隊，贏不了那種對手。但是，不用擔心，埃佩沒來。一次，只要能擊退那幫人一次就夠了。

赫洛司本來想等到發生下次位階變異，不過憑恩德的那種才華與智力，就算還是屍鬼也一定能讓儀式成功。只要儀式成功，就不用繼續待在這種森林裡了。

赫洛司在手心割出淺淺傷口，用自己的血畫出魔法陣。

這對身為人類的赫洛司會造成負擔，但派去外面的不死者才短短時間就已全軍覆沒。

埃佩似乎沒來，然而看樣子敵人比想像中更強，或許該說不愧是滅卻的門徒吧。

赫洛司．卡門要傾盡自己一路走來獲得的一切。

難道這就是──最後的考驗？

赫洛司瞪向害怕地聽從指示的奴隸。準備已經齊全，他不再需要奴隸幫忙了。

「露，我要妳也出一份力……」

「……！」

承受赫洛司的視線，露臉色發青，後退了一步。

她手腳與身體又瘦又小，兩眼深深凹陷，頭髮也沒梳整齊。衣服也破破爛爛，只是個連一隻「骷髏人」都比不上的渺小存在。

最重要的是，她的眼中已經沒有活下去的氣力，可說是個標準的奴隸。

赫洛司第一次對奴隸露出了笑容。

「即使是脆弱的存在……也有其用處。那幫人的力量泉源來自生命──祈禱，與榮耀。只要汙染了泉源，力量就會減少。」

「什、什麼意思──」

露發出像是嚶嚶啜泣的聲音。

赫洛司挑動了一下眉毛，但重新打起精神，說出命令：

「我不記得有准妳問問題──不過，也罷。這是──最後一次了。這是命令，露，露．多爾斯，我要妳與骷髏騎士一起——迎擊終焉騎士團。」

§　§　§

屋裡沒有活人的氣息，一行人走在闃寂無聲的宅第裡。

他們做出的浮空聖光照亮的細窄走廊，令人感覺毛骨悚然。

黑暗氣息很濃。濃烈得嗆人的瘴氣足以讓不習慣的人無法動彈。赫洛司．卡門正在企圖做些什麼。那是萬不得已的最後臨死掙扎，抑或是準備已久的計畫，芊莉無從判斷。

但是，這事他們早已心知肚明。對手是老奸巨猾的死靈魔術師，歷練老成的邪惡魔術師手中總會有一兩張最後王牌。

籠罩整幢宅第的瘴氣一點一滴地削減芊莉等人滿身的祝福。雖然不至於侵蝕到肉體之中，但這裡已經形同敵人的體內。

令人有種錯覺，懷疑整個世界都籠罩在黑暗之中。

芊莉的感覺已經失去了正常運作。

她知道不死者就在附近，知道大致上的方向，但不知道在幾公尺外。感覺就像被蒙住眼睛、摀住耳朵。

在這狀態下只有五感可以依靠。她只能朝著濃厚黑暗直直走去。

屋裡有好幾個房間，但房間裡沒傳出氣息。

第一順位是赫洛司・卡門。那人恐怕正在最深處嚴陣以待。

「呿，埃佩師父說得對，是個難纏的死靈魔術師。搞不好……跑出個吸血鬼都不奇怪喔。」

「我想……應該不可能。行事謹慎的二級死靈魔術師不太可能使喚危險的吸血鬼……除非是低階（Lesser），還有可能。」

「……我是在開玩笑，說笑而已。芊莉，妳個性太認真了。」

奈畢拉皺起眉頭，露出傻眼的表情。

「不過……也是。萬一真的跑出個吸血鬼來——或許最好還是撤退。」

「『吸血鬼』是比較特別的不死者。他們雖具有許多弱點，但擁有的力量性質與低階不死者截然不同。

他們有著強壯的臂力，以及即使失去大部分肉體仍然可以完全復原的超再生能力，而且智力遠遠高過人類。但這種不死者與低階不死者最大的差異，在於對魔術具有高度抗性。

正是因為如此——死靈魔術師才不會輕易將自己的手下變成吸血鬼。

吸血鬼對魔術具有高度抗性，死靈魔術也不例外。

被死靈魔術師養大的吸血鬼時常會做出弒親行為。

擁有超人力量使得他們藐視人類，卻又因為具有人類沒有的弱點而嫉妒人類。死亡之力達到巔峰的吸血鬼有時甚至連死靈魔術師的特權——「命令」都不管用。

這種怪物本來就不是人類能掌控的存在。吸血鬼在死靈魔術師催生出的詛咒當中，可說是最大的禍害。

有鑑於此，越是年老練達的死靈魔術師，越是不會去創造吸血鬼。

會創造吸血鬼的死靈魔術師只有蠢到不自量力的三級術師，或是有自信能操控這種存在的一級死靈魔術師。

像吸血鬼這種怪物，有時甚至能單打獨鬥殺死三級騎士。在對抗死靈魔術師時如果出現這種對手，一般都建議暫時撤退後重新擬定作戰計畫。

不過，這次想必不用擔心。假如對手能操縱吸血鬼，應該會更轉守為攻才對。

因為這種最怕陽光的不死者在運用上十分注重時機。

就在這時，無意間，芊莉的耳朵捕捉到來自某處的輕快腳步聲。

她停下腳步，抬起頭來，將機靈的眼光朝向光芒的另一頭。不是她多心了。

「等等……要來了。」

勒夫利等人也早已跟她一樣停下腳步。

腳步聲數量很多，可以聽到硬物摩擦金屬的嘎嚓嘎嚓聲。

她從聲音想像到敵人的真面目，更加用力握緊了劍。

爾後，那東西從走道另一頭現身了。勒夫利小聲咂嘴：

「！……是紅骷髏人(Scare Crimson)的騎士啊。」

「數量很多。」

染紅的骷髏騎士發出尖銳聲響殺來，數量多得在細窄走道上無法橫著一字排開。

紅骷髏人是死靈魔術師賦予骷髏人黑暗祝福而成的特殊存在。受過強化並覆上護膜的骷髏人對終焉騎士運用的祝福具有抗性，是一種即使遭到淨化仍能毫不遲疑地來襲的可怕存在。

即使如此，只要發揮全力使用「解放之光」，想必仍然可以貫穿他們身上的黑暗祝福，將其淨化。

然而敵人的目的很明顯，就是要消耗芊莉等人的力量。

奈畢拉定睛注視沿著走道跑來的紅骷髏騎士（Scare Crimson Knight），用恫嚇般的低沉嗓音說：

「喂，芊莉，妳可別用喔。」

「……我知道。」

這還不是敵人的真正武器。如果要把眼前的敵軍連同黑暗祝福一併吹飛，縱然是身懷強大祝福的芊莉也得消耗大量體力。假如想保存體力，應該一隻一隻慢慢打倒。

就在這時，後方傳來門扉開啟的聲響。

背後同樣傳出無數的腳步聲。黛瑪疾呼道：

「！……啊啊，我們被包夾了！」

「怎麼都沒感覺到氣息……難道是用結界做了隱藏！」

無數的紅骷髏騎士從他們剛才直接走過的房間當中現身。其胴體受到金屬鎧保護，戴著護手的雙手握著劍與盾牌。

從他們膽大心細的步法可以感覺出明確的武藝，恐怕是以善戰傭兵的骨骸所製成的。黛瑪瞄準頭蓋骨射出的銀箭被對手用劍輕鬆砍落。

骷髏人應該是有個體差異，沒想到對手居然能弄到這麼多戰士骨骸——

「小心。」

「妳以為妳在跟誰說話啊！」

「我們上！」

就算受到鎧甲保護，就算得到黑暗祝福補強，對手終究是不死者。

用施加祝福的武器攻擊仍然能夠淨化他們。聽到芊莉所言，同伴們迅速散開。

芊莉將背後交給同伴保護，舉起光輝寶劍對抗自前方來襲的骷髏騎士。

鎚矛連骷髏帶鎧甲一併打碎，瞄準盔甲縫隙的箭矢帶著祝福淨化邪惡存在。

芊莉等人擅長對付黑暗眷屬，不代表他們不擅長與人交戰。

紅骷髏騎士儘管武藝超群，卻不懂得以退為進。這是受到操縱所帶來的弱點。

戰況於芊莉等人有利。同伴當中沒有一個人受重傷，就已經淨化了超過二十隻騎士。遭到淨化的紅骷髏騎士留下的武具掉得滿地。

「該死，太多了吧！到底有幾隻啊！」

「少說話，打倒他們就對了！」

但是即使到了這個階段，敵人的數量仍然不見減少。

來襲的骷髏騎士們勢如破竹，踏碎同伴的武具舉劍揮來，威力強得要是正面擋下，即使是體能做過強化的終焉騎士也可能負傷。

瘴氣一點一滴地削減祝福之力。同伴的表情流露出疲勞，讓芊莉腦中產生一絲糾葛。

不知敵人召集了多大的兵力，是否該暫時返回城鎮，重整態勢？

相較之下，敵人是不死者，不會產生不安情緒。

「妳！可別貿然行事啊！」

「！……」

勒夫利的一句話讓正在考慮是否該施放「解放之光」的芊莉咬住嘴唇。

她用銀劍擋住高舉劈下的劍刃，運用經過祝福強化的腳力向前踏穩，硬是壓過了對手。劍刃刺穿鎧甲，紅骷髏騎士的本體化作塵土，崩毀消失。

情況越來越壞。祝福不是無限，體力也一樣不是無限。

目前五人合力勉強能與敵人抗衡，但只要有一個人倒下，戰況將會更加不利。

勒夫利等人擔心芊莉消耗太多體力，但芊莉也會擔心同伴筋疲力盡。

沒時間琢磨了。紅骷髏騎士跟他們在森林裡對付過的不死者可不一樣。

如果現在用「解放之光」淨化這支軍隊——之後還能再用幾次？

「我……不要緊，還有餘力。」

「！……」

勒夫利等人沒有回應。

只能做了。雖然如了對手的意令人氣惱，但是憑三級騎士的「解放之光」不可能淨化這麼多不死者。

芊莉做好覺悟，擋開從正面把劍刺過來的騎士，往劍上施加祝福之力。

就在正要解放力量的瞬間，芊莉看到了一個意想不到的人。有個女孩混雜在骷髏騎士之間，脖子上綁著黑色的奴隸證明，臉色發青地看著芊莉。

判斷只在一瞬間。芊莉繼續將過剩的力量注入劍刃，光芒隨之爆發。

「『解放之光』！」

猛烈的虛脫感讓她兩手發抖。

灌注的過剩力量化作炫目光輝，衝過整條狹窄的走廊。

碰到強光的紅骷髏騎士眨眼間化為塵土。即使身懷黑暗祝福，也無法保護他們躲過急遽強勁的光之風暴。

光芒消失，鎧甲跟武器掉落地面的聲音響起。芊莉險些雙膝一軟，但往丹田使力撐住了。

她睜開紫色眼眸，小心謹慎地確認現況。

剛才多得令人傻眼的紅骷髏騎士如今一隻也不剩。失去裝備者的武具散落一地，走廊上只剩下芊莉施放淨化之光前看到的女孩呆站在那裡。
她的右手握著比起紅骷髏騎士的武器實在太不可靠的小匕首。
「解放之光」是用來對付不死者的招式，不會傷到人類。
芊莉很明白這一點，但看到女孩安然無恙才鬆了口氣。
幸好她沒事……
女孩看起來比芊莉小幾歲。她一頭黑髮，臉色很糟，也許是吃飯有一頓沒一頓的，身材再怎麼說客套話都稱不上豐腴。既然混雜在不死者之中，也許是赫洛司．卡門的奴隸。
看到這裡，芊莉睜大了雙眼，她對女孩的長相有印象。芊莉記得前兩天才在街上看到她，看她臉色很糟，所以幫她施加過回復魔法。
女孩神情呆滯，視線飄忽不定。芊莉慢慢做深呼吸，調整一不小心就可能上氣不接下氣的呼吸。
黑暗氣息尚未消失。不過，紅骷髏騎士似乎就是剛才那些了。
芊莉全身感覺到沉重疲勞，但不至於不能戰鬥。
眼前的女孩——記得名字……好像是叫露？
「笨蛋！芊莉，妳怎麼用掉這麼多力量——！」
「已經……沒事了……」
露搖搖晃晃，步履蹣跚地靠近過來。所幸她看起來沒有受傷。

芊莉張開雙臂想抱住她，手才一碰到她骨瘦如柴的肩膀，她拎在右手裡的小匕首忽然往上一彈。

看起來不怎麼鋒利的深灰色刀刃對準了芊莉。

這記攻擊實在太拙劣了。速度很慢，握刀的手又在發抖。

別說處於最佳狀態的芊莉，就算是現在才剛用過力量而疲勞困頓，也很容易接下這一擊。

芊莉意識一瞬間刷白，但隨即恢復冷靜。外行人的一擊對至今討伐過無數黑暗眷屬的芊莉而言，要躲要擋都隨她。就算真的毫無防備地被刺好了，憑對方的細瘦胳臂絕不可能對受到祝福保護的芊莉造成致命傷。

芊莉扭轉脖子，讓身體偏離匕首的軌道。刀刃貼近芊莉飛過。

然後——當著芊莉眼前，露整個人被彈飛出去。

試著抱住她的手臂撲了個空，只聽見柔軟物體摔落地面的咚沙一聲。

露倒在地上，胸前插著一枝銀箭。是黛瑪的箭矢。

帶血絲的唾液從她蒼白的唇間溢出，手腳在細微痙攣。

芊莉剎那間腦中一片空白，急忙跑過去。但是，那很明顯已成了致命傷。

生命正從她體內流失，芊莉只能袖手旁觀。

黛瑪用悲憤交加的聲調說：

「我明白妳的心情，可是……妳在想什麼啊，居然毫無防備地迎向死靈魔術師的手下？」

「唉……這次……黛瑪說得對。就算是奴隸，就算看起來無害，我們也不知道她身上被藏了什麼機關。妳應該也知道，曾經有個騎士同情受到死靈魔術師拘禁的人，結果那人變成怪物把騎士吃了。」

勒夫利說的話，芊莉聽不進去。她聽得懂勒夫利在說什麼，但大腦無法接受。

芊莉扶起露那幾乎沒有半點贅肉的身體，身體輕得不像正常人類。

她明白。死靈魔術師是偏離人道，造成悲劇的存在。

芊莉身為終焉騎士，見識過種種悲劇，沒能拯救的人命不計其數。

奈畢拉目光冷酷地低頭看著奄奄一息的露。

「我們的工作不是救人。我們的工作是——除害，是防範悲劇發生於未然。」

「…………」

終焉騎士很殘酷。對於對抗魔物的終焉騎士來說，心地善良有時會礙事。恐怕就算身為一級騎士、戰鬥能力遠比芊莉強悍的埃佩人在這裡，結果也一樣。

對與玩弄靈魂的死靈魔術師交戰的終焉騎士而言，死亡是一種救贖。

芊莉抱著的露嘴脣微微張開，只能聽見咻咻的呼吸聲。

淚水從睜大的雙眼湧出。然後，露最後露出一絲笑容，闔上眼瞼。

她的身體漸漸失去力氣。芊莉的手顫抖著，讓還有餘溫的身體平躺在地板上。

她用力咬住舌頭，克制著情緒，搖搖晃晃地站起來。

芊莉握住劍，握到手都發白了。力量像是與感情相呼應般自體內湧升。
沒有人碰芊莉一下，只是靜靜地問她：
「妳還能打嗎……？」
「等打倒赫洛司之後……我替她蓋墳墓。」
芊莉小聲顫抖著說完，便咬緊牙關放眼前方。

死靈魔術師在宅第的中心——門戶大開的敞廳巍然不動地等著芊莉一行人前來。
對付過大群紅骷髏騎士後，再也沒有出現其他不死者。但誰都知道那不會是最後一招。
赫洛司・卡門是個老年男子，他身後率領著兩隻手持某種物體的骷髏騎士，悠然佇立。
老人面容刻滿皺紋，白髮蒼蒼，只有一雙灰眼睛炯炯有神地充滿生命力。他個頭高大，全身以漆黑長袍覆蓋，右手握著短杖。
老師埃佩在滿身祝福之下不見衰老，眼前的男人則是以另一種意義看不出年齡。
一旦定睛注視他那混濁的雙眼，會陷入一種窺探無底黑暗的心境。
鋪在地上的地毯畫有奇怪的鮮血魔法陣，邪惡的氣息讓勒夫利等人短促地倒抽一口氣。
魔術師發出乾枯的嗓音：
「終於來了啊……終焉騎士團。竟然能驅散我的奴僕來到這裡，真是些可怕的東西……」
「赫洛司・卡門，我以終焉騎士團成員芊莉・希爾維斯之名……來取你性命！」

「哼………看來露派上用場了。」

「！」

即使聽到芊莉——不共戴天的終焉騎士團團員這麼說，赫洛司．卡門並未顯出半點動搖。跟這種人不能講道理。芊莉很想告訴他露是怎麼死的，並把事情問個清楚，卻辦不到。眼前的存在跟露不一樣。他是自己走上這條路，徹頭徹尾是個邪惡存在。

芊莉寸步不敢動。不是因為害怕，是在提防赫洛司．卡門的祕密武器。

此時的赫洛司乍看之下毫無防備。但是，這樣想就錯了。

至今不曾感受過的負面氣息充斥著這整座敞廳。赫洛司．卡門大聲說：

「但是，我的法術已經完成。這裡——已是異界。你們這些阻撓我夙願之人——就讓你們親眼見識我的死亡之力——然後受死吧！」

地面、空氣都在震動。

兩隻骷髏騎士忽然崩垮瓦解，拿在手裡的黑色物體飛進魔法陣中央。

——然後，那東西忽然有了形體。

芊莉弄明白了。那是——獠牙，是兩根巨大的獸牙。

勒夫利等人臉色蒼白地後退一步。想必是發覺術式的真貌了。

黑暗以獠牙為中心凝聚。長有銳利鉤爪的手臂、遮擋陽光的巨大雙翼、咬碎萬物的尖牙，以及發光的眼瞳漸漸成形。赫洛司．卡門高聲大笑。

「哼哼哼，看清楚了！這就是——我死靈魔術的奧義！」

「怎麼可能……竟然只用兩顆牙齒就——」

平常總是逍遙自在的奈畢拉握緊鎚矛，渾身戰慄發抖。

那在芊莉至今目睹過的死靈魔術當中堪稱最高極致。

本來以屍骸創造不死者時，需要大部分的殘骸。至少芊莉從沒聽說過，有人能用兩顆牙齒創造出不死者。

那是——一頭暗黑邪龍。

牠有著翅膀、獠牙、利爪與巨大尾巴。覆蓋體表的平滑皮膚底下清晰浮現出血管。失去的血肉以純粹黑暗彌補，身軀高大得宅第無法容納。

頭部輕易就撞破了天花板，陽光照在牠的烏黑身軀上。

邪龍咆哮了，簡直就像——在反抗太陽一般。

赫洛司．卡門高聲命令：

「來吧，殺了他們！死之守護者，冥界的守門人！」

這是——何等邪惡。他究竟花了多少歲月鑽研此道？

巨龍發出咆哮。構成此一漆黑存在的負能量，甚至遠遠超過芊莉曾經對付過的吸血鬼。這頭龍恐怕比生前更強悍。

破壞能量聚集於血盆大口之中，凝聚只花了一眨眼的時間。

宛如世界破開大洞，漆黑能量匯聚成漩渦。

然後，火焰爆裂噴發。

黑色烈焰化為光束，吞沒芊莉等人。其聲勢有如幻獸中最強種族——龍種的力量（Breath）。

勒夫利等人咬緊牙關。然而，芊莉並不急於求勝。

她只是維持平常心集中精神，注視迫近而來的死亡，將所有祝福灌注於劍身。

她在埃佩魔下鑽研過，學過如何運用光明之力，知道了自己的使命。

繼而，二級騎士芊莉．希爾維斯面對逼近的黑暗，正面揮動了寶劍。

「『滅卻（Photon Delete）』。」

「！」

自劍身溢出的光芒化作一道流星，吞沒黑暗火焰。

它所向披靡地順勢撲滅火焰，向前飛馳，燒燬了邪龍的半個身軀。

芊莉渾身虛脫，疲勞讓頭一陣抽痛，身體險些不支倒地。

但是，只有一雙眼睛仍緊瞪著赫洛司．卡門不放。

「滅卻」是芊莉的師父——在一級騎士當中擁有最高等級力量的埃佩擅長的神聖偉業。

這招純粹只是凝聚龐大祝福之力轉換為破壞力後加以釋放，但隱藏著能夠屠戮任何黑暗眷屬的威力。儘管完全憑恃火力，卻也是最適合芊莉使用的招式。
消耗的力量即刻得到恢復，身體感覺輕鬆了些。這是個人體質。老師埃佩將芊莉的體質、身懷的龐大力量，以及能夠立刻恢復的祝福之力形容為「步步昇華的靈魂」。
這是神賜予芊莉，令她成為終焉騎士的祝福。
悲劇與憤怒會賜予芊莉力量，力量彷彿與情感相呼應般泉湧而出。
雖然一路上消耗了不少力量——仍然足夠讓死靈魔術師灰飛煙滅。
自有經驗以來，芊莉從未在戰鬥中耗盡祝福之力。
「怎麼可能！……這種力量——是那個男人的……！」
「抱歉，請你受死吧。」
「妳這傢伙……難道是一級騎士！」
「以後就是了。」
這絕不是在為露報仇，也不是洩憤。
這是身為終焉騎士的芊莉．希爾維斯領受的神命。
缺了半個身體的邪龍在赫洛司的法力下又取回了肉體。
芊莉迎向邪龍，再次讓祝福聚集於劍身，於無意識中比平時使出更多力量高舉寶劍砍去。
邪龍發出咆哮。宛若以黑暗覆蓋世界的強烈死亡氣息，讓一股寒意沿著背脊往上竄。

光明與黑暗是相對的力量。死靈魔術師操縱的死亡之力會對生人的精神造成影響。

這種力量本來對於以強大的光明之力護身的終焉騎士不具效果，但這頭龍的力量實在太過強大。假如有個普通人出現在這裡，必定會因為發自本能的恐懼而變得連一根手指都無法動彈。

——好強大，簡直超乎常理。

芊莉只看一眼就知道這份力量巨大無比。光論能夠創造出邪龍這點，芊莉就明白對手的法力遠在她至今對付過的任何二級死靈魔術師之上。

用來作為觸媒的那兩根獠牙想必來自相當強悍的龍族。但是不死者的力量會受到術士法力的強烈影響。芊莉曾與埃佩同行，支援過幾次一級死靈魔術師的討伐行動，她感覺藏身於邪龍背後的這個男人法力恐怕比其中一部分的一級死靈魔術師更高強。

芊莉已經三度破壞了邪龍的身體，牠卻完好如初地擋在芊莉等人面前。祝福之力最適合用來對抗黑暗之力。但即使從這點來考量……憑三級騎士恐怕贏不了這個對手，就算是二級騎士也不見得能取勝。

從他那瘦削身軀迸發出的可怖龐大魔力，感覺得出經年累月的妄執，甚至讓人不解此人為何還沒成為一級死靈魔術師。

芊莉感謝寄信來協助消除結界的人，讓他們趕上關鍵時刻。

作戰早已決定好了。勒夫利等人是長久以來共同行動的同伴，一切盡在不言中。

勒夫利與奈畢拉手握以驅魔聖銀打造的武器，在芊莉左右兩側擋下攻擊。黛瑪瞄準赫洛司射箭，沉默寡言的魔術師艾德里安小聲吟唱咒文，張開抵禦黑暗侵蝕的結界。

對付這個等級的不死者，就算能針對弱點攻擊，單憑一般實力仍然很難給予有效傷害。瞄準赫洛司射去的箭也被伴隨物理性衝擊的邪龍咆哮彈開了。高舉砸下的尾巴，以及從黑影般龐然巨軀犀利飛出的觸手，雖然被奈畢拉與勒夫利斬裂打退，邪龍卻彷彿不痛不癢。而且還有死靈魔術——能在瞬間恢復被炸飛的大半個身軀。

只有芊莉能打倒敵人。

赫洛司即使面對天敵，即使邪龍三度遭到燒燬，仍保持桀驁不遜的態度。

無論如何都得在他升上一級之前打倒他。

能贏，要贏。芊莉並非孤軍奮戰。

「滅卻者埃佩……這個老不死的，到現在還想阻撓我的霸業！」

赫洛司隱身於邪龍背後，怒火難平地吼叫。這句話讓芊莉想起老師說過的話。

赫洛司．卡門對老師而言似乎是長年以來的宿敵。

老師好幾次將此人逼入絕境，卻屢屢在最後關頭讓這個宿敵溜走。

這次芊莉他們之所以受任討伐此人，或許是因為那位英雄儘管寶刀未老，但畢竟年事已高，有意將這份使命託付給新世代的終焉騎士。

芊莉閉起眼睛集中精神，擠出渾身力氣，將心意加諸劍刃。

同伴們正在死命阻擋邪龍的攻擊。於是，芊莉再次解放了力量。

「『滅卻』。」

她渾身虛脫。集中精神施放的附加了破壞屬性的強光奔流遠比至今的光芒更巨大。強光把邪龍當成紙片一樣射穿，順勢吞沒了後方的赫洛司。

光芒消失了。「滅卻」由於將祝福轉換成破壞能量，對不死者以外的生物也會造成傷害，堪稱以祝福進行攻擊的極致招式。

身為師父的埃佩也是這招的創始者，據說甚至以這種力量擊毀過一座城池。

然而，赫洛司．卡門的邪惡氣息並未消失，同伴們的臉上也沒有絲毫大意。

照理來講已經灰飛煙滅的赫洛司竟然毫髮無傷地飄浮於空中，就連長袍也沒有一點綻線。

邪龍也是，分明受到了即使是不死者也絕不可能完全再生的傷害，卻也恢復成了原樣。

奈畢拉一邊喘氣一邊不屑地說了：

「『分魂術』……該死，麻煩斃了！」

這是死靈魔術的奧義之一，能夠藉由分置靈魂的方式操作因果，讓死亡失去作用。

而且除非殺死支配者，否則邪龍將會無限次復活。

芊莉早就料到這個可能性了。能夠操縱邪龍，多次逃離老師追捕的魔術師不可能不會使用這種法術。

但是，這並非等於不死之身。靈魂分裂成幾個就消滅幾次赫洛司就是了。

對手也消耗了極大力量。操縱邪龍並使其復活，想必也得耗費龐大魔力。

心跳萬分劇烈。多次釋放祝福帶來的疲勞化為不可思議的亢奮感充斥全身。

這將是一場持久戰。芊莉調整呼吸，表情不變地重新為寶劍累積力量。

「沒問題，消滅到你毀滅就是了。」

「別小看我了！妳這小丫頭！」

赫洛司從懷中掏出某種東西，往近處一撒。是小顆的——老舊的白色獸牙。

獸牙掉到地面上後，轉瞬間變成了披盔戴甲的骷髏人。

這是稱為「龍牙兵」的古老魔法，不是不死者，而是一種魔導人偶。也許是準備來對付終焉騎士的？

邪龍憑恃其龐然巨軀衝刺過來，無數的魔導人偶自左右兩方來襲。

他們的目標是芊莉。但是，不足為懼。

這些攻擊有同伴上前迎擊。

芊莉將牽制的職責交給同伴，自己冷靜地後退，然後鞭策沉重的身體，專心累積力量。

§ § §

連陽光都能掩蓋的驚人強光連連閃爍。

光是聽見就能令人在本能恐懼下渾身顫抖，讓人產生死亡預感的憤怒咆哮震撼森林上下。

強光炸飛了宅第，滿溢而出的黑暗蹂躪著世界。

那是渺小如我絕不可能介入的戰鬥，正如神話中歌頌的場面。

我在宅第背後的森林裡，躲在貼近外圍處的一棵大樹上觀察他們的情形。

死靈魔術師能夠察知不死者下屬的所在位置。雖然精確度似乎不是很高，但離太遠還是有可能被主人察覺，因此我不能遠離宅第。

直到——主人喪命為止。

主人創造出一頭漆黑巨龍，之前那些獠牙恐怕就是觸媒。牠有著令人聯想到黑暗本質的黑色肉體，以及如血管布滿全身的筋絡。如影子般伸長的尾巴輕易破壞了宅第，自口腔噴發的暗黑火焰宛若大浪淹沒四周，將一切焚燒殆盡。

那頭怪物，與我至今看過主人操縱的不死者截然不同。

其靈魂濃黑地燃燒，使人聯想到足可吞沒光明的幽冥深淵。所有的一切都不是同一個層次。

假如事前知道主人有這個殺手鐧，我行事上想必會更謹慎一點。

然而，通體漆黑的巨軀卻被分量大得令人顫抖的光芒輕易燒個精光。

我的話，光是被那種強光擦到就能死一百次。龐大到讓我敢如此確定的正能量打消黑暗吐息，燒光巨龍軀體的大部分範圍，吞沒後方的主人，即使這樣還不停止，貫穿了距離我藏身的樹木只有幾公尺遠的一旁空間。

達成如此偉業的，是僅僅一名嬌小少女——芊莉。

芊莉面對恐怕能夠吞食整個世界的巨大魔龍，毫不畏縮地揮劍應戰。蘊藏於其身的正能量每次發射都會減少，但隨即像是得到補充般恢復原樣。

她的英姿正可謂英雄人物。主人是深不可測，但芊莉也不簡單。而如果連二級騎士都有這般水準，一級騎士不知是多強大的存在。

然而，邪龍儘管大半身軀都被炸飛，卻能在瞬間再生復原，理應消失於光芒中的主人也好端端的。主人的怒吼與芊莉同伴們的咆哮互相重疊。

哪一邊占優勢或屈居劣勢，我無從判斷。

我很弱小，在場所有人當中就屬我最弱小。無論是被龍尾一掃還是遭受到強光一擊，我都會化為塵埃消失殆盡。變成屍鬼所得到的再生能力或是體能，恐怕都幫不了我。

然而，即使目睹到這些，我依然很冷靜。我早就明白自己有多弱小。

除此之外，我別無他法。而我的判斷是正確的。

就連現在誘導他們發動強襲，戰況都勢均力敵了，要是再給主人更多時間準備，他搞不好三兩下就能擊敗芊莉。

終焉騎士是最強的存在。臥病在床時，我在童話故事中看過好幾次他們的活躍表現，一直有這個印象。

照我的計畫，芊莉等人應該會更快殺死主人才對。縱然主人擁有一百二十條命，他們應該也早已習慣對付這種死靈魔術師。

面對操縱黑魔龍的主人，芊莉等人展開精細的聯手行動與他對峙。芊莉的每次攻擊都有其他成員支援，而這並非我想像的終焉騎士的戰鬥方式。

我拉緊常夜外套的衣領，把暗影護符握在手裡。

我不是賭在主人身上，而是芊莉。我已盡了最大能力讓芊莉戰勝。

因為我判斷比起狡猾又對我擁有絕對命令權等多種特權的主人，要逃出終焉騎士的手掌心比較容易。我認為我是屍鬼，在陽光下還算能動，具有智慧，又可以用護符隱藏負面氣息，能擺脫終焉騎士團。

我賭上了一切。假如主人贏了——我沒有按照命令立刻回來，必定會讓主人起疑。屆時我只能在主人想到其實是命令無效之前，相信他消耗了大量體力而下手攻擊。

聲音不曾止息。我成為不死者之後住了將近一年的宅第漸漸倒塌毀壞。

被大火、強光、利劍與龍的一擊逐漸摧毀。

我不出聲地望著這個場面，想起與露之間的約定。

太陽升上了中天。然後，那一刻終於來臨。

邪龍發出咆哮。地面震盪，空氣搖晃，甚至給人一種世界崩裂的錯覺。牠那彷彿僅僅目睹就能讓人落入深淵的黑暗能量凝聚成強光。

其中灌注了執念。牠打算用這招決勝負。

芊莉等人已經渾身是傷，我實在不認為他們挺得住。

我倒抽一口氣，然而，彷彿能劃破黑暗的嗓音響徹我的耳畔。

「喝啊啊啊啊啊啊啊啊啊啊啊啊啊啊啊啊啊啊！」

「！」

芊莉第一次發出了咆哮。白銀寶劍大放光輝。

強光與強光互相衝撞。勝負揭曉了，連勢均力敵都稱不上。

自白銀寶劍放出的燦如太陽第二的格外巨大光團吞沒黑暗，燒光了整頭邪龍。

那場面堪稱奇蹟。

邪龍的吐息傾注了全力，但芊莉的吶喊卻是投注了生命。連續射出那麼多能量的芊莉，照理講不可能操縱那般巨大的力量。但是，芊莉辦到了。

可能是想試著保護主人，邪龍在緊急狀況下大幅張開雙翼，隨即束手無策地化作塵土。

光芒消失。在瓦礫堆中倖存的，只有膝蓋跪地的芊莉，與她遍體鱗傷的同伴們。

以及——

「怎麼可能……妳怎麼，會有這般強大的力量……不可能……」

主人睜大雙眼，發出呻吟。

邪龍——似乎是不會復活了。主人的肉體從腳尖開始慢慢化作塵土。

也許是耗盡了一百二十條性命，魔杖從他手中掉落，他愣愣地看著自己逐漸消失的手。

主人的表情沒有恐懼，既不哭泣也不鬼叫，直到最後都跟我想像的死靈魔術師完全一樣。

芊莉氣喘吁吁，視線銳利地看著漸漸消逝的敵人。

汗水將她的銀髮黏在額頭上。

可能是終於耗盡了力量，原本渾身亟欲迸發的祝福已經枯竭得好像連我都能打贏。

「這下就……結束了。」

「太遺憾了。若我能一償夙願，妳這種小角色——倘若現在是……晚上……啊啊——」

於是，主人對芊莉，對這個毀滅了自己的對手沒有半句詛咒，甚至沒有正眼看她的臉一眼，就乾脆到令人驚訝地消失了。

簡直像一切全是幻覺，什麼都沒留下。

長袍與肉體一併化為塵土，只有掉在地上的魔杖能證明主人的存在。

我全身發抖。

贏了，我賭贏了。

主人是我的恩人，卻也是天敵，是我絕對無法毀滅的偉大敵手。我沒有成就感，對他也沒有多大恨意。或許因為如此，此時的我在放心之餘也感覺到一絲落寞。

存活下來的是我。已經沒人能束縛我了。

芊莉他們終焉騎士團此時筋疲力盡，但我無意攻擊他們。

忽然間，芊莉像是斷了線一樣倒下。一名同伴攙扶她，面露像是傻眼的笑意。

同伴的有無，恐怕就是主人與芊莉等人的最大差異。主人只有下屬，沒有同伴。假如主人有同夥，不知戰況會有何改變——

不……還是別說了吧。

主人盡了全力，貫徹自己的信念，然後落敗了。我沒資格說三道四。

一名終焉騎士拿起主人留下的魔杖，毫不遲疑地將它折斷，用強光燒燬。在同伴的攙扶下，芊莉一行人離開了宅第遺跡。我待在原位一動也不動，目送他們離去。

我維持這個姿勢，直到他們的氣息完全消失。

# 第五章

# 王器

確定所有人都走遠後，我從樹上跳下來。

我在樹上靜靜待了幾小時，感覺身體變得有些僵硬。我一邊大動作伸展背脊，一邊前往宅第遺跡。

宅第被破壞得片瓦無存。屋頂與牆壁都變成斷垣殘壁，感覺不到不死者或生人的氣息。

不，就算萬一沒被打壞，我也不能一直留在這裡。

也沒那時間沉浸在勝利的餘韻裡了。

這裡是死靈魔術師的據點。終焉騎士們雖然暫時撤退，但等體力恢復，最快明天就會來清除宅第遺跡了。在童話故事當中，死靈魔術師的基地常常會被放火燒燬。

好了，接下來該怎麼做呢？

我是「屍鬼」，不懂得如何奢侈過日，況且不管過什麼樣的日子都比生前來得好，有自信可以只靠生肉過活。我不像一般不死者，並不打算襲擊人類。不過，可能還是有必要過著避人耳目的生活。

唯一已經決定的是，我要立刻離開這座森林。

終焉騎士們的字典裡沒有寬恕二字。萬一被他們發現，我只有死路一條。

——不過在逃亡之前，我還有個必須實現的約定。

露的屍體就埋在原本是走廊的瓦礫堆下。

屍體奇蹟般沒有嚴重損傷。死因想必是插在胸前用來淨化黑暗的銀箭。

我幫她擦掉從唇間流出的血。她神情安詳，看起來就好像只是睡著了。

生前的她恐怕不曾有過如此安詳的神情。至少她對我露出的都是生氣或畏怯之類的表情。

屍骸散發出挑逗食慾的芳香。

對屍鬼而言，人類的屍骸如同佳餚。

但是，我不打算吃她。我從沒吃過人類。

「別看我這樣……我可是個說話算話的男人，妳不用擔心。」

我握住銀箭。手心冒出白煙，變成不死者之後好久沒感覺到的尖銳痛楚竄過手心，但我毫不介意地硬是拔起箭矢丟掉，扛起露的屍體。

露的個頭本來就不大，但屍體實在很輕。我不知道這是因為作為人的某個部分脫離了身體，還是我的臂力夠強。

她的靈魂想必也已經不在這裡了。

露註定會死。

她自己也有預感，而且就算這次逃過一劫，以後也一定會在其他地方奄然而逝。

她沒有力氣活下去，但也沒有勇氣尋死。

她太弱小了，所以我才會知道她想要什麼。

聽了我的提議，露落淚了。她被我猜中自己身為弱者的心願，說我是怪物。

露有過機會。我也提過願意救她離開，說不定有辦法救她。雖然事實上主人直到最後關頭都把露留在身邊，所以毫無辦法，但在我提議送露去城鎮時，露大可選擇點頭答應。

然而，她就連那點程度的堅強都沒有。

唉，死過一次的我眷戀生命到了從墳墓重回人世的地步，活著的她卻失去了那種氣力，世事真是不盡如人意。

我對著失去性命，神情略顯寬心地沉眠的露說道：

「按照約定——我幫妳蓋座墳，順便祈求妳能夠安詳永眠。能跟我締結契約真是太好了，對吧？」

很抱歉，我沒時間找適合蓋墳墓的地點。

我頂多只能把她抬到宅第圍欄以外。不過反正也沒約好要蓋在哪裡，應該沒差吧。

露應該也知道，我不是對墳墓多講究的個性。我只是能明白她身為弱者的心情，絕不是感同身受。

我在圍欄外選了至少有陽光灑落的位置，開始挖洞。

幸好露體格嬌小。我用宅第殘骸的破木板巧妙地挖了足夠容納她身體的洞，然後讓她的遺體躺在裡面。

我從附近摘了一些花，放在露的胸口上。很抱歉，我沒時間幫她火化。

不過反正邪惡的死靈魔術師已經不在了，應該不用擔心被變成不死者。

「不好意思，我不太清楚該怎麼把人下葬……我有被人埋葬過，但不記得過程。噢，這個我幫妳拿掉吧。」

我硬是扯斷綁在露脖子上的奴隸證明。束縛露這一輩子的魔法項圈可能因為裝備者已經過世，一拉就掉了。

原本戴著項圈的位置留下白色痕跡。這樣露的靈魂是否就能重獲自由？

我一邊找藉口一邊仔仔細細地把土蓋在露身上。

連塊墓碑都沒有。不但沒有辦像樣的葬禮，而且只有一個不死者為她祈禱。

我覺得這實在不算善終。但即使是這樣的喪禮，應該也比被主人變成不死者，死後繼續做牛做馬好多了。

先是腳埋在土裡，接著是身體，最後只剩下臉。

我猶豫了一下該說什麼話告別，結果就和平常一樣對她說：

「露比主人幸福多了，還有人為妳蓋墳墓。不過我覺得主人是自作自受啦……」

我用土把她的臉好好掩埋起來，把土壓緊。做完這些後，我站起來，但覺得光就這些有點寂寞。

最重要的是，假如我將來一時興起想掃墓，這樣我會不知道我把她埋在哪裡。我應該早早走人，但死去的露可能會罵我給她堆了個不是墳墓的東西。我都做這麼多了，如果還被她指責沒遵守約定，那可慘不忍睹。

我猶豫了一下，想起有個好東西，於是回到宅第遺跡。

可以用那支銀箭。我忍著痛把剛才拔掉的銀箭拿過來，插在埋葬露的地方。

據說白銀能夠驅逐邪惡之人。銀箭不是十字架，如果把它做成十字架，之後萬一我變異成吸血鬼，多出十字架這個弱點，有可能就不能來掃墓了。

我順便從宅第殘骸中搬了一塊比較好看的大石頭過來，用指甲把露的名字刻上去。

「……有名無姓還真有點空虛。」

石頭上還有空間，但我不知道露姓什麼。不得已，就刻上了我生前的姓氏，總比姓卡門來得好吧。

雖然名字可能也沒拼對，這方面只能請她包涵了。

等到我對自己的工作成果滿意後，我雙手合十祈禱了一下。

她恐怕是有史以來第一位讓不死者來祈福的死者吧。

希望——露能夠安詳永眠。

「你…………在做什麼？」

「！」

那是我絕不該聽到的聲音。

我中斷祈禱，慢慢站起來。手指指尖在發抖，我有種被人用匕首抵住喉嚨的錯覺。我一邊轉向背後一邊向神祈禱，不是為了露，而是為了自己。

在那裡，剛剛才跟同伴一起離開的芊莉正用她那聰慧的瞳眸看著我。

我完全始料未及。

我能察知正能量的存在，但並不是多微小的量都能滴水不漏。

如同必須側耳傾聽才能聽見很小的聲音，我如果分心也可能不會察覺。

芊莉曾一度倒下，我怎能料到她會還不到半天時間就折返回來？

我大意了。我以為就算最後會回來收拾善後，好歹也有一個晚上的緩衝時間。

勾魂攝魄的紫色眼眸看著我。她的面容沒有浮現任何情感，假如我的心臟有在跳動，也許早已因為過度絕望而停止了。

「你——」

我在剎那間動腦思考對策。

首先第一個確認的是，芊莉有沒有帶同伴來。

芊莉帶著的那四名終焉騎士……不在。這是個好消息。

接著，我確認了彼此的力量差距。

芊莉在對付主人時耗盡了體力，但體內隱藏的正能量比起她離去之際我看到的分量恢復了不少。儘管離完全恢復還早得很，祝福之力應該是有限的……她真是個如假包換的——怪物。

她的服裝有點弄髒，但沒受什麼重傷。真要說起來，看她在對付主人時不屈不撓的表現就能猜到，她就算瀕臨死亡也可能在戰鬥中喚醒力量。故事當中的死靈魔術師都是像那樣注定落入敗北命運。

最後，我想像了一下對方對我的印象。

她已經看過我跟露一起上街。露（八九不離十）是死在終焉騎士手裡，所以她如果認定我跟露是同夥，似乎極其合情合理。

芊莉目不轉睛地注視著我。但是，真的只有極短一瞬間，我發現她將視線轉向天上耀眼的太陽。只有低階不死者能在陽光下活動。她看我不像受到陽光效果影響，卻又不會順從本能襲擊她，想必正在疑惑我究竟是不是不死者。

我把負能量藏得很好，乍看之下並不像是不死者——本來應該是這樣的。

我握緊碰過銀箭而皮焦肉爛，還有尖銳痛楚的右手。

受過祝福的銀箭對屍鬼一樣管用，是所有不死者共通的弱點。儘管威力低到必須射中要害才能造成致命傷，但再生能力會受到阻礙，使得傷痕殘留一段時間，而且燒爛的傷痕現在還在冒著白煙。

現在隱藏也沒用了，芊莉不可能沒發現。

真要說的話，就算我是人類好了，只要我是主人的同夥，就是她的討伐對象。

終焉騎士團是主攻的集團，甚至連給小孩子看的童話故事裡，都有他們毫不留情地擊倒受到死靈魔術師操縱的城鎮居民的場面。

我不知道芊莉為何獨自回來。

但是，我一選擇逃跑就會沒命，襲擊她也會沒命。做出這些反應會收到反效果。

既然這樣——就只能說服她了。我如果是芊莉，絕不會放過對手，但芊莉不是我。

最重要的是，我在街上見到的她跟其他三級騎士不太一樣。

三級騎士沒有的芊莉所具備的特質，就是——慈悲心。

或許是因為芊莉認定我們是人類，總之她曾經試著幫助我跟露。

我敢斷定假如來到這裡的不是芊莉，而是三級騎士，我恐怕早已喪命。

無論是三級騎士還是二級騎士，對我來說都是無從抵抗的死神，因此來者是芊莉反而是件幸運的事。

她不一樣。比起童話故事裡那些鐵面無情的終焉騎士，她慈悲為懷。

而這會成為可乘之機。我努力保持平靜，裝出悲傷的表情看了看露的墳墓。

「生前，露拜託我……幫她蓋墳墓。我剛才在祈求她能安詳永眠。」

「……這樣啊。」

她開口說出的話雖然冷漠，但我看見她的眼神閃過一瞬間的憂愁。

講話口氣沒有那麼拘謹，也許這才是她的本性。

儘管還不能大意，不過她似乎無意二話不說就把我消滅掉。

我要表現出友好的態度，讓她看到我的人性。

我至今還不曾在她面前表現得像個不死者。

「呃…………我記得，妳叫芊莉？芊莉妳來這裡做什麼？」

銀髮在徐風中搖動。芊莉注視著墳墓沉默了半晌，然後輕聲說了：

「…………………我是來領走她的遺體的，想把她帶去城鎮安葬。」

我……實在沒想到她會這麼說。

「這樣啊…………早知道我就不多此一舉了。」

這是我的真心話。要不是花時間替露蓋墳墓，我就能在芊莉到來之前離開此地了。

露也是，比起被人埋葬在這種森林裡，她一定比較想沉眠在城鎮的漂亮墳墓之下。

雖說這是約定，所以無可奈何，但我真沒想過終焉騎士團會是這種慈善團體。

我憋著惱火的情緒陷入沉默時，芊莉靠近過來，站到我旁邊低頭看墳墓。

她有著白皙柔嫩的頸子，嫩肉發出令人垂涎欲滴的香味。

我只要伸長指甲、手臂一揮，一秒都不用就能到手。但是，我不能這麼做。不能給她藉口攻擊我（雖說我身為不死者就已經是夠充分的理由了）。

「你們，是朋友？」

朋友？露要是聽到這個字眼，大概會氣死吧。我跟露才不是什麼朋友。雖然最後做了約定變成共犯，真要說的話，我們其實從頭到尾都處於敵對立場。

我以手掩面，裝出跟芊莉同樣沉痛的聲調說了：

「不………我們是一家人。」

「………」

我得打動她的心。我得博取芊莉……這個慈悲心腸的死神的同情。

行得通。我都能保住性命到現在了，我一定辦得到。不管是多小人的手段，我都願意用。

所幸，我不需要裝模作樣。自己這樣說或許不太好，但我從生前到現在都是弱勢族群。

「不過，這下露總算可以安息了。繼續當赫洛司的奴隸沒有未來，她在無意識當中一直在尋求解脫。我沒有能力救她，芊莉你們是我們的恩人。」

「才沒有，那種事……」

被我這樣拍馬屁，芊莉連眉毛都沒動一下，壓抑著聲調說道。

儘管因為她幾乎面不改色，難以看出內心情感，但看來她的確是個重感情的人。

我決定賭一把。時間並非站在我這一邊，如果芊莉遲遲未歸，終焉騎士團的同伴們可能會來找她。

我指著自己的眼睛，長嘆一口氣說：

「在這種時候，不死者的身體真不方便。我明明如此傷心——卻流不出眼淚。」

「！你果然是……！」

芊莉的表情變成了確信，迅速與我拉開一步距離。這是她的攻擊距離。

她沒有拔劍，但我此時此刻如同置身於死地之中。不過，我不會焦急，我要謹慎面對。

我努力露出笑容表示自己沒有敵意，張開雙臂，高高舉起來給她看。

「是啊，我是……『屍鬼』。但是，不知道為什麼……我還有生前的身為人類的記憶。」

「…………咦？」

芊莉至今不曾改變的表情變了。她瞠目而視，用不具敵意的眼瞳看我。

主人直到最後都堅信我沒有生前的記憶。而就芊莉的表情看來，這似乎是一種相當罕見的情形。

贏了。刺在露胸口的是箭矢，但芊莉的武器是劍。

芊莉殺不了可憐的人類。縱然身體成了怪物，我還有人類的智慧與理性，她下不了手。就算沒有人會責怪她，但她太會將心比心了。

這種心軟對終焉騎士而言是致命性弱點。芊莉的戰鬥能力無與倫比，卻過度具有人性。我不用加油添醋，只要把真實經歷講給她聽就好。

我假惺惺地做了本來不需要的深呼吸，然後開始講起可憐人恩德的故事。

芊莉面無表情，只是默默地聽我訴說。

然而她那猶如紫水晶的眼眸自始至終如水波般動搖蕩漾。

我沒有恨意。生前的我只擁有痛苦與絕望，毫無努力的餘地，徒留對生命的執著結束了短暫的一生。我能夠再次甦醒，而且變成不死者後還保有記憶——正可說是奇蹟。

我不知道原因何在。我並不是故意要復活成為不死者，但是，我很幸福。能夠像這樣再次用自己的雙腳站立，能夠在森林裡自由奔跑，我感到很幸福。

一個不會襲擊人類，不用襲擊人類的不死者與人類的差異——究竟在哪裡？

我不明說，用言外之意對她做這些訴求。我想起昔日讀過的喜劇裡出現的開朗詐騙專家的故事，一邊講述更多插曲。

「原來，那封信是…………」

「露幫了我的忙。赫洛司．卡門企圖舉行可怕的儀式，再這樣下去，他也許會命令我襲擊人類，我絕不能讓那種事發生。幸好芊莉你們終焉騎士團來到了附近的城鎮。多虧有你們，我才能繼續當人類。」

「…………」

我斟酌用詞，講出更多情有可原的理由。

芊莉就好像想隱藏迷惘般眼眸低垂。我沒有說謊。

我沒有襲擊過人類，因為我幾乎沒離開過森林。

我不想襲擊人類，因為我不想跟終焉騎士團為敵。

但是，如果這樣才能求生存，我想必會毫不猶豫地變成襲擊人類的怪物。

我是個理性的人，是兼具人類理性與智力的怪物。從客觀角度來看，我是個非常可怕的怪物。假如我是終焉騎士團團員，我絕不會放過這種人。就某種意味而論，我這個不死者搞不好比才華洋溢的芊莉更適合當終焉騎士，真是太諷刺了。

「所幸這座森林裡沒有人類。我打算在這森林裡為露守墓，靜靜度過餘生。要充飢的話獵捕野獸就好，我至今都是這樣活過來的。」

「……是嗎？」

「這樣也不行嗎？」

不知不覺間，太陽就快下山了。露的簡樸墳墓染上美麗的朱紅。

我等著芊莉回答，掌心握過銀箭而受的傷早已痊癒。夜晚是屬於我這種不死者的時間。雖然屍鬼是弱小不死者，不會受到太大強化，但還是比白天好多了。

芊莉正在猶豫。每一秒對我來說都像一分鐘，甚至是十分鐘那麼長。

我面帶微笑有耐心地等她回答。不，是只能這麼做。

我現在如果逃跑，芊莉會追上來。而我不認為我這個低階不死者的腳程能快過輕易炸飛巨龍，把主人殺了將近一百二十遍的芊莉。就算入夜也不能改變這一點。

芊莉沒有自覺，她現在等於是把劍尖抵在我的咽喉上。

不久，芊莉終於抬起頭來了，眼中沒有迷惘。

她的眼眸聰慧伶俐，聲調也不帶感情，但其中卻有著慈悲心。

「…………我知道了。我是第一次遇見具有生前記憶的不死者，不過……恩德，你的確還保有理性。如果是這樣，我想……應該沒有問題。」

最後這句話隱約帶有迷惘，但她的話語當中有著堅定的覺悟。

她大概是打算去說服同伴們。她總是如此正直清廉，又溫柔善良。

我安心地呼一口氣，低頭看看墳墓。

「太好了……我想露一定也很高興。」

「…………我明天會再來。需要什麼就跟我說，我帶來給你。」

「那怎麼好意思。不過，我想想……如果可以，希望妳能帶些花放在露的墳前，這座森林好像沒開什麼漂亮的花。」

「…………知道了，我一定會帶來……你在這裡等我。」

芊莉堅定地點頭。

真是個光明磊落的人。包括生前在內，在我見過的人當中，就屬她的靈魂最純淨無瑕。

她相信別人。正常過日子是不會培養出這種人格的。

雖然與我崇拜的終焉騎士團有點不同，她的資質即使從客觀角度來看也一樣可貴。

所以，欺騙像她這樣純潔的人…………讓我很內疚。

天色已是薄暮。芊莉向露的墳墓獻上祈禱後，就往森林出口的方向走去。

我想我不會再見到她了。我打算等芊莉一走遠就立刻離開森林。

芊莉的銀白色頭髮在搖動，我最後一次呼喚她的背影。

我只剩下一個疑問，隸屬於終焉騎士團的芊莉也許知道答案。

「對了，芊莉，赫洛司．卡門有說過，他要創造『死者之王』。事到如今或許已經無關緊要了，但妳知道什麼是『死者之王』嗎？」

芊莉頓時停下腳步，然後並未回頭看我一眼，若無其事地說了：

「『死者之王』指的是……被分類為一級的死靈魔術師——也就是藉由禁術將自己變成特殊不死者的死靈魔術師。赫洛司．卡門是人類，被我消滅了。已經……不重要了。」

等芊莉的氣息完全消失後，我立即展開行動。

我必須動作快。

芊莉選擇放我一馬，答應讓我待在森林裡過活。

那些都是芊莉的真心話。雖然認識不久，她很明顯不是個騙子。

然而，芊莉恐怕無法說服她的同伴們。

當然了，我雖然擁有生前的記憶，卻仍是個如假包換的怪物，以討伐黑暗眷屬為神聖使命的終焉騎士團不可能放過我。我曾經崇拜過終焉騎士團，很了解他們的性情。不是其他騎士殘酷無情，是芊莉「異於常人」。

那麼芊莉會瞞著同伴不說出我的事嗎？這也不可能。她並不蠢，但太過信任別人。就算她沒說出口，同伴們看到她明明是去收屍卻空手而歸，心裡會怎麼想？一旦被同伴追問，芊莉必定會開口，然後替我求情，如同我向芊莉求饒那樣。

他們肯定會來殺我，會成群結伴地來殺我。來殺我這個花言巧語欺騙他們的小公主，貪生怕死的醜陋小人。

我不會妄想得到別人認同或是接納。

我早已是活在黑暗中的怪物，是個以生肉為食的怪物，一旦活久了必定還會吸血。

我的心願並未改變。

我的心願——只不過是想活下去罷了。我想要生存與自由，今後才要去尋找更大的目的。

我離開露的墳墓，前往宅第遺跡，目的是找出我逃走時沒帶走的柴刀。

在芊莉抵達城鎮之前還有時間。我能夠伸長指甲，但恐怕還是需要武器。無論會不會用上，那個可以算是主人的遺物，是別具意義的物品。

想到這裡，我想起芊莉說過「死者之王」是化為不死者的死靈魔術師。說不定常夜外套與暗影護符都是主人為了自己準備的東西。

我翻開主人的研究室原址的瓦礫，費了一番工夫找到漆黑柴刀，順便還拿到了包包等旅行必備品。

到了這時，夜幕已經覆蓋森林，只有銀色月亮照臨著世界。

我有夜視能力，可確保視野清晰。夜晚是屬於我的時間。

雖然沒有地圖而不知該前往何處，總之盡量逃遠一點吧。

我覺得很對不起芊莉，但我也是不得已。我……無法像她那麼相信別人。

我揮動幾次柴刀，快速翻越宅第的圍欄。

就在我往芊莉離去的反方向踏出腳步時──不知從何而來，有個聲音呼喚我的名字：

『恩德啊──時候終於到了，死者之王的容器啊。』

那是一種彷彿來自地獄底層的陰鬱嗓音。某種冰冷感覺竄過我的背脊。

我趕緊拔起掛在腰際的柴刀，迅速掃視四面八方。

那東西──在半空中。我咬住舌頭以消除心中油然而生的懼意。

那人彷彿繞著銀色月亮飛行般飄浮於空中，用跟生前一樣的面容俯視著我。

我倒抽一口氣。這是不可能的，赫洛司．卡門已經被芊莉親手消滅了。

他用盡各種招數，甚至創造出邪龍頑強抵抗，然後束手無策地消失在光芒中了。

然而，飄在半空中的人確實是赫洛司．卡門。

儘管整體白裡透青，輪廓微微發光，但那副模樣，從被折斷後用神聖力量燒燬的魔杖到隨著肉體一併消失的長袍，全都一如生前的赫洛司。只是，以我這個認識他生前模樣的人來看，他的氣息稀薄得令我不敢置信。

主人雙臂抱胸，故作神祕地說話。

並不是實際上真的發出了聲音，我卻聽得一清二楚。

『沒想到，我的肉體居然會毀滅……不過，我事先暗藏的部分靈魂現在派上用場了……』

「…………」

他已經快死了。我恢復冷靜，重新握緊柴刀，確認眼下的狀況。

這是主人的最後防備。主人在與芊莉交戰時，無庸置疑地使出了全力。

我不知道他是以魂魄還是鬼魂的身分復甦，總之現在的主人只是個殘渣。

死靈魔術師行事竟能如此小心謹慎。連經驗豐富的芊莉跟終焉騎士團都能騙過，真是個可怕的術士。

我……能贏過他嗎？問題在於他對我還有沒有特權。

假如那個還有效，我就——

不……我必須贏。我一邊冷靜觀察主人的模樣，一邊暗自下定決心。

否則我究竟是為了什麼才不惜利用終焉騎士團也要除掉主人？

我沒有自己動手，都是巧妙地穿針引線。大概這就表示最後我得自己來吧。

很好，那我就做給你看。

我睜大眼睛，仰望著主人。剛才芊莉提供給我的「死者之王」的資訊閃過腦海。

我想到主人至今的言行。他曾經稱我為「死者之王」的容器。對，容器！

這下再笨也想得通。假如芊莉所言屬實，主人的目的就是——

「主人……原來你平安無事啊。」

『恩德，我的最後一個靈魂——藏在你的體內，因為舉行儀式需要這個靈魂。幸運的是你還活著。』

藏在……我的體內。所以他才能夠苟延殘喘？

主人的語氣聽起來並未在懷疑我，他似乎沒有聽見我與芊莉的對話。也許他一直在沉睡，等到夜晚來臨，力量提升。

假如他並不知道我擁有生前記憶，那我還有機會。

「等一下……既然這樣，你那時為什麼想用我來對付終焉騎士團？你不是不能讓我死嗎？」

『？看來你似乎有所誤會。我呢，並不打算叫你去戰鬥。』

「…………」

這……倒是出乎我的預料。的確，回想起來，主人並未對我做出那種指示。直到最後一瞬間發出的命令也是叫我回敞廳，說不定之後是打算下某些命令把我藏起來。

不過，沒差。反正無論如何，我都不會改變決定。

這次——我一定要主人的命，而且不替他蓋墳墓。

『我要舉行儀式，令死者之王誕生……哼……儘管還有令人憂慮之處，與本來的計畫不同，但萬不得已……我的生命已經猶如風中殘燭。哼，哼，哼……』

都到了這節骨眼，主人仍然膽大包天地發笑。我調整好了呼吸。機會恐怕只有一次。

主人飄浮在夜色中，傲慢不遜地下令：

『恩德，你的肉體——是曠世巨作。我的靈魂則是最後的鑰匙……當我夙願得償時，你將成為震懾天地之間所有光明眷族的王。恩德，我不准你抵抗，我要你停止一切動作。』

在主人的命令下，我停住動作。

赫洛司．卡門的動作很緩慢。他沒使喚過靈魂系不死者，所以我沒看過「惡靈」，不過假如圖鑑描述得正確，大概就是這種感覺了。

赫洛司發出藍白光暈，一邊降落到我附近。一旦被他碰到，我究竟會變成怎樣？真是可怕。

但我沒在害怕，手也沒有發抖。

那一刻——永遠不會到來。

赫洛司離我只剩一公尺遠，進入了我的攻擊範圍。

我加重握住柴刀的力道。對手對我毫不設防，簡單得很。

於是我灌注渾身力氣，加上至今的所有經驗，扭轉全身用柴刀掃過他的脖子。

「！」

沒有受到抵抗，連一點阻力都沒有。我用力過猛而轉了一圈，原地踉蹌。
柴刀確實砍穿了主人的脖子，主人卻仍然好端端的。
我確實砍斷了的脖子還連著，主人一臉不甘心地摩娑著該處。
『哼……看來力量變得太弱了，命令居然無效……還有，你竟然假裝我的命令有效，真是個一刻不得大意的男人。』
我的一擊強而有力，能夠輕鬆劈碎魔獸堅硬的頭蓋骨，連肉帶骨一併斬斷。
銀箭造成的傷害已經癒合，我也沒有手下留情。
面對平靜自若的主人，我一口氣連續揮了好幾下柴刀，主人甚至沒抵抗一下。
斜劈、反手斜劈、當頭劈砍。我從各種方向使出致命的一擊，但是所有攻擊都沒遭到抵抗，就像在攻擊一個不存在的事物。攻擊使得主人的身體短短一瞬間煙消霧散，但立刻就恢復原狀。
『沒用，沒用的，恩德。你很聰明，行事膽大心細……無奈知識不足。攻擊對於現在的我……是不會有效的。』
我打散主人那張臉，但他的聲音沒有停止，表情也不見任何痛癢。
知識不足……主人所言真是一針見血。我用力向前踏出，不顧一切地攻擊主人。無需呼吸且不會疲勞的我攻擊幾乎沒有中斷。
第一擊的時候我就明白攻擊不管用了，連續攻擊是為了盡量爭取思考的時間。我知道的確實不多，但我看過不死者圖鑑。有種不死者對物理攻擊具有高度抗性，是一種不具肉體，只以靈魂害人的存在。現在的主人……或許正如我一開始所想的，相當接近於那種存在。

沒想到物理攻擊會這麼沒有效果，不過勝負還沒分曉。

我挖掘記憶。「惡靈」雖具有強大抗性，但反過來說，由於沒有肉體，比其他不死者更懼怕正能量，也怕魔術攻擊。

主人對抗終焉騎士團時之所以只派出屍骨，而不使用鬼魂，想必是因為那不是終焉騎士團會苦戰的對手。

但我不會用魔法，也用不了正能量。該向芊莉求救嗎？不可能。這裡離城鎮有段距離，況且那裡還有一級騎士在，那樣做無啻於自殺行為。

全力施展的連續攻擊讓骨頭發疼，皮肉叫痛。但是，無所謂，這點程度的話再生能力趕得上。我節節後退，一邊打散死後還想繼續支配我的主人。

『不要再做無謂掙扎了，恩德。我創造你——就是為了這個目的。』

這男的直到最後都這麼任性妄為。我跟主人果然不可能達成共識。

他只要有命令權就是不行。他都稱我為容器了，我的意識八成會消失。回想起來，主人之所以不讓我學習知識，原來也是因為沒有那個必要。

我——是容器，不是內容物。

主人需要的是才華洋溢的堅固容器，內在由他自己來充當。

說不定我的本能早已察覺出主人的目的——「死者之王」的真相。

早就有線索了。主人從沒把我的想法放在眼裡。

但是，我不會輸。我感覺到我的生存本能在火熱燃燒。我不害怕，只感到——憤怒。

我要殺了他，我發誓要殺到他不留原形。連二級騎士都無法打倒的對手，由我來殺死。

赫洛司．卡門，你的夙願將在此時此地破滅，你——將會死在容器的手裡。

在斬擊風暴中，主人被砍成碎片，卻仍繼續前進。

看來我的攻擊從物理層面來說，連一瞬間的時間都爭取不到。主人之所以還沒飛撲過來，或許是他身為死靈魔術師的探究心想先把我觀察一遍。

『嚇得失去理智了嗎……也罷。我需要的，是你那對於死亡之力展現出超凡適性的容器。苦等夠久了……我才是最強的「死者之王」。』

不管我揮刀砍向眼睛還是鼻子，主人都看得見我。即使砍斷喉嚨，我仍能聽到他的聲音。我劈開他的每一個部位，但主人毫無焦慮之色。主人是最強的存在，可謂強大無比。是個狡猾而桀驁不遜，不被允許存在於這世界的黑暗魔術師，會被芊莉殺死是當然的。

但是，我並不是完全不用大腦就胡亂攻擊一通，也沒有發瘋。

——我擅長思考。

思考與忍痛，是我生前纏綿病榻時唯一能做的事。

可能是總算觀察膩了，主人迅速飛落下來，月光照出了他那詭異的容貌。我大動作往旁跳開躲避，丟掉至今揮動的柴刀。主人睜大雙眼。

「赫洛司．卡門，你的弱點——在於視野狹隘。」

「什麼？」

所以你才會被我騙倒；所以你才會沒察覺露的變化；所以，你才會敗給芊莉。

赫洛司．卡門的世界裡只有他一個人。

你難道不知道這裡是哪裡嗎？以為我會不用大腦就一個勁地後退嗎？

這裡有著刻上露的名字的大石頭，以及一度被我挖開又埋好壓緊的土地。

這裡是——你的奴隸的墳墓。

的確，我無法運用正能量，也不會魔法。

但是——這裡有不死者最怕的東西。

我用力握緊代替十字架插在墳上，從箭身到箭鏃皆以銀製成的箭矢，把它拔出來。好不容易癒合的手掌心再次產生一陣劇痛，某種東西熔化的聲響在夜色中迴盪。

銀製武器是不死者的共通弱點，對惡靈也有效。而這個不足以殺死我的小東西，對不具肉體的惡靈卻十分有效。

可能是看出我手裡的東西是什麼了，主人睜大眼睛，迅疾如風地朝我飛撲過來。

但是太遲了。儘管速度相當快，換作是生前的我一定反應不及，但對變成屍鬼的我來說，不算什麼障礙。

刺出的銀箭貫穿了整顆頭往我撲來的主人的眉間。

主人連遭到芊莉攻擊時都沒脫口發出的慘叫響徹黑夜。

「嗚哇啊啊啊啊啊啊啊啊啊啊啊啊啊啊啊啊啊啊啊啊啊啊啊啊啊——」

「——你以為我會這麼叫嗎？」

「！」

主人沒有發生任何變化。不但沒有消失，還顯得不痛不癢。

任由具有破魔之力的箭一半插進眉間，主人用隱約帶有哀憐的聲調說道。

他那瘦骨嶙峋的指尖靠近過來，混濁的漆黑雙眼窺視著我。我無法阻止他。

「所以我才會說，你知識不足。我不是普通的惡靈，我的根源已與你的身體合而為一。只要不毀了它，我就是不死之身。惡靈系並非對物理攻擊具有完全抗性，你用那把『噬光者（Blood Ruler）』沒能對我造成任何影響時就該察覺到了。」

「……」

「真是可憐。不過，你放心吧，你的肉身將成為最強的『死者之王』。」

「……你去死吧。」

聽我懷著殺意這麼說，赫洛司像是聽到無聊笑話似的皺起眉頭。

「我已經死了，你也是。」

我從來不知道赫洛司．卡門這麼會開玩笑。

我的身體與赫洛司的靈體重疊在一起。

視野一明一滅，某種濁流般的漆黑物體灌進我的意識之中。

身體與意識都遭到黑暗汙染。理應早已失去痛覺的肉體彷彿將從內側爆裂，又像某種東西即將咬破體內血肉一般，駭人的劇痛竄遍全身。

「啊啊啊啊啊啊啊啊啊啊啊啊啊啊啊啊啊啊啊！」

淒厲慘叫響徹幽邃森林。慢了一拍，我才認知到那聲音是我自己發出來的。

死亡迫近而來。許久未曾感受到的駭人痛楚，迫使我理解自己一如生前是個弱者。

銀箭從我手中滑落。手上的傷還沒癒合，但我完全沒感覺。

驚人的反胃感、疼痛、痠軟……所有痛苦一次襲向靈魂。

雙腳被拉扯，甚至產生一種錯覺，以為自己被拖進了地獄底層的冥府。

『你的靈魂——正在持續往黑暗墜落。』

以前赫洛司對我說過的話重回腦海。我拚命思考以盡量減輕疼痛。

我分不清上下左右，險些摔倒，勉強抓住附近的一棵樹。

理應早已停止跳動的心臟嚇人地狂跳不止，呼吸急促。

不屬於我的記憶與知識灌進我的腦中。那種感覺實在過度噁心，我一次又一次使足力氣，用頭去撞樹。

這是……什麼？

我很想吐，什麼都搞不清楚。唯一明白的是，我只要一鬆懈——就會死。

樹折斷了，我的頭在流血。我腿軟倒地，但爬向另一棵樹抓住不放。

我要活用所有東西保持清醒。

我想起臥病在床時的情形。

那時痛楚一點一點慢慢增強，氣力則是一點一點喪失。

在那段日子裡，不曾中斷的痛苦甚至使我無法入睡，任何動作都會帶來痛楚。那時我只能執著於生命，無論是魔術師還是醫師都拯救不了我的孤獨，除了眼睜睜看著自己緩緩耗盡體力而死之外一籌莫展，那種憾恨……

我正在改變。我的肉體與靈魂都在變質、融合。

變得更強韌、更凶惡、更接近——死者之王的樣貌。

八成是主人設計成如此吧。沒有知識的我無法理解自己被他做了什麼。

灌進腦內的記憶與知識都不是我原有的東西。我被迫接受。

在無從抵抗的痛苦中，無意間，「不屬於我」這個想法閃過腦海。

——怎麼可能………我為何，吞沒不了你？

好暗，一個人都沒有。我一邊呼出熱氣一邊抬起頭。

主人就站在我眼前。不同於剛才那個主人的惡靈，他用雙腳站立。不知為何，我明白那不是實體，也不是靈魂，只不過是我的大腦讓我看見的幻影罷了。

我並不是刻意要這麼做。

殺意與憤怒蓋過了痛楚。我的身體站起來，把手臂猛力一揮到底。

速度完全不夠快，也沒多餘心力伸長指甲。然而這一擊卻輕易就撕裂了主人的幻影。

幻影消失了。

——怎會有如此強韌的靈魂……還不肯服輸嗎？

全身簡直像著了火一般發燙。最滾燙的是頭部——大腦與心臟。

背後傳來人聲。我一轉身就把手臂橫著一掃。我剛剛才消滅的主人幻影就站在我背後。

幻影消失了。但是，新的一個又冒出來了。不知不覺間，我的視野被無數的主人幻影淹沒。

上下左右前後，有的站在地上，有的下半身陷入地面，有的在天上飛。無數狡猾如蛇、冷漠無情的眼瞳俯視著我。

我怒火難平地襲擊他們。赫洛司．卡門正在侵蝕我的大腦。

濁流般灌入腦內的意志強大得一個不小心就會被壓成肉泥。

——不可能，意識的濃度太高了。分、分明只是個，病死者的，靈魂……難道，這就是，貴族的血統？不……不可能……！你絕不可能，與我，勢均力敵！

無論我打倒多少個，主人的幻影都不見減少。

我全力以赴，死力抵抗試圖吞沒我的靈魂。

我要活下去。活下去，獲得自由。

——容器的，深淵，實在，太深了！你究竟是怎麼到這個地步……恩德，這是命令，你不准再抵抗！

主人的聲音響徹腦內，折磨我的精神。

恩德……是誰？

我亂抓胸口一通，心臟在劇烈跳動。不是心理作用，我的心臟，確實在動。我還活著，我有脈搏，不是屍體。我正在漸漸重生為更邪惡的生物……不該存在的怪物，甚至超越死亡的物類。

啊啊，難道這就是死靈魔術師的目的，詛咒的最終目標嗎！

置身於連邏輯思考都有困難的痛苦中，我忽然理解了死靈魔術師的本願。

他們創造詛咒的最終目標……他們冀望達到的「死者之王」，其實是——「不死」。

不是變成屍體後繼續活著，是在有生命的狀態下繼續存活，完全的「不死」與「不滅」。

死亡對他們而言，不過是個過程。他們創造過無數不死者，是不死者的專家。如果只是要把自己變成不死者，應該有更簡單的方式。

然而，主人沒有採用那些方法。

芊莉說過，一級死靈魔術師是將自身變作「特殊」不死者的存在。

不知不覺間，主人的幻影消失了。取而代之地，眼前有個巨大的黑暗凝聚體。

是幻影。大幅擴散的黑色霧靄中心浮現出赫洛司・卡門的臉。

他想吞噬我，想讓我沉入黑暗底層。

聲音在腦內迴盪。嗓音中感覺得出憤怒，以及自信。

——結束了！你的肉體，我要了！我占有優勢！你……將作為「死者之王」的容器，獲得永生！

「！啊，呼啊，呼啊，啊啊啊，啊啊………」

好強大。我不知道主人活了多少年，但他的靈魂就連一塊碎片都夠強大。

其中有著強烈的妄執與多年累積的力量。

事態如此發展，以及敗給芊莉，想必都不在主人的預料之中。這場儀式應該是迫不得已的做法，假如原本的什麼儀式成功了……我不知道會變成怎樣。

主人高高飛上空中。黑暗遮蓋月亮、天空與世界，即將落在我頭上。

我的手動了起來。這究竟是出於怪物的本能，抑或是不願受死的心推動了身體？我的指尖並未朝向主人，而是塞進我自己的嘴裡——把嘴唇大大撕裂開來。

事到如今再痛也沒差了。飄浮於黑暗中的主人啞然無言。我用撕裂的血盆大口露出笑容，痛苦一時之間從意識中消失。

「死者之王」……將由我來當。抱歉了，主人，你必須成為我的養分。

你——將是我第一個啃食的人類。

我張開撕裂的嘴巴，主動撲向黑暗。我用張大到極限的嘴巴咬住那片黑暗。沒有味道。它只是我看見的影像，是不具實體的事物。

然而，駭人的慘叫聲響徹我的腦內。

——啊！————啊啊——

原來如此，原來真正的慘叫……聽起來是這樣啊。

就在我莫名產生感嘆時，聲音消失了。夜晚的森林裡只剩下寂靜。

我四肢虛脫，身體倒臥地面。原本折磨全身上下的痛楚消失得乾乾淨淨。

原先響徹腦內的聲音也聽不見了。

渾圓的月亮在夜空散發清光。也許黎明時分將近。

冷風撫過我的身體，我躺在地上仰望著天空確認現況。

腦中似乎沒有他人的意識。作為異物試圖支配我的主人靈魂，最重要的部分被我反過來吞噬吸收了。感覺真痛快。

理應得到融合的知識以及記憶——全都想不起來。也許是我的本能感覺到危險，將它封印起來了。主人的經驗以及記憶遠比我老練，搞不好一想起來就會覆蓋掉我的意識。我看還是別勉強想起來比較好。

我稍微鎮定了點，於是用手撐著地面想站起來，卻失敗了。

我一瞬間不明白發生了什麼事，再度抓住旁邊的一棵樹，使足全力站起來。

四肢……使不上力。意識一瞬間飄遠，許久未曾感受到的疲勞壓在我身上。

看來……我還沒脫離險境。

可以感覺到肉體……我整個人已經發生變質。很可能是經過了位階變異。

不知是攝取主人落入黑暗的靈魂而滿足了條件，還是刻入體內的機關所為，總之現在的我——已不再是「屍鬼」，但也不是原本預定變異的「黑暗潛行者」。那樣肉體應該會變成黑色，但我的膚色與原先無異。

那些小事之後再想好了。原本還綽有餘裕的能量完全枯竭了。

我現在的狀況就跟變異成「屍鬼」，初次嘗到飢餓時的情況很像。

我擦掉從額頭流下的血，大大做個深呼吸。我缺乏力量，在這種狀態下，有可能打贏這座森林裡的魔獸嗎？不，更大的問題是我能撐住一口氣，直到發現魔獸嗎？

不，我只能撐住。畢竟我都把主人……支配者給吃了。

我用盡所有手段，犧牲了種種事物才能活到現在。

眼下的首要目標除了覓食，我必須在天亮前找個地方躲避日光。

從「屍鬼」變異成現在的狀態，應該有多出一些弱點。無論變異成什麼，陽光都可能帶來致命傷。我之前痛得沒心情去管，但我似乎花了很長的時間反抗主人，離日出沒剩多少時間了。我雖然有主人準備的「常夜外套」，但最好還是別對它太有信心。假如用這種東西就能消除陽光的影響，不死者早就造成更大威脅了。

這身體真不方便。但正因為如此，才能讓我實際感受到自己活著。感覺還不賴。

我一步一步挪動虛弱無助的身體，一邊感受著地面的堅硬一邊謹慎前行。

這時，我想起我把柴刀掉在地上。

那個——最好還是撿走。即使我現在處於使不上力的狀態，有了那個總是比較利於狩獵。

為了轉身，我一時停下腳步。忽然間，一道銀光只差我幾公分，從我眼前飛過。

「……啊……？」

先是一道破風聲，接著慢了一拍，簡直像腿被砍斷的劇痛竄過左腿，使我摔倒在地。

我強忍著痛，拚命看向自己的腿。

左腿的膝蓋上插著一支原先並不存在的箭。

這是一支銀色箭矢，完全貫穿了皮肉與骨骼，冒著白煙。

我想把箭拔掉，但疼痛與疲勞使我的手抖得不聽使喚。

我滿腦子亂成一團時，耳朵聽見了曾經聽過的粗野嗓音。

「啊啊，還好，你還在這裡啊……這個怪物。可惡，浪費我的時間！」

「好啦，別生氣。你就是欺騙了我們家小公主的傢伙，沒錯吧？」

「看你受到的傷……還有眼睛，原來是低階吸血鬼啊。芊莉說你是屍鬼……看來她想升上一級還得多累積點經驗。」

「為……什麼……！」

我勉強擠出聲音問道。

在幾公尺外，之前在街上懷疑我是不死者的藍髮男子望著我，眼神簡直像看著一堆餿水。

「為什麼？你現在是在問為什麼嗎？終焉騎士會來，不就一個目的？撲滅怪物啊。」

慘了慘了慘了慘了。

我使不上力。被銀箭射穿的左腿傷口持續受到神聖力量侵蝕，就算能站起來，也不可能迅速行動。

在黑暗中，終焉騎士身纏巨大的聖潔力量，悠然自得地往我這邊走來。

人數有四人，都是三級騎士。主人說過，我必須變成吸血鬼才可能對付得了他們。而他自己包括芊莉在內，對付五個人撐了幾小時，由此可知主人是個多可怕的怪物。

總算恢復跳動的心臟像連續敲鐘般亂跳，聲音從高處落到我身上。

「真傷腦筋……那個為人固執的芊莉，堅持無論如何都想幫人收屍而一個人跑回去的芊莉，兩手空空地回來時，還真的嚇了我一跳咧。」

「芊莉雖然力量強大，但實在太心軟了。她乍看之下好像冷靜透徹，其實個性老實，而且很不會隱瞞事情。所以她偶爾會犯這種『失誤』，我們就是為此存在的。」

——我發出小聲哀叫，爬著拉開距離。我需要爭取時間，我得扮演弱者。

勝算——可說全無，對手力量太強大了。在這過度絕望的狀況下，我的頭腦逐漸恢復冷靜。

但是事到如今，我哪有可能放棄？我得想想辦法，找出一條生路。

太可惜了。要是，要是我能補給力量，至少可以設法逃走。

我睜大雙眼，渾身發著抖確認敵人的模樣。

就近一看，三級騎士們簡直與死神無異。

芊莉沒來。實力劣於芊莉，但不像芊莉有機可乘，貨真價實的三級騎士多達四人。

靠這戰力夠把我完全殺死了。正可謂絕對優勢、斬草除根。我就連處於萬全狀態都不見得能對付一人了，這下更是無計可施。對手有四人，連奇襲都有困難。

再次射出的銀箭貫穿我的右腿。

我雖然看見了，但在身體行動不便的狀態下，我躲不掉。

不，就算能保住一條腿，也無法脫離這個困境。

不用了，腿我不要了。現在誘使他們大意比較要緊。

彷彿烈火焚身的痛苦使我發出哀號，是那種能引人同情的哀號。但對我射箭的金髮女騎士眼瞳映著不同於芊莉的令人寒毛直豎的冰冷，沒有一絲動搖。

所有的一切——全在我預料之外。難道我是被詛咒了嗎？

我沒料到芊莉會出現。

沒料到理應已經毀滅的主人會想吞沒我。

然後，他們居然會在天亮之前趕來……比我預料的早多了。

我早就料到芊莉的謊言會被識破，但以為討伐隊最快也要等到天亮後才會出動。

夜晚是屬於不死者的時間，所以終焉騎士團才會選在早上襲擊主人，於是我誤以為這次也會選在早上。我太天真了，我根本沒時間躺在地上休息。就算要用爬的，就算要丟下所有隨身物品，也應該盡快離開這裡才對。

四個人都筋疲力盡，衣衫凌亂，散發的力量也不是最佳狀態。但是，儘管沒有芊莉那般厲害，他們仍然擁有足夠消滅我的正向力量。

抵抗——沒有意義。我作勢要對他們反擊的瞬間，他們恐怕就會把我徹底消滅。

好不容易完全屬於自己的肉體與自由，所有的一切——全都沒有意義。

快想，快想辦法。想想什麼才是我現在能做的最佳行動。

終焉騎士團往四面散開，把匍匐在地的我團團包圍起來。對手並不輕敵，但也沒把我視為強敵。假如他們把我視為強敵，才不會給我時間滿地爬，早就不斷連續攻擊把我撲滅了。

我不能給他們藉口動手攻擊我。

我如今力量枯竭，就算能趁對手缺乏防備時給予完美的一擊，也不可能打倒眼前的所有人。能爭取一秒是一秒，就算到頭來全都白費……至少這是最佳選擇。

腿上的傷痕一點一滴擴大。我還是「屍鬼」的時候傷勢還沒這麼糟，位階變異帶來的強化現在反而成了壞處。

我抬頭用諂媚的目光看著迎面而來將我逼入絕境的男性終焉騎士。

他就是以前在埃吉懷疑我是不死者的那個男人，記得芊莉好像叫他奈畢拉。

我拚命為自己求情，聲音顫抖得比向芊莉求情時更劇烈。

「呼啊，呼啊……我、我還有，生前的，記憶。」

「是啊，好像是，芊莉跟我們說了。雖然很難相信，但聽說你還在挖墳墓。盜墓也就算了，我從沒聽說有怪物會給人蓋墳墓的。」

「我、我也沒，襲擊過，人類。我也不打算，襲擊別人！」

「是啊……所以呢？」

太澈底了。眼前的男人徹頭徹尾是個終焉騎士。

就跟我想像的冷靜透徹、強大無敵的終焉騎士完全一樣。

他連眉毛都沒挑一下。然而，駭人的殺意襲向我的全身。

他在發怒。我不知道我做錯了什麼，但我惹火他了。對他們而言，就算不襲擊人類，怪物還是怪物，而這種想法對這世界的守護者來說很正確。

「芊莉說，我──」

「你這怪物，不准叫她的名字！」

「……！」

男人露出凶神惡煞般的嘴臉。他瞪大雙眼，嘴唇抖動，握住鎚矛的手因過度使力而發白。從旁進逼的持劍男子、手握弓箭的女子，以及拿著魔杖的男子，也都火冒三丈地蔑視我。

氣氛到了一觸即發的階段。

「難、難道，她……把我出賣了……？」

「要是她做得到，我們就不用這麼辛苦了。芊莉直到最後都在替你說話。但是，我們沒有芊莉那麼心軟。」

那就好。這句話稍稍安慰了我。

我相信她的慈悲心腸。我的確是利用了她，但我相信她。就算這份信任沒派上任何用場，被自己信任的人事物背叛仍然讓人難過。

我想不到有什麼辦法可以逃離此地，也沒有武器。

逼近我眼前的奈畢拉表情一瞬間變得柔和了些。然後，沒握鎚矛的左手朝我伸來，簡直像要扶我起來一樣。

「我同情你的處境。一醒來發現自己竟然變成了怪物，根本惡夢一場，你說是不是？」

那左手充滿了光明之力，是強大得感覺一碰就會在瞬間把我淨化的光明之力。

他是故意的。見我猶豫著不敢伸手，奈畢拉咧嘴露出猙獰的笑容，接著硬是抓住我的左手，把我的身體吊起來。

「但是，你利用芊莉的弱點誆騙了她。而這件事，今後一定會成為芊莉心中永遠的痛。我並不喜歡那個幼稚任性的二級騎士大小姐，但誰教我是她的前輩呢？」

左臂冒出白煙，劇痛使我身體陣陣痙攣，整個人往後仰。

背脊骨發出嘎吱擠壓聲，我喊出不像出自我的怪物般的慘叫。正向之力纏繞在身上可以用作防禦，而且對不死者還能成為直接性的武力。

沒被抓住的右手在發抖。奈畢拉離我極近，伸出手臂就能搆到，但即使我試著使力，手臂仍然一動也不動，簡直就像力量從被碰到的手臂流失出去。

不，正確來說應該不是流失，而是被填滿了。我以生物而言本不該有的深淵被正向之力填滿，正在逐漸歸零。

「這會形成很深的傷口。她已經習慣面對悲劇，但可不是無動於衷。芊莉今後每次有大事小事，都會想起你的事情，也許有一天這件事會造成一個大破綻。你竟然能傷害受到強大祝福保護的她，真是個不輸給赫洛司的駭人怪物。」

「……你們，不要來管我，就好了！我什麼，什麼都不要！」

我拚命叫喊著求饒。這是我的真心話，我只不過是想活下去罷了。

我無意擾人安寧，也不恨任何人。

可是——每個人都想殺我。我的視野逐漸縮窄。見我拚命抬頭看他，奈畢拉斷言：

「我們怎麼可能放著怪物不管！……你現在無害，但總有一天會殺人。」

「我們會過來，也是聽從老師的指示。我問你，你知道芊莉為什麼沒來嗎？」

女騎士對半死不活的我說道。她將搭在弦上的銀箭對準我，告訴我殺我的理由，就好像以折磨我為樂似的。

「芊莉替你求情時，師父是這樣回答她的。他微笑著說：『那好吧，就放他一條生路吧。』因為芊莉太固執，不管怎麼爭論都得不到共識。可是，芊莉發現師父在騙她，或者至少擔心師父說的不是真話。芊莉啊，現在──正盯著師父，怕他離開旅館。」

「只可惜，她是白費力氣。老師派我們過來，要我們確實把你撲滅。只是沒想到老師竟然會天都還沒亮就叫我們動身……不過換個角度想，這對芊莉來說會是一次經驗。要成為一級騎士的話，這是遲早會經歷的事。」

女弓箭手與男劍士都是我的敵人，沒有半點破綻。在後面始終保持沉默，手持魔杖的男子恐怕也是。

這些傢伙──把我的性命當成什麼了？

接下來還有辦法死裡逃生嗎？

芊莉會來救我嗎？怎麼想都不可能。就算她會來，也是在我被殺之後。

而就算她現在跑來救我，奈畢拉也會在遭到妨礙之前毫不遲疑地殺了我。

眼前這個男人就是有此覺悟，不惜引起芊莉的反感也要辦成此事。

我不覺得餓，但異常口渴。剛才持劍的男子說我是「低階吸血鬼」。假如他所言屬實，那麼現在的我需要的是──血。

好遠，實在太遠了。我就算伸長脖子也搆不到離我最近的奈畢拉，況且也不知道咬不咬得了這些身纏正向之力的人。

男騎士握住了劍，謹慎地走到我身邊，剝掉「常夜外套」。他發現我脖子上戴著的「暗影護符」，扯斷鍊子把它搶走，大大嘖了一聲。

「這就是……感覺不到負面氣息的原因啊。」

「是赫洛司的祕藏品嗎……該死！要不是有這個，在街上就不會讓你溜走了……」

如果沒有這東西，主人想必不會讓我上街吧。

包包已經在對抗主人的亡靈時不知丟失到哪裡去了。

對我搜完身後，奈畢拉粗暴地把我往地上一丟。我一瞬間猜想也許他們會放過我，但終焉騎士摧毀了我的奢望。

「好了，再來只剩下一件任務，就是殺了你，不過…………」

面對可悲地在地上爬，忍著痛縮成一團的我，奈畢拉低聲說了。

鎚矛以我為目標，金光閃閃的眼瞳高高在上地看著我。然後，奈畢拉把臉湊過來與我貼近，說了：

「給我道歉，我給你個痛快。」

這就是——喚來終焉之人……這就是死神？

比童話故事裡登場的那些人更冷酷，更現實多了。

他們是敵人，是人類公敵的敵人。至於我，則是人類公敵。

他們一定也有家人，有摯愛之人吧。

而看在那些人眼裡，他們必定相當可靠。

——但是，即使如此我還是……不想死。

「我，不想死……我，就只是，不想死啊！」

慟哭在黑暗中響起。縱然這會造成更可怕的殘虐行為，卻是我的靈魂呼喊。

奈畢拉……終焉騎士們都沒有激動發怒。他們只是看著像毛蟲一樣扭動的我，像是看到一個無藥可救的東西。

「……嘖！你這傢伙，是認真的嗎？唉，都被搞成這樣了竟然還不還手……真是可悲透頂，不敢相信你居然是那個赫洛司．卡門的手下。難怪芊莉會感情用事放你一馬，弱者等於那傢伙的天敵。」

「奈畢拉，要確實給他致命一擊。這是老師的命令。」

「這還用說嗎！我跟那傢伙可不一樣！」

我要死了，要被殺了。沒人會來救我。

生前死於怪病，以為獲得自由了，現在又要死在終焉騎士團的手裡？被他們以多欺寡，連抵抗的權利都沒有，遭到壓倒性力量蹂躪而死？

我流下眼淚，是血淚。在縮窄的視野中，我拚命抬頭看著敵人，身體無法動彈。

我痛到無法冷靜思考。破綻，我需要找到破綻。我必須看出甚至不知是否存在的弱點，掙扎求生到最後一刻。如果我死了——就化作厲鬼糾纏他們。

「你這是什麼眼神?都什麼狀況了,你為什麼還能有這種眼神!可惡!」

奈畢拉開始踢我的身體。每踢一腳,正能量都伴隨著衝擊流入我體內。

我不再哀號了。我能感覺到正向之力慢慢使我的存在趨向於零。

即使在這種狀況下,奈畢拉仍然不會胡亂踢我,給我可乘之機。他的動作十分熟練。

我被弄得骨頭斷裂、血肉模糊,像屍體一樣癱倒在地。他抓住我的頭髮,硬是讓我抬起臉來,藏著強烈殘虐性情的目光湊過來看我。

「……很好,最後我就大發慈悲——給你時間好好後悔。」

「!……奈畢拉!你該不會——」

「終焉騎士帶來的淨化是救贖,我會讓你明白這一點。你名字叫什麼來著?好吧,算了。你知道什麼是不死者最痛苦的死法嗎?」

身體已經連發抖的力氣都沒了。奈畢拉恫嚇般的低吼鑽進我的腦中。

忽然間,一陣隱約的衝擊竄過我的左肩。

奈畢拉把不知何時握在手裡的短劍插進地面,伸長手臂,舉起了某種東西。

那是——我的左手臂。

奈畢拉握緊了它,一瞬間就將之淨化。左臂就這麼灰飛煙滅了。

……無所謂,一隻左臂就送你吧。反正不過是不聽使喚的左臂——

「就是陽光。先讓你們虛弱得再生能力無法發揮作用，再用陽光一點一點填滿你們的深淵。難以承受的痛苦會一直持續到你們死，不管是多凶殘的不死者都會立刻哭著求饒。我們稱這個為太陽刑。因為它太殘忍，平常我們只會用來殺雞儆猴，不過——」

陽光。就連身為屍鬼還有抗性的時候，長時間曬太陽都會讓我渾身熱辣刺痛。

它對現在的我不知能造成多大傷害。在幾乎維繫不住的意識中，我啞著嗓子喊道：

「啊，啊………你們，怎能做出這麼可怕的事！」

「我要給你時間懺悔，讓你知道後悔。就當作是你誑騙芊莉，都死了還想苟活的懲罰！」

這是怒火。奈畢拉對我氣憤不已，想用這種方式洩憤。

他想用過度的方式讓我受苦。無論嘴上講得多好聽，這種行為就是不理智，就是出於私怨。

但是，無所謂，這樣很好。氣息從我的脣間咻咻外洩。

這是我頭一次從奈畢拉身上看到終焉騎士不該有的情緒。

花時間慢慢殺我，我最高興。無論是多大的痛苦或屈辱，我都能忍給你們看。只要能多活一秒，只要能得到逃命的機會，再痛又怎麼樣？

奈畢拉低頭看著打不還手但拚命保持理智的我，瞇起了眼睛。

右肩竄過一陣隱約的衝擊。

「你該不會是還想賴活著吧？別妄想了。我只會給你時間，不會給你自由。」

奈畢拉抬起我被砍斷的右臂，當著愣怔的我面前輕而易舉地將它變成塵埃。

「我們——只會留下你的首級。要懺悔的話，一顆頭就夠了吧？喔，對了，你的腦袋——我就幫你放在你蓋的墳墓旁邊吧。」

§　§　§

身體……不能動。當然了，現在的我除了一顆頭，什麼都不剩。

終焉騎士們……奈畢拉毫不留情地把我分屍了。他故意不用銀劍，砍下我的手腳，切碎我的身體，把頭部以下全部切除，淨化掉了。

我不知道我怎麼還能活著。我沒有力量，也無法再生。

強烈的疼痛與頭部內側針扎似的凍人寒意，顯示我正逐漸趨近死亡。

夜晚的森林很安靜，終焉騎士團已經離去了。這種孤獨恐怕也是刑罰的一個環節吧。被擺在露的墳墓上的我，只能看見主人宅第的遺跡。

我已經束手無策。既不能戰鬥，也不能逃走，徒留痛楚與絕望。

跟我生前……死前沒什麼兩樣。唉，他們怎麼會有這麼可怕的念頭？

我拚命反覆思考以保持清醒，無意間，耳朵聽見了混雜於風中的嗓音：

『真是可悲啊……恩德。』

「！……你怎麼，還沒消失……」

是主人的嗓音。他也未免太能撐了，假如我還有身體與多餘精神，早就笑出來了。

赫洛司．卡門的幻影站在我眼前，臭著一張臉。

「難道，你是來，拿我的身體嗎？抱歉，我只剩下，一顆頭了！」

『你這蠢材，我現在已經沒有那個力量啦，都被你吃了！現在的我只不過是殘渣的殘渣。』

「那有沒有，殘渣的，殘渣的，殘渣？」

『恩德，你就快死了。要是把身體乖乖交給我，你也不至於淪落至此。』

但是那樣做也跟死了沒兩樣。跟現在沒什麼差別。

可能是真的沒了力量，主人似乎無意對我做些什麼。如果能請他救我還好，但他只是個幻影，恐怕一籌莫展。

不過，至少可以陪我說說話。就算他的形體是幻覺，聲音是幻聽，也足夠了。

「我，為什麼，還沒死？明明，連心臟都沒了。」

吸血鬼的弱點應該在心臟。我沒了它卻能這樣苟延殘喘，實在很不自然。當然，我很感激就是了……

主人皺起眉頭，眼神像是看到一個笨學生，好心回答我：

『吸血鬼之所以被木樁刺進心臟會死，是詛咒所導致。只要心臟沒被刺就不會立即死亡。』

「哈……哈哈！什麼，鬼啊。好奇怪的生物！根本違反這世界的常理！」

竟然沒了頭以下的部分都還不會死，這也太扯了。真要說的話，如果這種歪理能通用，那把心臟挖出來不就少了一個弱點？

聽我這樣說，主人嗤之以鼻。

『但是，心臟確實是吸血鬼的力量泉源。一旦失去心臟，就會喪失大多數能力，即使是你這個「低階」也一樣。』

「我本來……就沒有什麼力量。」

我在獲得重生之後，一樣是個微賤的弱者。

在我認識的人當中，比我弱小的頂多只有露或是非戰鬥人員哈克。

不過說起來，生前臥病在床的我比露或哈克還要弱就是了。

主人沒回答我這句話，淡淡地繼續說：

『低階吸血鬼是成為吸血鬼的前置階段，換個說法就是蟲蛹。你幾乎沒有吸血鬼的能力，但同樣弱點也少。所以即使照到陽光，也不會立刻化成灰。』

「喔，是喔……那真是……太好了。」

『但是，這表示你將會痛苦更久。你力量枯竭，無法再生。你的靈魂將會受到陽光侵蝕，緩慢地死去。你的深淵很深，恐怕比那幫人料想的更深邃——但也不可能苟延殘喘多久，天亮之後至多撐一小時吧。』

「我該……怎麼做？」

我名符其實地動彈不得。

只有嘴巴能動，說不定等會兒連嘴巴都不能動。

主人雖然被我吃了，但聽我這樣問並沒有半點慍怒之色。

他立刻給了我答案：

『無計可施。力量枯竭的低階吸血鬼落到這步田地，已經一籌莫展啦。』

這樣啊……所以，我已經玩完了嗎？

主人的幻影消失了。我坦然接受主人所說的話。

既然如此…………接下來就是持久戰了。

我要抵抗疼痛，維持理智，抗拒死亡。

這跟我生前臥病在床時做的事沒兩樣。唯一不同的是，現在的我只剩下一顆頭。

於是，我的最後一場戰役開始了。

昏暗的天空開始泛白，微光照亮四下。

我最先感覺到的是曬傷般的疼痛。

以頭頂為中心擴展的疼痛侵蝕我的整張臉孔，化為火燒般的滾燙。

一開始受刑時我還以為可以從容面對，覺得比死好多了。

但是沒多久，我就發現我想錯了。正向之力一點一滴地焚燒我殘餘的肉身，焚燒我的思維。

只剩一顆頭連痛苦掙扎都辦不到。

簡直就像連續曬上幾十個鐘頭的直射陽光那樣。痛楚一點一點，慢慢地想殺死我，把我變回屍體。

我將雙眼睜大到極限，拚命忍受痛楚。彷彿時鐘秒針移動般一絲一絲湧升的焦躁感，使得連面對終焉騎士團時都沒感受到的強烈恐懼與絕望襲向我的心頭。

名為太陽的天敵來襲，使本能敲響警鐘。太陽才剛露出一點來，我就已經這樣了。連我都不敢相信自己竟然還沒消滅。深淵即將被填滿，存在即將歸零，回歸虛無。

我已經無計可施。在我的內部，黑暗與光明正在交戰。

我只能一味忍受痛苦。照亮墳墓的光芒逐漸增強。

無意間，腦中產生一個疑問。

主人說頂多撐一小時。但是，一小時早就過去了。

那麼，我能撐幾小時？能忍受幾小時？……必須忍受幾小時？

而且——這有什麼意義？

現在我終於明白，為什麼奈畢拉……終焉騎士團認為這是不死者最痛苦的死法。他們放著我不管，並不是因為大意。

這是——酷刑。

是藉由襲人的痛楚，與不知何時能結束的太陽照射帶來的制裁。是無力感，與死亡的足音。

越是離死亡遙遠的不死者，恐怕越是承受不了這種刑罰。敵人不在眼前，使我更是無法捨棄最後的希望。身未死而心先死。

喉嚨只想解渴，燒傷般的痛楚使我流淚。我拚命吸氣，維持意識。

一旦接受死亡，我就完了。我曾經罹患怪病卻撐了好幾年，明白這個道理。

生前，看到我虛弱地忍受痛楚貪戀生命，醫師稱之為奇蹟。

起初有過的悲憐，曾幾何時變成了驚怪。醫師、家人與魔術師都以為我活不久，然而，我撐住了。儘管到頭來我還是死了，但我直到最後都沒有放棄生命。

我斥責險些受挫的心靈，重新鼓起鬥志。

所以，我這次也不會放棄。我已經死過一次，死後又奇蹟般帶著記憶復甦。

這點芝麻小事，這點程度的痛苦與絕望，怎能逼我放棄？

我轉動僅有的眼球往上看，拚命瞪視可憎的太陽。

我是死人，是赫洛司・卡門相中的死者之王的容器。光憑這點程度，不足以毀滅我。

我不會慘叫。叫出聲音可以忘記疼痛，但會消耗體力。這是生前的我研發出的技術。我只是保持沉默，抵抗焚燒思維、想讓我的意識落入黑暗的疼痛。

沒有勝算，也沒有計策。

我要的是——第二次奇蹟。

不知道經過了多久時間。
太陽一點一點上升，照亮我的光芒也一點一點增強。我把這一切清晰地烙印在眼裡。
好刺眼，好痛，好可怕。同時——也好美。
我曾經熱愛過的早晨、陽光，正在試著把我趕出這個世界。
沒辦法，我贏不了。
我要消滅了，靈魂要消失了。好痛。我受到日曬的臉孔不知道變成什麼樣子了。
光芒太強，我已經看不見太陽了，只覺得所有的一切都像地獄業火籠罩般滾燙。
——我，不想死。
我發出不成聲音的慘叫。
就在意識即將潰散沉沒的那個瞬間，忽然有人捧起了我的頭顱。
起初我以為是我的靈魂升天了。但是，我很快就知道並非如此。
據說受到死靈魔術師汙染的靈魂絕對無法上天堂。
溢滿視野的光芒得到抑止，第一個映入眼簾的是銀白頭髮。
愣怔的熟悉深紫眼眸進入我的視野。
我啟脣說出斷斷續續的話語：
「！……芊，莉——」
「——！——！——！」

「我聽不，見……」

我聽不見。我的舌頭燒傷了，眼睛還在可說是幸運。

到極限了。我……就快死了。我擁有的負能量已幾乎被填滿。

如今，我已無法承受任何一點陽光。

在朦朧的意識中，我只能抓住生存的一線希望。

我該怎麼做？怎麼做才能獲救？

該怎麼做才最能打動芊莉，打動這個心懷終焉騎士不該有的柔弱，以及慈悲的少女？

我使不出力，無法動彈，連交談的時間都所剩不多。我能做的行動少之又少。

繼而，我在剎那間勉強活動乾燥而痛得厲害的舌頭，說出了最後一句話：

「謝……謝……謝……妳……」

芊莉小心翼翼地捧起我頭顱的手確實顫抖了一下。

早就到極限了，死亡已迫在眉睫。然而看到她的反應，我確信我成功了，這才總算放心。

芊莉富同情心，而且聰明。做事果斷且能運用驚人的力量，個性倔強，照奈畢拉所說，是個會因為我這個萍水相逢的不死者逝去而受打擊的人。

他們……奈畢拉他們應該當場消滅我的。

不應該在盛怒之下處罰我，給我懺悔的時間，而是應該把我毀滅到屍骨無存。所以，他們才會失去真正——重要的事物。

她只遲疑了一瞬間。我感覺自己飄上半空，有些冰涼的柔順髮絲碰到我的臉頰。眼睛已經看不見了。我看不見前面，但是，抵在脣上的柔嫩平滑觸感絕非幻覺。

肌膚的甜香，瞬間讓痛苦與絕望飛到九霄雲外。原本動不了的舌頭伸出去，品嚐她的肌膚。

強烈的快感化作衝擊，奔騰飛越我的意識。理應早已枯竭的力量得到些許恢復。發黑的視野恢復正常，舌頭的動作比剛才像樣多了。

「我……不客，氣了。」

我不忘在眼前微顫的芊莉耳邊先說一聲，然後將獠牙刺進送上眼前的頸子。

§ § §

「唔……芊莉……還沒回來嗎……」

「是啊。真是，那傢伙到底在搞啥啊……不就是個怪物嘛。」

對於老師所言，奈畢拉不耐地看看房間裡的時鐘。時鐘指針顯示太陽即將下山。芊莉是在天亮後過一段時間才離開房間的。

奈畢拉等人調整過時間好讓太陽刑確實生效，芊莉一看到他們回來立刻明白是怎麼回事，還來不及阻止就衝出去了。

勒夫利可能是想起了芊莉那泫然欲泣的表情，於是皺起眉頭。

埃佩等人此次的目的是討伐二級死靈魔術師赫洛司．卡門。這事已經辦成了。

這代表芊莉．希爾維斯即將升上一級騎士，但現在他們沒那種心情慶祝。

芊莉為人容易心軟。一般人會將這形容為溫柔善良，但對終焉騎士團而言卻是多餘之物。與狡猾黑暗眷屬長年交戰的終焉騎士團為了達成任務，不擇手段。而這些手段不見得都符合正義。

他們有時會拷問敵人，有時還會殘殺敵人以殺雞儆猴。他們殺過與黑暗眷屬同流合汙的人，甚至曾對人質見死不救。在終焉騎士團的成員當中，也不是沒有人因為怨恨黑暗眷屬而戰。

而這一切，長久以來都受到世界的容許。普通人對不死者毫無辦法，他們身懷活人沒有的可怖力量，據說還能以吸收死亡的方式強化自我，是人類的天敵。

這一次，埃佩對芊莉．希爾維斯撒了謊。他明明說要放芊莉遇見的無害不死者一條生路，卻派勒夫利等人去除害。

然而，埃佩對自己的所作所為毫不後悔。

他對於欺騙芊莉這件事感到很抱歉，也知道這會在芊莉心裡留下傷痛。但他唯一沒有的感覺，就是後悔。

因為——這對終焉騎士而言是正確的行為。

芊莉是他們的寶貝。她的祝福之力與日俱增，眨眼間就超越了勒夫利等前輩騎士，再來只剩鍛鍊心靈了。她作為終焉騎士，實在太缺乏正確的心態。而這次的事情正是促進她大幅成長的機會。

所幸她很聰慧，只要好好談談一定會懂。現在只是需要點時間，讓她的情緒降溫。

她只要再多累積點與不死者的戰鬥經驗就會明白。

天底下——沒有無害的不死者。不死者會出自本能襲擊人類，他們嫉妒生命。

「屍鬼」會吃人的屍體，「黑暗潛行者」會從暗處襲擊人類，「吸血鬼」會吸人血。對於這些不死者來說，人類如同家畜。

不死者是一種詛咒。是可恨的死靈魔術師下咒，讓人變成這樣。

正因如此，終焉騎士才要淨化他們的靈魂，終結他們的詛咒。

「可是，師父，一度已死之人真的有可能維持生前記憶，變成不死者嗎……？我只知道吸血鬼具有將吸了血的對象變成眷屬的力量……但那個不死者的確沒被本能吞沒，沒有攻擊我們。」

「他沒有攻擊我們，是因為黛瑪第一箭就射穿了他的腿吧。那是湊巧！你從以前到現在都看了些什麼？跟那些東西根本不能講道理！」

對於勒夫利的疑問，奈畢拉小聲嘖了一聲，用恫嚇般的口吻說道。

奈畢拉儘管性情有點粗暴，但對不死者的戰意比別人多出一倍，終焉騎士團也需要像他這樣的人才。埃佩瞇起眼睛，沒有回答問題，而是聲調穩重地答道：

「奈畢拉說得對，他們是必須消滅的存在。」

擁有生前記憶的不死者確實存在。

即使在終焉騎士團當中，也只有一級騎士才能傳承此一祕密。

死亡等於今生的永別。人類之所以在為了至親的死悲嘆之餘還能繼續前進，是因為死亡是不可顛覆的過程。

萬一世人知道有一絲可能性能夠顛覆死亡，將會為世界帶來巨大亂象。就連終焉騎士當中，可能也會有人想用死靈魔術讓捐軀的同伴復活。

這事並未公開，其實的確出現過這樣的成員。無論成功機率多低——人類總是會毫無根據地認為只有自己不會出錯。

想到這裡，埃佩轉向奈畢拉，好言相勸：

「只是，你不該對他處以太陽刑，而是應該直接淨化他，不讓他受痛苦。奈畢拉，這是你不夠堅強的地方。我向來都認為不該在缺乏戰略性理由的狀況下施行太陽刑。」

「……嘖！」

勒夫利等人似乎也不是很贊成那件事，眉頭緊鎖地看著奈畢拉。

太陽刑對不死者而言是酷刑。毫無意義地讓對方受痛苦，違反了終焉騎士團以淨化靈魂為使命的存在理由。然而這種處刑方式卻受到騎士團的認可，是因為這種行為對憎恨不死者的終焉騎士來說能成為一種救贖。

誰都不可能永遠道貌岸然。這也證明了終焉騎士畢竟也是有血有肉的人。

不過，埃佩這次對奈畢拉說這些，不只是基於人道理由。

他瞇起眼睛，看著做出輕率行動的奈畢拉。

「我應該說過要你們確實消滅他。所以，我才會即刻派你們——不等天亮就前往現場……」

「……太陽刑是萬無一失的，只剩一顆頭的低階吸血鬼變不出什麼把戲。你也是知道的吧，師父？他求助無門，又沒有同夥。要是有那個可能性，就算是我也不會用什麼太陽刑。」

「………」

「我也已經確認過再生沒有開始，力量完全枯竭了，再怎麼能撐大概也就半小時。不過對那怪物來說，感覺或許長達好幾個小時吧……」

「師父，奈畢拉說的是真的。雖然這次太陽刑的確不是早有準備，而是一時激動所為……但難怪奈畢拉會情緒失控，因為……那個不死者讓人感覺很不舒服。」

可能是想起那副光景，黛瑪身子微微抖了一下。

一般來說，不死者都是順從本能行動的。他們順從本能，攻擊生人。自屍鬼階段開始萌生的自我，也自然是以強烈的本能為前提。

然而，擁有生前記憶的人——則不一樣。

沒有人知道這是死後仍舊保有記憶的個體獨有的特性，抑或是人類記憶與不死者本能交相混合的結果。但是，這些不死者全都「異乎尋常」。

留下前世記憶的不死者極其少見，實際例子一隻手就能數完，但終焉騎士團本部也收藏了與這些異質不死者的戰鬥紀錄。

他們——是兼具怪物肉體與人類智慧的存在，必須趁羽翼未豐時殺之以除後患。

縱然目前還是不曾襲擊人類的存在，那種存在本身就會為世界帶來災厄。

「奈畢拉，差不多可以了吧。你去找芊莉，把她帶回來。我們不能一直待在這座城鎮。除了赫洛司．卡門以外，我們還有很多敵人。」

「唔呃……她還沒回來，不就表示她還在耿耿於懷嗎？那傢伙個性倔強得很……我不知道我勸不勸得動她……」

「是我派你們去討伐的，但太陽刑是你用的。奈畢拉，你有責任給她一個交代。別擔心，芊莉是個堅強的女孩，只要好好談談，她會懂的。」

在埃佩的推薦下，芊莉將成為一級騎士。成為一級騎士後，擁有記憶的不死者相關情報也會解禁，讓她知道他們的「威脅性」。

埃佩心想，要是這場邂逅能再晚一點發生就好了，不過事到如今說這也無濟於事。

「……沒辦法，我就去讓天真幼稚的小公主揍吧……」

奈畢拉一副由衷不情願的表情嘆口氣，站起來。

就好像算準了這個時機，有人小聲敲了敲門。

所有人的視線一齊朝向那邊。門扉後方傳來的氣息十分酷似芊莉的感覺。

奈畢拉的表情和緩了些，動作誇張地望向同伴們說：

「芊莉，妳回來得也太慢了吧。磨磨蹭蹭老半天，師父也在擔心——」

「！等等，奈畢拉——」

埃佩感到有哪裡不對勁而出言阻止，但太遲了。

奈畢拉已經打開門鎖，轉動門把。

「——噢，抱歉麻煩到你了。總覺得『沒受邀請不能進門』——可能是因為即使是低階，終究還是吸血鬼吧。」

門扉發出嘎吱聲打開一條細縫。奈畢拉原本放鬆的表情轉為呆愣，然後瞬間緊繃起來。

細瘦的身影，動作一派自然地走進房間。

散發的氣息與門徒如出一轍的男子瞇起殷紅的眼瞳，臉上浮現一絲淺笑。

§ § §

這的確是我有生以來感覺最棒的一刻。

雖然成為屍鬼後的第一餐也帶來了欣快感，但吸血的瞬間嘗到的滋味更是無與倫比。

一方面可能也因為芊莉的血屬於最高品質，總之這下我澈底明白吸血鬼為何甘冒遇襲的風險，也要去吸年輕女人的血了。

吸血鬼正如其名，要靠吸血來增強力量。看來身為蟲蛹的低階存在也一樣。

包括心臟在內，芊莉的血讓我的肉體完全再生了。而且是已經瀕死，要是再晚個幾分鐘早已消滅殆盡的身體。

我能看見終焉騎士們散發的強大正能量。不過，絕望感已不像上次感受到的那般強烈。

現在，我的力量——包含生前在內，處於顛峰狀態。據說低階吸血鬼是吸血鬼的前置階段，肉體也不再是生前的瘦弱體格，手腳長出了適量肌肉，腹肌也分成了幾塊，而隱藏於其中的力量更是無需贅言。本來不會成長的不死者肉體竟發生了變化。這可能也是死靈魔術師蓄意所為在不死者當中屬於力量較弱的一群，但我毫不在意。

——詛咒繼續發展的證據吧。

全體終焉騎士都待在房間裡。對我施以酷刑，手持鎚矛的騎士——奈畢拉表情愕然地倒退一步。他大概把我錯當成了芊莉。

「你，你是——！」

「怎麼會！」

他們應該想都沒想到吧。然而，終焉騎士的反應速度超乎常人。

金髮女騎士——在森林裡射穿我的腿的黛瑪拿起立在一邊的銀弓，於剎那間瞄準目標射出銀箭。奈畢拉也幾乎於同一時間高舉鎚矛揮來。

但是，我很冷靜。

若不是確信能虎口逃生，膽小的我不可能來到敵人的大本營。

高速打來的鎚矛以及瞄準頭部的箭，變成低階吸血鬼而進一步獲得超人動態視力的我都看得一清二楚。

三級騎士們的確很強。他們在正能量加持下擁有超人體能，而且武藝精湛，以符合英雄身分的實力為傲，但終究是人類，比不上才剛得到最棒體驗，作為純正怪物處於巔峰狀態的我。

我往前踏出一步，用左手手掌在揮來的鎚矛速度加快前接住它，並用右手抓住飛向眉間的箭。手掌竄過一陣痛楚，但比不上遭受太陽刑之際受到的痛苦。

吸血鬼的吸血行為——不只是補給能量。

我把箭丟掉，握緊鎚矛，強行從奈畢拉的手中搶下它，扔到地板上。

雙手冒出的白煙很快就隨著傷口再生消失了。這是吸血鬼本來不該發生的現象。

「現在的我頭部以下的部位，大部分是——以芊莉的血構成的。這都得感謝你們，把我頭部以下的身體淨化掉了。」

終焉騎士們啞口無言。唯一保持平靜的只有宛如太陽的男子——芊莉的師父，滅卻者埃佩。

好強大。重新端詳一遍，仍然感到無法招架。埃佩身懷的能量，甚至連作為終焉騎士擁有出奇祝福才能的芊莉．希爾維斯都不可企及。

我早在生前就聽說過滅卻者埃佩的大名，他在一級騎士當中是格外出名的一位。

隻身勇闖吸血鬼王的城堡，僅憑一擊就「滅卻」了數千不死者軍隊的逸聞，還成了熱門戲曲之一。

正可謂活生生的英雄。當我聽說這個宛如太陽的男人竟然就是我曾經崇拜不已的滅卻者埃佩時，著實吃了一驚，但這下就能理解了，難怪他擁有那種光是靠近就可能使我灰飛煙滅的龐大能量。

他即使看到我來訪仍穩坐不動，想必是因為要消滅我這種小角色，連站起來都不用。滅卻者埃佩瞇起眼睛，語氣穩重地說：

「那麼，你的來意是？低階吸血鬼——記得你叫恩德吧，你是來報仇的嗎？只不過是頭部以下恢復原樣……就以為對付得了一個終焉騎士部隊？我們還真是被小看了。」

當然，我絲毫無意那麼做。

現在也是，光是面對埃佩就讓我的心臟如連續敲鐘般狂跳。

好強，太強了。這個男人可謂披著人皮的怪物，實在不覺得他跟三級騎士是同一種生物。

我有點後悔不該來這個房間，但這是必經之路。

別被他震懾了。彼此之間本來就有著天壤之別，要是在氣勢上輸他就全盤皆輸了。

我聳聳肩，回望提高戒心瞪著我的奈畢拉。

「我當然不是來報仇的，我不恨你們。雖說遭受太陽刑時我真以為自己要消失了，也對自己的遭遇感到不服氣……但現在的我即使保有生前的記憶，終究就是不死者，無可奈何。」

我望著各自舉起武器的三級終焉騎士們，虛張聲勢。這裡就是轉捩點了。

「我知道很多你們終焉騎士團的事，我是你們的支持者。生前我一直臥病在床，閱讀你們在書中的活躍表現能夠支撐我的心靈。關於你們差點殺了我的事，我不會記恨。多虧奈畢拉的冷酷行為，芊莉才會同情我。多虧我差點喪命，她才會讓我咬她的脖子。」

「！那傢伙……本來只覺得她想法太天真，沒、沒想到……竟然做出這種蠢事……！」

可能是總算理解狀況了，奈畢拉滿面怒容地瞪視我。

本來擁有強大正能量的終焉騎士絕不可能被低階吸血鬼吸血。這是因為終焉騎士散發的正能量對不死者而言是刀劍，也是鎧甲。

想吸血需要獲得本人同意。換言之，芊莉那時候等於為了我脫下鎧甲，獻出脖子。

聽我這麼說，埃佩的眼神依然溫和，不知道他在想什麼。

「那麼，你的來意是什麼？你以為我會放不死者活著回去嗎？」

「噢，芊莉還活著。我雖然接受她的好意要了一點血，但我沒狠毒到會去殺害救命恩人，我可不像終焉騎士團。她還是人類……當然，也還是純潔之身。」

聽到我的回答，三級騎士們瞠目而視，渾身發抖。

原本還保持王者風範悠然不動的埃佩，臉孔初次略為抽搐了一下。

「！竟然壓抑得住……吸血衝動？」

「是啊，我還以為我要升天了呢，甚至忘了剛剛才差點灰飛煙滅。沒想到這世上竟然有那樣的快感……但我是人類，所以不會一時衝動就亂來。我知道你們的名字就是最好的證據。滅卻者埃佩、奈畢拉、勒夫利、黛瑪；那邊那個低調的男人是——艾德里安。是芊莉告訴我的，認為有助於談判與自衛。」

我想起吸血時的情形，呼出一口火熱的嘆息。那種經驗足以改變一個人的人生觀。

然而，我沒有完全變成不死者。儘管吸血衝動十分強烈，生存本能與理性還是戰勝了它。

不死者的敵人太多了，我無論如何都想活下去。

「……自衛，是吧。開出你的條件吧。」

埃佩在揣測我的真意，考慮殺了我可不可行，以及如何救出預定成為一級騎士的門徒芊莉。

埃佩以為我想拿芊莉——當人質。

但是，他錯了。我無意拿芊莉當人質。

我特地冒著生命危險來到這裡，是為了做個了斷。其實我並不想來，但這件事有值得冒險的價值。

我身上披著從主人宅第遺跡隨便找來的長袍。我從中取出用布包住的劍。

我注意著不要碰到銀製劍柄，解開捆包。裡面是一把收在劍鞘裡的寶劍。

奈畢拉等人看出那是什麼，皺起臉來。那表情是憤怒、不安，以及悲傷。

我把芊莉的劍放在桌上，面露方才埃佩臉上有過的和善笑容說了：

「條件？你誤會了，我沒有把芊莉當成人質。我——是來歸還這把劍的。芊莉有話託我帶給你們，她說：『對不起，我要退出終焉騎士團。謝謝你們至今的照顧。』」

勒夫利等人睜大雙眼，隨即變成凍結般的表情。

我所說的話以及傳話的內容全都是真的。儘管我的確在某種程度上恣意引誘她的同情，操控了她的想法，但最終下決斷的是她。

芊莉．希爾維斯雖是終焉騎士，但跟其他終焉騎士有著一個明確差異。

終焉騎士……奈畢拉等人是正義使者，也是黑暗眷屬的敵人，但芊莉不是。

芊莉是——弱者的救星，她是個天真的老好人。所以，她會不禁同情我這種可悲又弱小的不死者。雖然換個說法也能稱為溫柔善良，但並不是終焉騎士應有的特質。

「芊莉跟我說，她要待在我身邊監視我，不讓我被不死者的本能吞沒。還說她無法容許我襲擊別人，但是會定期提供我生存不可或缺的血液。真是，芊莉雖然是個好女孩，卻實在不適合當終焉騎士。」

「你這，混帳……」

奈畢拉氣憤得滿臉通紅，想靠近我。我立刻大聲放話。

終焉騎士團非常可怕，他們不用理由就可以攻擊黑暗眷屬。

「等等，稍安勿躁。你可別攻擊我喔，我一死，芊莉也會死。」

「！」

埃佩的表情變得嚴峻。我在吸過血的萬能感與亢奮驅使下，高聲說了：

「誰會殺她？那當然是——她自己了。芊莉跟我約好了，假如我在這場談判中遭到殺害或是遲遲未歸，她就會刎頸自盡。我如果沒個保險，哪敢來這種地方！」

「……你在胡說。」

「勒夫利！你們比我跟芊莉共同行動的時間更久，應該很清楚她會不會這麼做吧？你最好小心點，芊莉不像我這種不死者——身首異處的話可是活不了的。」

被他們瞪著讓我心情非常痛快。我雖是個無害又可悲的不死者，但還沒豁達到頭部以下被消滅可以無動於衷。

我感覺到刺人的殺意。當然，我也有可能死在這裡。

但是，我從芊莉的話語中看出了值得我賭命的價值。

那可是強悍、美麗、年輕又純潔的少女鮮血，還是前終焉騎士團成員的血；如果能夠讓我定期吸食，對吸血鬼而言沒有比這更好的條件了。

只不過是多吸一點就能讓肉體再生，還獲得了這般強大的力量。

若是能定期讓我吸血，想必可以飛躍性提升我的生存能力。

吸血鬼有種可怕的特殊能力，能夠藉由吸血將對方變成眷屬——亦即低階吸血鬼。

還只是低階的我不具備這種能力，但就算有了這項能力，我還是不可能將她變成眷屬。因為一旦弄成吸血鬼，就不能吸她的血了。

埃佩初次做出了大動作。他站起來，聲調沉著地說：

「真是一派胡言。與其度過那種人生，像隻家畜度過供吸血鬼吸血的空虛人生，倒不如殺了她才算慈悲之舉……」

「是啊，你說得沒錯，真是說得一點都沒錯。」

我已經是妖魔鬼怪了。原本的黑色虹膜在變異下變成了血紅，鏡中的身影也是半透明的。十字架以及大蒜遲早會變成我的致命性弱點，而且必須受到招待才能入侵他人房間，還不能走在流水上。

但是，無論我變成多詭異的怪物，芊莉終究是人類。我用呢喃般的聲音煽動他們：

「可是，你可得想清楚了。不管芊莉再怎麼天真不懂事，也不太可能永遠甘於讓怪物吸血的立場吧？」

「……你又在鬼扯什麼！」

「我的意思是，芊莉現在只是有點失常罷了。讓芊莉．希爾維斯變得如此脆弱的——無庸置疑，正是你們啊，奈畢拉。」

被我明白指出名字，奈畢拉的臉色微微變了。

芊莉很心軟。既心軟，又是弱者的救星，但絕不至於因此就把脖子獻給長久以來相互爭戰的吸血鬼。她之所以變成這樣，是奈畢拉施行酷刑的結果。

太陽刑把我這個原本就夠可悲的弱者變得更弱小。這讓芊莉為了沒能阻止奈畢拉等人而感到內疚，結果導致她自願向我獻上鮮血。這絕非我蓄意安排，卻正好如了我的意。

如今我已化險為夷，甚至覺得險些被殺是一件好事。

「其實，芊莉一開始本來是打算自己來還劍的。但我阻止了她，由我以性命為賭注，像這樣代替她來還劍。真是，她實在太信任別人了。」

芊莉如果那樣做，一定會被困住、說服，隨即恢復理智。

但是，即使沒被他們困住，現況也不會永遠持續下去。她雖然好心到無以復加的地步，同時卻也具備常識，也很聰明。她是正義的一方，而我必然屬於邪惡的存在；兩者之間十分有可能發生爭執。

我與芊莉的關係岌岌可危。講到這裡，我擺出略顯認真的表情，看向埃佩。

「芊莉很強。我就明說了，她簡直是怪物，我就算吸了她一點血還是贏不過她。她不是受囚的公主，假如我變成有害的存在，芊莉會毫不遲疑地殺了我。」

「……所以，你要我們放過你？」

「現在殺了我，芊莉會毫不猶豫地自盡。她現在情緒很不安定，只是需要一點點時間讓她冷靜下來。」

但是，我不會讓芊莉冷靜下來。

現在芊莉對我心生同情，我一旦不再是弱者，這份心情就會消失。在那之前，我必須找出某種理由，某種她必須待在我身邊的理由，不殺我的理由，拿來向她訴求。

不過嘛，我沒在擔心。我是個一心只想活下去的不死者，恐怕不是主人企圖得到的那種死者之王。我不可能成為正義與人類的敵人，只要沒人來攻擊我的話。

埃佩嗤之以鼻，睜大雙眼蔑視著我。令人不敢相信出自老人的銳利眼光，以及高大體格讓我感受到的威懾，即使我已經賭上所有籌碼，仍令我恐懼萬分。

心臟在震顫，但我不會顯露在表情上。

埃佩原本保持穩重的表情變了。他牙齒外露，靜靜地說：

「終焉騎士團竟被人小看到如此地步。你以為這麼點程度的談判籌碼就能讓我放過你，以為我有這麼心軟嗎？恩德小兄弟，我看你是誤會了。芊莉輸了，她的死是她的責任，是無可奈何的事。我們的使命是殺死你這種令人作嘔的活死人。」

我揚起眉毛，對這番話嗤之以鼻。

無論是做幌子還是威脅都太笨拙了。名震天下的滅卻者埃佩……原來也沒多大本事嘛。

我要活下去。我要用盡各種手段，運用武力、口才與幸運求生存。

「你們如果能做這種選擇，芊莉也不會變得那麼心軟了。我是終焉騎士團的支持者，所以很清楚，你們對敵人毫不留情，對自己人卻很縱容。而且你們不會做錯抉擇，能殺我的話應該早就殺了。我再確認一遍……你們真打算讓你們的寶貝小公主跟我這種區區一隻無害的低階吸血鬼陪葬嗎？哈哈哈……真是白死了。她說過如果我遭到殺害，會與我共赴黃泉，但她與受詛咒的我死後根本不會去同一個地方。」

埃佩臉上繼續掛著笑容，陷入沉默。勒夫利表情凶惡地觀察師父的臉色。

我做好採取行動的準備。埃佩的能力是未知數，但現在是半夜……是屬於不死者的時間。就算萬一期望落空遭受攻擊，或許還能設法逃走。

據說低階吸血鬼的前一個階段——「黑暗潛行者」有辦法潛藏於黑暗。

我由於吸收了主人的靈魂而跳過那個位階，無法使用那種能力。說不定練習一下可以學會，但至少現在辦不到。

不過，埃佩他們不知道。

他們正在思考，把我造成的威脅與芊莉的價值放在天秤上衡量。

終焉騎士團不會犯錯。只有時鐘指針移動的細微聲響在房間裡響起。

沉默突然結束了。

埃佩皺著眉頭，緩緩坐回原本的椅子。門徒們都放心地呼了口氣。

他們心軟得不像是之前想用殘忍手段殺我的人，只能說埃佩與奈畢拉他們都是凡人吧。

他們有多餘心力去擔心別人，而我沒有。我偷偷放鬆肩膀的力道。

「噢，對了，還有件事。我想請你們把從我這邊搶走的——暗影護符與常夜外套還給我。我要有那些東西才能在城市和平度日，而且它們是赫洛司的遺物，是我的東西。你們應該也不忍心……讓小公主露宿野外吧？」

「……勒夫利，可以麻煩你……把東西拿來嗎？」

「……是。」

本來以為他們不會還，看來還滿順利的。

勒夫利從房間深處的金庫拿出眼熟的外套與暗影護符，交給埃佩。

埃佩把外套放到桌上後，拈起用以隱藏負能量的黑寶石護符。

我帶著期待的心情看著，他把東西拿到我眼前，語氣平靜地說：

「恩德小兄弟……這次就當我中了你的計，放你一馬吧。但是，這不表示我相信你說的話。我相信的是——芊莉。」

寶石劈哩一聲迸出裂痕。

然後，我還來不及叫，暗影護符已經被捏得粉碎了。

埃佩隨手撢掉化作粉末的碎片，面露冷笑說道：

「趁我還勉強能夠——壓抑怒火的時候，你走吧。還有，可以請你轉告芊莉嗎？就說我們絕對會去接她。」

「……嘖！你這怪物。」

背脊發寒，彷彿有某種東西即將在此處現形。

我再不快走，他真的會殺了我。埃佩話語中的力量足以讓我確信這一點。

我可能有點挑釁過頭了。

我轉身背對他。幾乎同一時間，銀刃擦過我的臉頰，從我旁邊飛過。

沒有任何氣息，也沒有聲響。我並沒有大意。劃過臉頰的傷痕冒出白煙。我剛才歸還的芊莉的劍發出悶響插在門板上。

幾乎於感覺到痛的同時，心臟也開始撲通狂跳。

埃佩從後面對我說道：

「把那個——還給芊莉吧，恩德小兄弟。那把劍——並不是可以隨便託人歸還的物品……」

# Epilogue

# 重整旗鼓

『芊莉，妳的才能必定是上天的禮物。』

芊莉作了一個夢。夢到很久以前，她還不懂得控制過強的祝福，這份本來對人類有益的力量反而束縛了芊莉的身體。

芊莉並不覺得痛，只是因為不明原因而病倒，無法自由活動時，那位男性來到她身邊，面露太陽般的微笑說了：

『我來教妳如何運用力量吧。只要能靈活運用妳龐大的祝福，妳將無所不能，想救誰都行。這世界——需要妳的力量。』

芊莉也可以選擇拒絕。但她一聽到這番話的瞬間，幾乎是反射性地點了頭。

芊莉並不盼望成為英雄。她只是覺得如同自己體弱多病的時候，身邊的人救過自己一樣，自己也希望能拯救別人。

據說在這世上，有時候會出現像芊莉這種天生具有強大祝福的人。他們被稱為「步步昇華的靈魂」，但他們大多數在習得最低限度的祝福控制術之後，就會退出終焉騎士團。

因為與黑暗眷屬的戰役不是只靠強大祝福就能撐過。芊莉也是吃足了苦頭，才能成為二級騎士。而她也知道自己還有不足之處。

終焉騎士團絕非純粹的正義使者。

終焉騎士團的目的是辟邪除妖。他們有時必須殺人，有時則必須為了大局棄弱者於不顧。黛瑪射殺突然來襲的露，對芊莉而言是難以接受的事，但以終焉騎士來說卻絕非錯誤行為。

她理性上知道，自己實在太過心軟。

但是，她還是——想幫助他人。這才是她成為終焉騎士的目的。

至今她目睹過種種悲劇，也有很多她挽救不了的人。

但是，她無法棄他們於不顧。

她不幸地得知黑暗眷屬中也有特殊分子。

得知有一種可憐的死者會保有生前記憶，維持著人性復甦。

這些師父恐怕都知情。明明知情，卻沒告訴芊莉。而她也隱約猜得到理由。

恩德實在太弱小了。

芊莉至今對抗過各種各樣的不死者，恩德看在她的眼裡，保有令人不敢置信的完整記憶與自我。不只如此，他還明白自己是該受淨化的存在。

他的表情當中並沒有一般不死者懷有的嗟怨。

儘管他故作平靜，內心隱藏的情感對芊莉而言卻明若觀火。

是恐懼。恩德對於與自己年紀相仿的芊莉始終抱有強烈的恐懼。

那種情感——正如同無辜百姓對不死者的反應。

他的眼神在求救。

那種情感——正如同無辜百姓對終焉騎士的反應。

芊莉也非常明白不死者的危險性，但芊莉能確定恩德本來應該是她必須保護的對象。

她知道淨化是對靈魂的救濟，卻實在不願殺死眼前這個令人憐憫的死者。芊莉之所以寧願獻出脖子，雖然也有一部分是出於對奈畢拉等人所作所為的內疚，但終究是芊莉自己的意願。

而決定與他同行也是芊莉自己思考後的選擇。

這世上有很多獵殺吸血鬼之人。如果放著不管，恩德不用多久時間就會慘死在終焉騎士或吸血鬼獵人手裡。

不，就算能躲過這些劫難——他還是需要有人盯著。

雖然不知道是什麼過程的結果，總之當芊莉重新確認時發現恩德已經變異成了低階吸血鬼，而吸血鬼需要人類的血。

吸血鬼的吸血衝動非常強烈。吸血鬼之所以長年受到排斥厭惡，是因為這種不死者吸人血時會以很高的機率將血吸得一滴不剩，弄死對方。

恩德承受住了第一次的吸血衝動。他沒有吸血吸到要芊莉的命，在不會危及性命的時候就打住了。這可說是難得一見的強韌理性，但不知道他的理性下次還能不能保持住。

芊莉．希爾維斯站在恩德這一邊，只要有需要，甚至願意提供血液。

恩德……那個膽怯的青年，此時正在對抗不死者的本能。芊莉不後悔做了這個選擇。

但是，她必須有所覺悟。

假如恩德被本能吞沒而開始襲擊人類，芊莉就必須殺了恩德。
不為別的，就為了希望繼續做個人類的恩德自己。
身為做出違反終焉騎士理念的裁決之人，這是她的責任。
她感覺到一股氣息逐漸靠近，睜開眼睛。可能因為被吸了不少血，她有些貧血，但不礙事。
芊莉摩娑一下被咬的脖子。獠牙刺入的痕跡早已消失淨盡。

§ § §

我離開建物，全速衝過夜間的埃吉。
我在衝動驅使下躍上半空、跳過城門，往森林前進。
腦中有著強烈的恐懼，以及安心。
埃佩是個超乎我想像的怪物。
那正是人類的最終兵器，是只為獵殺非人物種而存在的我們的天敵。
剛變異為低階吸血鬼的我，在那壓倒性的威儀面前根本不值一提。只要對手認真起來，我連自己是怎麼死的都不會知道。
但是，我逃走了，逃離他們的手掌心了。
我到達森林，暫時停步，讓感覺變得專注敏銳。

感覺不到追兵的氣息。就算埃佩再厲害，應該也不可能跟蹤我而不被能夠察覺生人氣息的我發現。

不，應該說他如果要跟蹤我，從一開始就可以當場了結我再前來森林。

重點在於芊莉的心情。撒過一次謊的埃佩等人已經沒有後路。

我很清楚，我如今命若懸絲。

但我無論如何都需要芊莉。我有種近乎確信的預感。

我如果隻身逃亡，就不會有這些牽掛了。當我成為不死者，世間一切都將與我為敵，這我早有覺悟。但是，就算只是一時的關係——我想我一定沒有堅強到能度過無人理解的人生。

芊莉比誰都清楚吸血鬼的可怕，卻仍甘願獻出脖子，有天分成為我的理解者。

就算這個選擇害得我再死一次，我想必也不會後悔。

我調整呼吸，前往相約的地點。

位置在距離主人宅第遺跡稍遠處的水池附近。她藏身於樹蔭下，等我回來。

我面不改色，暗自鬆了口氣。剪至齊肩的銀白髮絲反射著黯沉的月光。可能也是因為我剛剛吸過血，她的白皙肌膚晶瑩剔透，給人一種虛幻易逝的印象。

正如我初次邂逅她時產生的印象——月之使者。

芊莉・希爾維斯一看到我，也不知道我心裡的盤算，輕輕吁了口氣。

「恩德……幸好你沒事。」

這句發自內心的話使我差點皺起臉，急忙裝作沒事。

我……真是惡毒。我利用了芊莉的溫情、正義與善良。原本預定作為終焉騎士享有榮耀的她，如今未來必定會大幅脫離原本應有的軌道。

但我不惜欺騙重生以來唯一願意站在我這邊的女孩——也想活下去。

她的血為我帶來了至今不曾感受過的無上快感。

那真是難以抗拒。不只是鮮血的甘美滋味，最重要的是芊莉自願獻出脖子的事實使我感動萬分。然而……我絕不可能敗給吸血衝動。

我絕不會變成芊莉的敵人。不只芊莉，我也不可能變成人類的敵人。

因為這是最適於生存的行為。而且，這恐怕也是埃佩最不樂見的行為。

我是個膽小鬼，生前一直怕死，現在則怕被殺。

但是不像以前，如今我有辦法。

我有抗敵的手段，有力量，有行動自如的身體，有未來。

他們的確沒派出追兵，但這絕不表示他們放過我了。

我已是不被允許的存在，已經淪為世界公敵……死者之王了。

不過，這沒什麼不好。我願用盡所有手段，犧牲所有事物。

善良也好，溫情也好，憤怒也好，喜悅也好，我什麼都願意利用。只要這樣能讓我獲得自由與安穩……

——我情願成為這世上最可怕的怪物。

我交出埃佩還回來的劍。芊莉先是沉默了半晌，然後默默無語地收下。

「雖然事前早就料到了，總之我沒說服成功。他們氣炸了，我能活著回來根本是奇蹟。」

「……所以，我不是說了？」

芊莉顯得並不驚訝，小聲說道。

但是，我賭贏了。我盡量裝出歉疚的表情說：

「我想……穿越森林，盡量逃往遠方。他們一定會來追殺我，很遺憾，我待在這裡過不了安穩日子。隱藏氣息的鍊墜也被弄壞了。」

「……我明白了。這計畫算是妥當。」

保險已經做了。即使如此，他們只要過一段時間發現芊莉不會回來，肯定會來追殺我。我雖是個異乎尋常的不死者，但面對獵殺不死者的專家，我這個大外行很難逃離虎口。

不過只要有熟悉終焉騎士相關知識的她幫助我，逃生的機率就高多了。

「身體還好嗎？我那是第一次，可能吸了妳太多血。」

「這點程度，不要緊。」

芊利用聽起來略嫌冷淡的聲調回答，但她擺明了是在硬撐。

她雖擁有能夠正面擊敗主人的力量，終究是個人類。只要血被吸光就會死，體力不是無窮無盡，也需要飲食。

今後的逃亡對強壯的我來說還好，但對芊莉而言必定會很難熬。

我短暫猶疑之後抬起頭來，直勾勾注視著芊莉，聲音沙啞地說：

「芊莉，現在講這可能晚了，但芊莉妳可以回城鎮沒關係。我無論是臥病在床或復活之後，一直都是一個人。所以，今後大概也能獨自設法活下去。雖然我變得需要喝血……但多方做些驗證或許可以找到替代方案。妳繼續幫助我，想必會很辛苦。」

我恐怕是最後一次說這些話了。這是我能表現出的——最後一次善意。

然而，芊莉對於我這番半真半假的話語，並未表現出多大的遲疑。

她立刻就用毅然決然的眼神望向我，清楚明白地說了：

「不用擔心。恩德，我已經決定要幫你了。這是我的責任。」

她心地善良、慈悲為懷，而且勇猛果敢。個性率真得令人無法直視，心懷堅定信念。

她的姿態正如童話故事中登場的英雄人物。我裝出傷腦筋的笑容。

儘管我與芊莉只有過極短暫的對話，但我能猜出芊莉的思維。

芊莉向我獻出脖子時，我如果迷失於吸血衝動而試著吸乾她的血，她恐怕已經殺了我。

她對我展現的情感是慈悲。是後悔與慈悲，以及責任。

我對埃佩說的話沒有半句謊言。

她不會容忍我變成怪物。她選擇跟隨我，一半是出於對我的慈悲，但另一半，想必是為了負起責任不讓吸血鬼（儘管只是低階）自由行動。

一旦我變成恣意襲擊人類的純正吸血鬼，她必定會毫不遲疑地殺了我。

憑著慈悲——趁我還有人性的時候。

她不只是可憐我，是基於其崇高的信念而選擇成為我的枷鎖。

看到芊莉的白皙肌膚，使我的獠牙隱隱發癢。

我想起那甜美極致的鮮血滋味，感到飢渴難耐。我的這份飢渴恐怕永遠得不到滿足了。但是，我必須用盡手段戰勝這份飢渴。

至少在芊莉完全信任我之前必須如此。

「我先把行囊準備好了。最好在天亮前多趕點路。」

「…………嗯，妳說得對。睡覺的時候……必須多留心。」

「……你還好嗎？你臉色很糟。難道是血喝不夠？」

芊莉靠過來貼近我，從伸出手臂就能輕易擁入懷中的距離抬頭看我。

敏銳的嗅覺感覺出她那新雪般的玉肌底下的鮮血香味，一陣強烈暈眩襲向了我，腦中一隅在抽痛。

我壓抑住這些感覺，露出笑容。

「謝謝妳，不過我沒事的。我有感覺到吸血衝動，但完全忍受得住。」

# 特典短篇 I

## 悲喜交集的不死者生活

不死者。

此一名詞指的是藉由死靈魔術甦醒的屍體，或是在某種異常狀況下復活的死者。

他們的存在在人類社會中受到極度排斥忌諱，即使說人類歷史等於與不死者之間的戰史也不為過。世界各地都有關於死者復甦的軼聞，大多都是悲劇收場。

萬萬沒想到罹患原因不明的怪病，在絕望中無能為力地死去的我居然會變成不死者，假如告訴當時的我，我一定不會相信。

生前的我對不死者不感興趣。我所擁有的不死者知識只有一般常識。

這是一間沒有燈光，只擺滿了屍體的地下室。

我把從圖書室拿來的書籍排在石板地上重新看了看，獨自感到心滿意足。

身體能活動的感覺實在太棒了。不過，即使獲得渴望已久的不會痛又能動的身體，仍然不能疏於吸收知識。目前主人絲毫沒懷疑我已萌生自我，但無論是要繼續瞞騙主人還是坦誠以對，獲得知識都是當務之急。

這些書是我從主人的圖書室偷偷帶出來的，內容是關於死靈魔術師或不死者的知識。

所幸閱讀文字對我來說並不是件苦差事，我的興趣就是閱讀。雖然也可以說是因為我以前躺在床上不能動，除此之外沒別的事好做，總之生前從小說到圖鑑，我讀過五花八門的書。

時間也多到不能再多。必須注意的是，不能讓主人或露看到我在閱讀。

除此之外，我還有很多教材。我本身似乎是稱為「屍肉人」的不死者，而宅第裡還有許多披甲帶劍的骷髏人四處徘徊。主人於狩獵之際總是會讓動物死屍擔任護衛，也曾叫我跟牠們對打。儘管沒機會長時間觀察，但我還進過主人的研究室。

我環顧安置於地下室的屍體。我不知道這個房間的用途是什麼，他們搞不好會突然活動起來，雖然應該不至於襲擊我……

我坐在放置屍體的石台一角，開始慢慢翻閱老舊圖鑑的書頁。

『屍肉人是以人類的新鮮屍體為原料，經由特殊死靈魔術創造的不死者。他們的力量以生前能力為準，具有不會疲勞的肉體。從肉體狀態而論接近活人，未受損傷時乍看與人類無異。不會腐爛，即使受傷也不會流血，心臟也已停止跳動。肌力高於生前，但不具再生能力。他們會繼承生前的部分知識，有思考能力但沒有意志，沒有主人的命令不會活動。比起同樣屬於最低階的不死者——骷髏人或殭屍，戰鬥能力不算高，但是在發現此種不死者時，附近極有可能出現創造出他們的死靈魔術師，需要特別注意。經由位階變異，能成為「屍鬼」、「黑暗潛行者」直至「低階吸血鬼」，最終將成為具備強大力量與智力，外表與人類極其相近的可怕不死者。』

看來我似乎屬於最低階的不死者。文章內容大致上跟我感覺到的一樣，我不會感到飢餓或疲勞，附帶一提，也感覺不到痛覺、性慾與睏意，也不用上廁所。

只是，只有「沒有意志」這點與我明顯不同。

從文章寫得如此清楚來看，我身上似乎發生了相當大的異狀。主人遲遲沒發現我的自我意識，或許也是無可厚非。

我一頁頁翻閱，看到書中還記載了其他各種資訊。

首先，屍肉人雖是最低階不死者，但比起其他不死者較為少見。

看到這裡讓我想起，這幢宅第裡雖然有眾多骷髏人，屍肉人卻只有我一個。地下室裡還有一大堆尚未腐敗的屍體，不過主人似乎不打算再做一個屍肉人。不知是創造屍肉人的儀式有難度，抑或是有其他理由，但我覺得主人看我的眼光好像含有某種特別的意味。

看來屍肉人似乎是一種沒什麼特色的不死者。唯一能舉出的最大強項，大概是能夠藉由位階變異變成赫赫有名的黑夜之王——吸血鬼吧。

這我也是初次聽聞。我一直以為吸血鬼就是人類被吸血鬼咬了之後變成的，但看來不一定是這樣。也是啦，如果只有被吸血鬼咬過才能變成吸血鬼，那第一個吸血鬼的起源就有爭議了。

至於我一直想知道的位階變異，在不死者業界（我是不知道有沒有這麼個業界）似乎是基礎知識，書上寫得很清楚。

『許多不死者會藉由殺死生物累積負能量，變異成為更強大的存在；這種現象就稱為位階變異。特別是以死靈魔術師的詛咒創造出的不死者更是會在變異中大幅改變其性質，成為更強大的存在。』

換言之，主人帶我去狩獵的理由就在這裡。

主人想把我變成更強大的存在。他手下有著眾多比我更強的骷髏人，本人也能靈活施展強大魔法，照理來講應該不缺乏戰力……我想我最好有所提防。

可能是習慣了不死者的生活，最近心態或許有點太鬆懈了。

我一面自我反省，一面仍沉迷地閱讀這本文章精采有趣的書。對長期臥病在床的我而言，童話故事裡的英雄人物是憧憬的對象。

而與英雄們互相對立的怪物也讓我很感興趣。

『屍鬼是屍肉人經過位階變異而成的模樣。外觀上沒有明顯變化，但擁有比屍肉人更強大的體能與再生能力，身懷能讓獠牙與指甲自由變形的能力「尖爪」與「銳牙」。他們以強烈的嗟怨與食慾為行為動機，喜歡襲擊人類、啃噬新鮮屍肉，藉以累積力量。此外，他們在變異後擁有更高的思考能力與自我意識，具有幼兒程度的智力。雖然戰鬥技術等方面依然拙劣，仍須特別注意。他們厭惡日光，主要在夜間活動，但在陽光下也能活動。』

屍鬼，主人提過這個名稱。看來這就是我變異的下一個階段了。

能夠變強很棒。無論今後事情如何發展，累積力量都能間接提升我的生存能力。特別是無需依賴主人魔法的再生能力，這是我目前最想要的東西。

不只如此，屍鬼還能獲得讓指甲與獠牙變形的能力。我目不轉睛地凝視那段文字。

能力，我要能力。我熱愛英雄，也熱愛魔法。能讓指甲或獠牙變形的能力似乎不算是魔法，但也大同小異吧。光是想像就讓我雀躍不已，真想早點變異之後玩玩看。

問題在於強烈嗟怨與食慾這段文字，但我也無可奈何。我不能蹺掉夜間的狩獵，況且變異遲早會到來，只能打起精神面對那一刻了。

……真期待。從我最後一次吃流質飲食以外的食物到現在，已經過了很長的時間。

等我有了食慾，要吃些什麼好呢？既然能吃屍體，什麼東西肯定都能吃。

『「黑暗潛行者」是屍鬼經過位階變異而成的模樣。儘管體能與屍鬼相比之下變化不大，但具有與人類同等的智力，擅長隱密行動。他們具有人類外形，與人類明確不同之處在於他們擁有能潛藏於黑暗中的漆黑皮膚，並藉由「潛影」能力使得他們在夜間難以被人發現。雖然會藏身於黑暗中襲擊人類，但智力遠遠高於屍鬼，凶暴性低，絕對數也較少，不容易看到他們的蹤影。其皮膚以陽光為一大弱點，無法在陽光下長時間活動。』

這……可就傷腦筋了。能力是很棒，但皮膚會變得漆黑感覺很怪，而且那樣主人就真的會察覺到我的變化了。

再說，雖然最近都沒做，但我很愛曬太陽，不能在陽光下活動會讓我有點傷心。雖說既然已經變成不死者，這就只能看開了……

然而，這個階段就是最終期限了。變異到這個階段，主人必定看得出來。我必須在變成「黑暗潛行者」之前想好今後的行動方針。

不過現在就先忘掉所有憂慮，再讓我快樂學習一下應該不會遭天譴吧。

拿來這本不死者圖鑑真是押對寶了。

資訊量可能不比專業書籍多，但內容從不死者的性質、事例到饒富趣味的專欄都有，甚至還有陰森恐怖的插畫。

特別有趣的是插畫。以精細筆觸繪製的插畫雖然真實性相當可疑（像屍肉人的插畫還畫成在地上爬。我自從變成屍肉人以來從不記得有在地上爬過），卻有種讓人看得入神的神奇魅力。

我睜大雙眼沉迷地翻閱圖鑑時，忽然聽見了輕輕的喀噠一聲。

我太大意了。一時之間我不知道發生了什麼事，急忙抬頭一看。

幾乎就在同一時間，地下室的門打開了。

一股寒意竄上背脊，我全身僵硬。

來者是名叫露的佣人。可能是來打掃的，手上拿著拖把。

我看到忘記時間了。我不是沒想過發生這種狀況的可能性，無奈圖鑑實在太好看了。

我情急之下像座雕像般停住動作。她應該沒看到我在動。

但是，平常我都是立正站在牆邊，現在的我卻借坐在石台一角，大腿上還攤開著一本書。一看就是正在看書，怎麼想都不對勁。

露一如往常地擺著苦瓜臉環顧地下室，看到我這樣便睜圓了眼。

「！……？？？？」

她發出啪噠啪噠的腳步聲往我走來，從極近距離看我，又看看腿上的書，歪著腦袋。

露是主人的奴隸，沒受到多好的待遇。即使如此，她如果看到什麼狀況應該還是會向主人報告。我現在不想讓主人對我起疑。

所幸這身體不會流汗。每一秒鐘都像一分鐘或十分鐘那麼長。

露望著事到如今才在假裝不會動的我，看了一會兒之後輕嘆一口氣，低喃道：

「好吧，算了……來打掃吧。」

算了？真的可以算了嗎？

露不理會滿腦子疑問的我，快手快腳地把地下室打掃完，最後又歪著頭看了我一眼就離開了。啪噠啪噠的腳步聲漸漸走遠。

等完全聽不見腳步聲後，我才終於解除了姿勢。

掩飾過去了……嗎？但看露那副態度，實在不像是要去跟主人告狀。

看來主人的佣人比我想像的更無害。

我放下心中一塊大石，但現在不是安心的時候。雖然運氣好得救了，但這次完全是我的疏忽，差點就因為這次的事失去自由了。

真的，我得小心點才行……我用強硬的語氣警告自己後，這次一邊仔細注意腳步聲，一邊將視線放回圖鑑的頁面上。

§ § §

『骷髏人是以人類骷髏為基礎創造出的最低階不死者。他們一如其名，身體僅以骨骼構成，僅憑怨念襲擊生人。力氣不如生前，但擁有輕巧矯健的身體，一舉一動會保有生前資質的濃厚色彩，因此個體能力差距極大。有時部分骷髏人會保有生前的模糊記憶，不同於同屬最低階不死者的屍肉人或殭屍，有些個體會自己穿起衣服，手拿武器。值得注意的是，他們在多次位階變異下可獲得強大的自我與魔力，但對於具有肉身之人抱持著強烈嫉妒。由於視使用的骷髏而定，可能創造出實力不凡的強悍個體，死靈魔術師時常率領以骷髏人組成的軍隊。』

「你們也真不容易呢。」

我帶著感慨，對步伐嚴整地走在無光走廊上的骷髏騎士小聲說道。

骷髏騎士不作答，沉默地搜尋入侵者的蹤影。即使我像這樣走在一起妨礙公務，他們似乎也沒什麼感覺。

就我所知，這幢宅第裡的不死者就屬骷髏人最多。

他們以上好的盔甲武裝自己，但不具血肉，戰鬥技術比我精湛多了。假如圖鑑的資訊屬實，他們想必是以優秀戰士的骷髏創造而成。

由於他們以輕鎧隱藏並防護要害，乍看之下每隻都是同一個樣子，但仔細看就會發現骨骼的形狀不同，體格也不一樣。雖不知道主人是從哪裡撿來這些材料，不過連死後都得這樣被逼著戰鬥，可見死靈魔術實在是罪孽深重。

由骷髏人擔任的騎士們不同於圖鑑描述，看起來不像對生人懷有嗟怨什麼的。不知他們是以死靈魔術的命令為優先，還是因為我也是不死者，根本不算在嫉妒的對象內？不過如果我被創造成骷髏人，恐怕會對血肉之軀懷有不小的嫉妒。感謝主人用新鮮屍體當成我的材料。

我之所以溜出地下室，特地冒險跑來看骷髏人，絕不是因為看到圖鑑裡關於骷髏人的資訊，想就近觀察一下之類缺乏緊張感的理由。

目的是確認主人的戰力。

假設我將與主人為敵，應該會有骷髏人軍隊來阻擋我。目前的我大概光是對付幾隻就會被大卸八塊，更何況我只要敢當面反抗就會受到絕對命令的壓制，但事先知道骷髏人的數量應該沒有壞處。

骷髏騎士都是以幾人為單位行動，會在一定範圍內來回巡視。他們似乎沒辦法開門，房間很多，他們卻從不會走進去。

說來奇怪，只要習慣了他們嚇人的外形，這些不會偷懶，只是淡定地繼續做警衛工作的骷髏人讓我很有好感。只是有點可惜的是無法跟他們交談。書上寫說不死者經過多次變異可以獲得強大自我，但就我所知，從來沒有人入侵過這幢宅第。

有了，至少我可以替他們取名字吧。照主人的個性，一定沒在區分這些骷髏人。況且如果我給他們取了名字，哪天他們獲得自我時或許可以做個朋友。

反正時間很多，應該來得及替所有骷髏人取名字。

「讓我想想……你肋骨有傷，所以就叫傑克吧。這名字不賴吧？」

傑克完全不理我，不過如果有反應也很令人傷腦筋，沒有也好。

就在我一邊自我感覺良好一邊替跟傑克搭檔的骷髏人想名字時，無意間聽見了啪噠啪噠的腳步聲。

腳步聲正往這邊來，我沒時間躲藏。

不過，不用焦急。主人幾乎不踏出研究室一步，而且腳步聲也不一樣。

我冷靜地跟在骷髏騎士後頭，假裝成沒有自我的不死者，走路時多少隱藏一下氣息。

朦朧的光團出現，揹著清掃用具的露從對面走來。她不像主人，做事勤快又會在宅第裡不規則地徘徊，很是棘手。

露一看到骷髏騎士，就把臉壓低，稍稍加快走路速度。

骷髏騎士也是，雖然轉頭看了露一眼，隨即又像失去興趣般轉回正面。

我裝成普通不死者，盡可能讓步伐有規律。

在擦身而過的前一刻，露略為抬起頭來，眼睛盯住了我。

「………？」

露就這樣走過我身邊，漸漸不再聽到她的腳步聲。

然而，露那由衷感到不解的表情烙印在我腦中。

看來露只是缺乏主動行動的意志，並不是笨蛋。

她是否對我起疑了？維持現況會有危險嗎？

但是，老是待在地下室會很閒……我是說浪費時間。之前露已經撞見我幾次，但主人對這似乎一無所知。

還是小心點好了。我重新下定決心，然後前去確認下一批骷髏人的戰力。

§ § §

我在地下室待命時，位階變異來臨了。

變化來得突然。

腹部令人不舒服地發熱，強烈的焦躁感襲向我。直到我忍受了半天的衝動，發現自己覺得放在旁邊的屍體「看起來很好吃」，才察覺這種難以忍受的痛苦原來是許久不曾感覺到的飢餓。

我當場蹲下，拚命按捺住隨時可能撲向屍體的手腳。

我早就料到變異為屍鬼的時期近了，卻沒料到會來得毫無前兆。

我以為最起碼變異會發生在狩獵過程中。怪不得我，因為位階變異的條件是殺死生物累積死亡之力，我沒料到它會在待命時發生。

幸好我沒被飢餓感吞沒而去咬屍體。

也許是因為我很久沒感覺到飢餓才能撐住，但屍鬼的飢餓感是種強烈而甘美的欲求，讓我覺得自己只是運氣好。難怪屍鬼的項目會寫到他們以食慾為行為動機。假如這種飢餓感將會天天發生，我沒自信能永遠忍耐下去。

焦躁感緩慢地侵蝕我的理智，但我不能咬地下室的屍體。除了倫理觀念，最重要的是地下室的屍體減少一定會讓主人察覺異狀，況且我也不覺得我這體格能一口氣吃掉一整個人。

但是，充飢成了我的當務之急。我自從臥病在床之後就不容易感覺到空腹，所以好久沒有餓到頭暈眼花了。

我沒有半點多餘精神。我擺脫屍體的芳香，走出房門。

我兩眼昏花，而且腳步不穩，連聽聲音的多餘心力都沒有。現在的我連骷髏人都敢咬。

我渾身無力到了驚人的地步。我雖然偷溜出去過幾次，但完全不想在這種狀態下外出。我抽動鼻子，不假思索地往傳來食物香味的方向走去。

可能是空腹的關係，嗅覺變得格外敏銳。我好幾次與骷髏人衛兵擦身而過，不知不覺間變成了小跑步。在即將被飢餓吞沒的理性中，我勉強做出判斷。

這邊是——廚房，是露平常為主人做飯的場所。

當我還是屍肉人時與空腹扯不上關係，因此不感興趣，但早知如此就該先做好場勘了。

廚房傳來香噴噴的氣味與聲響。看來時機不巧，有人正在煮飯。屋裡傳出露的氣味。對現在的我而言不只餐點，連露都是食物。

我頭昏眼花地制止自己的手去開門。不行，我如果冷不防闖進廚房，就算是露也不免會吃驚，更別說找吃的了。至今我一直設法敷衍過去，但現在要是這樣做，她會去跟主人報告。

我貼在門邊，大大做個深呼吸，但過度甜美的香味險些使我失去意識。

這是……煎肉的香味，還有麵包的香味。

肚子餓了……好久沒吃到有咬勁的食物了。

我很想衝動性地闖進廚房，但是不行。裡面聞起來最可口的是露。這大概是屍鬼的天性，我只要一瞬間沒把持住，肯定會把她咬死。附帶一提，地下室的屍體聞起來比她更香。

假如我還活著，八成已經因為太難受而掉眼淚了。但屍鬼好像還沒有那種功能，我只能盡量不讓心情顯現在臉上。

就在我拚命忍耐時，門從內側打開了。芬芳的香味在極近距離內爆發，火花在視野中迸散。

用托盤端著餐點的露看到我活像幽魂般佇立一旁，短促地尖叫一聲。

令人垂涎三尺的熱氣碰到我的臉頰。肚子餓了……不對，糟了，我至少也該躲在其他房間裡才對。我到底在幹嘛啊！

露用一種渾身發毛的表情看了我半晌，然後喃喃自語：

「……怎麼搞的？」

肚子餓了，請給我飯吃……

我忍受著害胃發疼的空腹與全身上下不舒服的高溫。

露看了我一會兒，但似乎想起得趕快給主人送飯，就快步沿著走廊離去了。確定露的腳步聲走遠後，我即刻踏進廚房。

趕上了。廚房對現在的我而言如同天堂。

這裡有各種食物的香味：肉類、蔬菜、辛香料。廚房裡有一扇門，大概是糧食庫吧。不知是從哪裡訂購的，總之儲備似乎很足。

我沒多餘精神想那麼多。我用手抓起放在檯子上的長棍麵包，毫不遲疑地一口咬下去。哪還有多餘心思去品嚐滋味，只有滿足感在體內爆發，眼前一片空白。看來屍鬼除了死屍，也能吃其他東西。

接著我只是埋頭滿足食慾。我用手抓起放在燙手平底鍋裡的肉大快朵頤，又把還沒煎過的滴血肉塊吃得一乾二淨，裝在布袋裡的番茄與高麗菜則是生的就往嘴裡塞。

得到充飢的同時，身體湧出一股前所未有的力量。結果一直要等到廚房裡什麼食物都不剩，我才停下來。

方才折磨我的飢餓消失得了無痕跡，感覺好極了。

我舔掉手上來路不明的汁液，吃飽喝足之餘摸摸看起來毫無變化的肚子。

就在這時，我總算察覺到了。不妙。

廚房一片杯盤狼藉。廚具散落一地，盤子摔破了。可能因為我不假思索地什麼都往嘴裡塞，地板被食材的碎屑跟湯汁弄髒，就算一頭野獸來狼吞虎嚥一番也不至於弄成這樣。唯一幸運的是衣服沒弄得太髒。

不只如此，剛才放在這裡的食物該不會……是露那一份飯吧？不過分量很多，也有可能是替主人的下一頓先做準備。

全都被我吃得盤底朝天了，沒得掩飾。

就算我來打掃或煮飯也不可能恢復原狀。我急忙從瓶子倒杯水喝掉，趁露回來之前快步衝出了廚房。

以後我會到外面覓食的，原諒我吧…………很好吃，謝謝招待。

§ § §

變異為屍鬼並不都是壞事。我以飢餓為代價獲得了更強的力量，又得到了再生能力，夜晚狩獵時不再需要擔心受傷。

而最重要的是，到手的兩項能力使我大為感動。

就是「尖爪」與「銳牙」。雖然只是能伸長指甲與獠牙的能力，但像這樣獲得不可思議的力量會給我一種錯覺，以為自己成了某種特別的人種。

特別是「尖爪」這項能力更是好用，可以改變指尖形狀而自由伸縮指甲。儘管最長大約十公分，卻鋒利得可以刺穿野獸的堅硬毛皮、切斷骨頭。有了這項能力，就不需要小刀了。只要努力一下，連樹都能砍斷，也能雕刻。雖然重量有點輕又沒有厚度讓我不太放心，不過也許還夠跟刀劍相擊。伸縮自如更是增加了其方便性，雖不知道是什麼原理，總之不用的時候可以收起來。

這在不死者業界或許不是什麼了不起的能力，但我感覺棒極了。

我忍不住無謂地伸長指甲當好玩……我是說做訓練。不先練習的話怕會不能隨時隨地使用，所以這是不得已的。而且不知道是不是心理作用，練著練著，指甲能伸長的長度似乎增加了。

這天我一如往常在地下室竊笑著享受獲得的新能力，無意間感覺到一股氣息正在接近地下室。我變異成屍鬼使得感覺獲得強化，不會再像以前那樣出糗了。

我迅速回到固定位置，兩手靠攏在身側，恢復成嚴肅的表情。

走進房間裡來的果不其然是露。

又是來打掃的？還真勤快。

說不定比只會來帶我去狩獵的主人來的次數更頻繁。

我正在做如此想時，露顯得戰戰兢兢，但毫不猶豫地來到我眼前。

一雙黑眼定睛往上看著我。她乾裂的嘴唇有些遲疑地開啟：

「……你，是不是，有偷吃？」

「…………」

……我沒有。

「有人……把廚房，弄得一團亂。」

「……………」

……不是我弄的。

「你是不是，吃了，老爺還有我的飯？」

「…………」

我沒有移開視線，澈底板著臉佯裝不知情。

東西非常好吃，謝謝招待。

「你該不會……是在裝傻吧？」

「！」

我、我沒有裝傻啊。

我心頭一驚，但露隨即恢復成灰暗的表情。

「屍肉人不可能會動。怎麼……可能嘛………奇怪？」

露的視線朝向我靠攏在身側的雙手——更進一步來說，是指尖的位置。

糟糕……我忘了讓指甲變短。雖然沒伸長到極限，但明顯比平常更長更尖。

「……指甲，原本有這麼長嗎……？」

「…………」

本來就這麼長啦……

真沒想到露會看我看這麼細，連指甲長度都注意到。

大概是沒什麼自信，露歪著頭離開房間。我確定她走遠後才解除姿勢。我把指甲好好變回原狀，大嘆一口氣。

我也知道自己連連粗心大意太多次，但不只如此，看來我太小看她了。

至今我已經有在注意，不過今後可得更加小心。

我把這句話牢記在腦子裡，然後決定來做個體操，放鬆因為緊張而變僵硬的身體。

§ § §

經過一番波折，總算是避免了最糟的狀況。

我在主人的命令下，與露一同前往埃吉鎮辦事。

久違的陽光曬得我有點刺痛，但很舒暢。

不死者的生活、沒有疼痛的生活很愉快。我也希望這樣的生活能永遠持續下去，無奈天不從人願。

我找露說了好幾次話，但她總是愛理不理。她的一舉一動都顯現出對我的恐懼。也怪我至今欺騙了露好幾次，但我也不是自願欺騙她的。我不會再做出藐視露的行為了，她卻繼續做出這種反應會讓我有點寂寞。

同樣身為主人的下屬，我很想跟她好好相處。

我得不到回應，仍然不氣餒地繼續找露講話，不久她好像受不了了，小聲說道：

「…………你這傢伙，一直在騙人？為了……殺掉老爺。」

「……沒有啊。」

露沒理我，用譴責的語氣說：

「你，是不是有看書？」

「…………沒有啊。」

「你，是不是找骷髏人玩過？」

「…………我沒有玩啊。」

「……你、你有沒有，弄亂廚房，把、把我跟，老爺的，飯，吃掉？」

「…………我、我沒吃。」

「唔…………」

恐懼一瞬間從露的臉上脫落，她皺起臉，看樣子是在生氣。

仔細想想，她當然會生氣了。我急忙低頭道歉。

「是、是我吃的，謝謝招待……很好吃。」

「！…………是、是嗎……」

露握緊拳頭簌簌發抖，但沒多說什麼，只低聲冒出這麼一句話。

看來她原諒我了。

也許是覺得對我大吼大叫也沒用。

「…………你有沒有半夜溜出去，在大廳做體操？」

「…………」

我悄悄別開視線。看來全都穿幫了。

我還以為自己做得神不知鬼不覺，現在覺得好丟臉。晚上狩獵結束被放回房間後偷溜去散步真的很開心，而且大廳又寬敞又有一堆扶手什麼的，非常適合做體操。

……實在太難維持緊張感了。沒辦法，誰教日復一日都是一成不變的生活。可是，我只有在大廳做過一次體操，也不是每天晚上都溜出去。

就在我縮起身子時，露別開視線，用如同自言自語的聲調說了：

「你愛怎樣隨便你。但是，不要把我牽扯進去。」

「……」

「我言盡於此。我們該做的，是早早把事情辦完，回去宅第。」

露的聲音儘管微弱，卻有種固執的聲調。

我也不是喜歡跟人作對才要反抗主人。如果能獲得安全與自由，就算要我一直當主人的手下也無所謂。

但很遺憾的是，我們之間沒有共存之道，他太過邪惡。我無論如何都想活下去，但我只能委婉地說，我不認為他會有好下場。

死靈魔術師受到所有存在排斥忌諱，樹敵無數。一旦行蹤被發現，國家或城鎮恐怕都會派人討伐，也有可能與其他死靈魔術師交戰而敗亡。

況且最重要的是——還有終焉騎士團。那是光之使徒、英雄軍團、黑暗殲滅者。他們是歷史最悠久的人類守護者，也是死靈魔術師的天敵。當然我沒有遇過他們，但曾耳聞他們嚴酷無情的戰鬥方式有如替天行道。

豈止如此，假如哈克的情報屬實，他們應該已經逼近眼前了。

我讀過的圖鑑裡也沒漏掉關於終焉騎士團的描述。

『終焉騎士團操縱的正能量與不死者身懷的力量處於兩極。由死靈魔術師創造而生的不死者具有多種弱點作為強大力量的代價，其中最大的弱點即為終焉騎士團散發的力量。其力量能夠填滿所有不死者的深淵，以極有效率的方式淨化不潔的靈魂。』

我一定是個異常的存在。我這輩子從沒聽說有不死者能擁有生前的記憶。

假如終焉騎士團得知我的存在，會做何感想？會放過我這個可悲的存在嗎？

我很想相信他們，想跟他們求救。他們是英雄，是正義使者。我即使外在是不死者，內在卻是人類，而且變成不死者也不是我的錯。

這是個極難抗拒的誘惑。

但同時，我也知道這是不可能實現的。

我看看赫洛司的可悲奴隸。

她如果向終焉騎士團求救，得救的可能性很高。她只不過是赫洛司的奴隸，只要把赫洛司的情報帶給他們（儘管會因為奴隸項圈的力量而承受劇痛），想必可以得到溫情對待。

但是，他們一定不會救我，現在的我太危險了。就算我本身無害，擁有生前記憶、宛如人類的不死者仍然會給全世界帶來混亂。

他們就算得知我的處境並明白我句句屬實，必定還是會毫不遲疑地殺了我。只要這是正義之舉，他們沒道理不這麼做。

重生為不死者的我已經孤立無援了。

儘管這是我很久之前就料到的事，但事實仍讓我悲傷。

無論是創造我的主人、守護人類的終焉騎士團，甚至可能連我生前的家人都不例外，想必全都會踐踏我的意志，對我百般欺凌。

不過，我沒有流淚。並非因為我是不死者，而是我早有覺悟孤獨過一輩子。

我看看畏懼於主人陰影的露。

就算要度過寂寞的人生，也遠比孤獨無力地死去好。

我要一雪生前的遺恨。想做的事多得是。我要飽覽全世界珍奇有趣的事物，最後帶著笑容說自己這輩子很快樂，痛快地死去。

否則我被人施展邪惡祕術復活不就沒意義了嗎？

我微微一笑，語氣平靜地說了：

「妳說得對……那就趕快把事情辦完回去吧，免得主人等得不耐煩。」

# 特典短篇Ⅱ

# 露・多爾斯的憂鬱

回顧至今的人生，露．多爾斯一輩子都活在黑暗之中。

出生的故鄉早已不存在。她只聽說是在戰火中毀滅，從不知道詳細情形。她也不知道爸媽長什麼模樣。她從懂事以來就舉目無親，是個奴隸。

像她這樣的人很多，能存活下來恐怕算是幸運了。

不，說不定在懵懂無知時死去還比較幸福，但至少幸運的是第一個領走她的是商家，她在那裡得以學到了各種知識。

那大概就是露人生中最美好的時光了。露是個商品，為了賣個好價錢，人家要求她學習讀書寫字以及打理家事等種種技能。儘管幾乎沒有自由可言，以奴隸來說算是很好的待遇了。

然後經過一番波折，她在好幾人的轉手買賣之下，落入了赫洛司．卡門的手裡。

其實露不太記得被賣給他之後短期間內發生的事，恐怕是本能拒絕記憶吧。

濃密的死亡氣息讓露憔悴不堪，在遠離人群的場所工作讓她陷入了孤獨處境。不幸中的大幸是，赫洛司只把露當成奴隸。假如把她當成了實驗材料，不知她會面臨什麼樣的地獄。而那種可能性絕對不低。

露一個命令一個動作，這是她唯一的義務。她做過禁忌實驗的助手，也丟棄過屍體。

死靈魔術師赫洛司．卡門是個可怕的男人，露被迫見識到黑暗的所有層面。曾經有過無數的騎士、傭兵跟魔術師前來討伐赫洛司，但全被赫洛司・卡門擊退了。露至今不只一次親眼目睹赫洛司創造出邪惡怪物，他所向無敵。

不管過了幾年，露都無法適應黑暗力量。

露恐怕是個凡夫俗子，既不能前進也無法逃脫。

她太無力了。可能因為缺乏營養或長期處於黑暗中，她完全長不高。

曾幾何時，露不再把痛苦的心情寫在臉上，這是她的自衛手段。但是，這絕不表示她變得麻木不仁。

恐怕就算有人得知露的際遇，也不會同情她。無論出於何種理由，露一旦當過世界公敵的幫凶，她也就成了世界公敵。

她早已隱約感覺到自己將面臨悲慘的命運，對死亡的恐懼總是緊追在她身後。

她犯了罪，靈魂一定已經汙穢至極，想必不得善終。

——結局來得很簡單。

一切的契機，恐怕都是那個屍鬼。露至今看過赫洛司創造的許多不死者，但那個屍鬼明顯異於平常。他有智力，有理性，而且冷靜。

他實在太像人類了。他利用露，試著消滅主子赫洛司。

露很害怕。不過，一切都已經結束了。

露迎接的下場比想像中好多了。

銀箭貫穿露的胸口，力氣從體內流失。她沒感到痛。

露最後看到的是即使被偷襲仍試著拯救自己的，那位終焉騎士的美麗臉龐。

她的表情在為露祈禱。

露可以斷言自己心中並沒有恨。

因為露早就知道終焉騎士是何種存在，而且她在那瞬間總算忘記了恐懼，獲得安詳的感受。

所以，當露發現自己正在俯視自己的屍體時，她大吃一驚。

可能是從肉體此一桎梏獲得解放的關係，身體非常輕盈。她低頭一看，身體是透明的，穿著從沒看過的寬鬆白禮服。光是用想的就能在天上飛，還能自由穿透牆壁或地板。

心情暢快到不可思議的地步。

露作為赫洛司的奴隸賣力多年，聽他說了許多自言自語，多少懂一些不死者的知識。

不死者有兩種，分別是自然誕生型與死靈魔術創造型。

死者的靈魂如果心懷強烈怨恨或被死靈魔術師玷汙，就會變成「惡靈」；除此之外，如果有心願未了，則會變成「幽靈（Ghost）」。露不記得赫洛司有對自己施過魔法，所以現在的自己應該是自然誕生的「幽靈」。自己現在的模樣跟那種不死者的形象十分吻合。

我為什麼會……我明明沒有未了的心願。

露困惑地飄浮於熟悉的走廊上。原本陰暗得沒有燈光根本無法走動的走廊，看在如今的露眼裡就像白天一樣明亮。

幽靈在不死者當中是力量極為弱小的存在，縱然是死靈魔術師，也得使用魔術才能看見他們，應該不用擔心被赫洛斯．卡門發現。

露想了想。假如露有連自己都沒察覺的未了心願，應該是在掛念殺了露的終焉騎士們後來怎麼樣了。

她猶豫了一下，但反正已經死了，沒什麼好怕的。

露轉身讓禮服裙襬飛揚，隨即往終焉騎士前去的方向——赫洛司．卡門嚴陣以待的大廳，如流雲般飛去。

大廳正在展開露前所未見的戰事。

終焉騎士團的實力比傳聞更厲害。至今前來襲擊赫洛司的人全都單方面敗給了他，但這次的戰鬥卻與那些狀況有著天壤之別。

終焉騎士的實力貨真價實，而赫洛司也拿出了真本事。他操縱的不死者也比露至今看過的那些強悍多了，光芒多次燒燬邪惡黑龍。

運氣不好，魔龍吐息掃過了在空中觀戰的露。

露忍不住發出尖叫，但並未覺得痛或燙。她急忙檢查身體，發現禮服連一點破裂都沒有。到這時候，她才終於想到一件事。

幽靈不同於惡靈，對世界的干涉能力極其低微；而這表示他們也不會受到世界干涉。無論是終焉騎士還是赫洛司，似乎都沒注意到現在的露。

之後她的心情就像在看一齣戲劇。

她發出許久不曾如此熱情的聲音，為終焉騎士們加油。

露雖然不怨怪赫洛司，但那是長年以來的生活耗盡了她反抗的氣力，絕非她自願唯命是從。既然已經獲得解放，就沒義務再支持他了。

戰況看起來像是勢均力敵。赫洛司一再被消滅，卻屢屢復活。然而，終焉騎士團也不遑多讓。耀如陽光的帶狀光波橫掃魔龍，將赫洛司焚燒殆盡。

這時，露注意到了。

那個屍鬼……恩德不見人影。難道是到現在還沒回來？

那個男的很會動腦筋，說不定是在靜待終焉騎士耗盡體力。

露不認為他已經被消滅了。那個男人才剛誕生就能騙過甚至偷襲狡猾的赫洛司．卡門，而且很有膽量。

露覺得恩德是個可怕的男人，但並不恨他。雖然恨過一次，然而那件事已經過去了，況且恩德不會像赫洛司那樣對露大小聲。

露最後跟他做了約定。雖然擔心他會說話不算話，但自從做了約定的那天起，這事也的確成了露的小小希望。

想到這裡，輕飄飄地浮空的露睜大了眼睛。

不對，露現在成了幽靈，能夠確認約定有沒有實現。露之所以會變成幽靈，說不定就是在掛心這件事。

聽說不潔的靈魂會化作惡靈，永生永世於地獄徘徊。但是，露並沒有變成惡靈。等一切都結束，露的靈魂想必會蒙主寵召。

她不害怕，甚至有多餘精神去想：假如恩德沒替她蓋墳，她就要變成鬼糾纏他。

巨龍的咆哮與赫洛司的怒吼響徹四下，強光輝耀。

露長久以來維護整頓、受困其中的宅第逐漸倒塌。

露懷著酸楚的心情，一直旁觀那副光景。

勝負揭曉的方式簡單明瞭。

露一直心懷恐懼的赫洛司；以為所向無敵的主子；至今屠滅了無數敵人的魔術師，在終焉騎士團的手裡完全消失殆盡了。

當然，這是一場激戰的結果。赫洛司不用說，終焉騎士團的成員自始至終也都維持死命一戰的神情，當戰鬥結束時，原本高掛空中的太陽已大幅傾向一旁。

勝利者也渾身是傷。即使如此，原本至高無上的赫洛司之死仍對露帶來了衝擊。

她動都無法動一下。一直要等到終焉騎士們離開現場，她才終於回過神來。

露知道赫洛司花了多少心力在這次儀式上。雖不知他有何目的，但他幾乎耗費了所有資產以及生活的所有時間。

然而，心懷的強烈執念連旁人都看得出來的赫洛司，最後卻什麼也沒留下。

似乎也不像露變成了幽靈。也許是被終焉騎士消滅的關係，原本空氣混濁鬱積的大廳，如今感覺似乎清淨多了。

這就是所謂的盛極必衰嗎？

無論如何，赫洛司是真的消滅了。

這下露的靈魂絕不可能再受到束縛。

露帶著雙腳浮空的輕飄飄神奇感受，往自己的屍體飛去。

§　§　§

「我幫妳蓋座墳墓吧。」

那個怪物以略帶感傷的表情說了。

「我答應妳。等露妳過世後，主人一定不會把妳安葬。所以，我來代替他幫妳蓋座像樣的墳墓，讓妳入土為安，而且會注意不讓妳被死靈魔術操縱。不過前提是我得活到那時候啦。」

恩德很會演戲。他曾一度騙過赫洛司，還害露遭到赫洛司打罵。

但是，他這番話有種值得信賴的聲調。他的表情看起來不像在說謊。

也許只是露自己想相信罷了，但當她注意到時，自己已經點了點頭。那時露才第一次發現自己不是怕死，而是恐懼於自己的後事。

露按照恩德所說準備了紙筆，要準備這些用具很簡單。主人對研究以外的事一概沒興趣，而且露已獲准進出赫洛司的研究室以外的任何地方。再說訂購糧食也要用到紙筆，露隨手就能取得。雖然恩德不肯告訴她要用來做什麼，但他似乎會看書，也許是要用來用功讀書的。

總之，露已經準備了東西，接下來換恩德守住約定了。

假如恩德被淨化就一籌莫展，但那樣的話也只能死心。

現在回想起來，當時露被過度恐懼蒙蔽了雙眼，其實那個屍鬼的境遇也跟露同樣可憐。而且從死後靈魂遭到玩弄這點而論，說不定比露更慘。

露的屍體就在原本的位置。只是可能是邪龍的吐息打碎了瓦礫，她的遺體被埋在隙縫間，只露出少許白皙肌膚。

赫洛司的宅第還算廣大，而且已完全倒塌，要找到她恐怕會很困難。

這下糟了。再這樣下去，露的屍體會被棄置於此，不為人知地悄悄腐敗。

期望有人安葬自己更是痴人說夢。露急忙伸出手想把瓦礫搬開，但指尖什麼都沒勾到就穿過了瓦礫。

露想著有沒有辦法讓別人知道她在這裡，但什麼都想不到，光憑一縷幽魂什麼都做不到。露現在的存在搞不好比空氣更稀薄。

假如得不到埋葬，自己會變成怎樣？

目前是還沒感覺到痛苦，但剛剛變成幽靈的露無法下定論。

就在露一籌莫展時，無意間在森林那邊看到了認識的人影。

她好久沒有自然露出笑容了。

是恩德，他還活著。主人都毀滅了，他卻毫髮無傷，正往宅第遺跡走來。

他是多麼頑強，多麼精明啊。

漆黑外套是他以前與露一起上街時穿的那件。在陽光下依然能平靜走動的模樣，看不太出不死者的特色。

露漸漸習慣飄浮在空中了。她動作流暢地飛往恩德近旁。

看來果然是看不見，即使露已經來到眼前，恩德的視線仍絲毫沒轉向她。

不過，他都特地來到這種被破壞的遺跡了，目的想必只有一個。

『那邊，我的屍體在那邊！』

露明白恩德聽不見也看不見她，卻仍指著那個方向求助。

恩德的腳步毫無迷惘。儘管邊走邊四處張望，還是一直線往露的屍體所在處前進。

「……味道是從這邊傳來的。」

『！才沒有！才沒有什麼味道！』

恩德一邊說著讓露非常不服氣的話，一邊來到露的屍體附近。

他用細瘦胳臂輕而易舉地抬起一大堆瓦礫，挖出露的屍體。

暴露在陽光下的自己的屍體宛如正在安詳酣眠。雖然埋在瓦礫下卻幾乎沒受損傷，插在胸前要了露性命的銀箭也散發出一種神祕感。

恩德默默無語地低頭看著露的屍體一會兒，然後用能夠感覺出深深慈悲的聲調低語：

「按照約定——我幫妳蓋座墳，順便祈求妳能夠安詳永眠。能跟我締結契約真是太好了，對吧？」

『…………』

露不禁語塞了，壓抑已久的情感滿溢而出。

露擦擦眼淚，懷著純粹的謝意不住點頭。

她好久沒有如此心滿意足的感受了。剛做過約定時心裡的不安都像是幻覺，恩德的動作始終謹慎仔細，小心對待死去的露。原本心裡懷藏的不安都像假的一樣。

「不好意思，我不太清楚該怎麼把人下葬……我有被人埋葬過，但不記得過程。噢，這個我幫妳拿掉吧。」

『沒關係……謝謝……你。謝謝你！』

畢竟露原本以為自己不會被安葬在像樣的墳墓裡。

恩德不顧自己會受傷，把箭拔掉，替露擦掉髒汙，甚至還幫她拿掉了奴隸項圈。而且雖然只是長在附近的東西，他還摘了點花陪葬。

有這份心意就夠了。露無法自制地淚流不止。

恩德最後對她講了些話，掩埋身體，把土蓋上去。

她滿足了。約定得到實現，她已經了無遺憾。

露第一次在沒有恐懼感的狀態下盯著恩德的臉瞧。

恩德的臉龐比露感覺到的印象稚嫩多了。

他有著罕見的白髮與黑瞳。雖然穿著原屬於赫洛司的樸素黑色外套，仍然無法顛覆年少的印象。恐怕才十五歲上下，至少確定比二十歲的露年輕。

今後他打算怎麼辦呢？

恩德是露的恩人。從至今發生的一切來想應該不用為他擔心，但她不禁有點不安。

恩德不顧危險地前來實現了約定，還為露祈禱。那麼露就從天上守望他想必將有一場大風大浪的前途，為他祈福吧。

恩德看了一會兒露下葬的位置，然後回到宅第搬了塊大石頭來。

也許是想當成墓碑。雖然有些拼錯了，總之把露的名字刻了上去。

『已經……可以了。謝謝……你快逃吧……』

露很高興他有這份心，但待在這裡太久，終焉騎士搞不好會來收拾善後。萬一恩德被他們發現，後果不堪設想。那會讓露留下另一種遺恨。

恩德完全不知道露正提心吊膽地看著他，蹙眉偏過頭說了：

「……有名無姓還真有點空虛。」

『！』

咦……等一下。拜託等一下！

意想不到的狀況讓露忘掉方才的感動，焦急起來。

在這個少年的面前，從來沒有人提過露的姓氏。

恩德替墓碑加上姓氏。露從來沒聽過那個姓氏。

『不對！那個姓不對！我不姓那個！那是誰的姓啊！你幹嘛一臉心滿意足的表情——』

露蹦蹦跳跳、滿臉通紅地訴苦，但恩德看不見露。

的確，露在跟他做約定時沒提出詳細要求，但只因為墳墓看起來空虛就隨便刻個姓氏上去，擺明了沒常識。這樣會害露心裡很介意而無法安息。

恩德一點都沒有體諒露的心情，肅穆地獻上祈禱。

換成方才的露，看到這副光景已經感動流淚了，但如今她被冠了個沒聽過的姓，從嘴裡冒出的只有抗議言詞。

名字是露擁有的少數事物之一。

『把它恢復原狀！改過來！為什麼要多此一舉！不要這樣！你在跟誰祈禱啊！』

露在恩德周圍繞圈飛行，試著撲向他，但一樣沒用。

此時此刻，露真想死而復生跟他抗議一番。

露現在明白了。這個少年行事謹慎又思慮周密，卻在一些奇怪的地方符合年齡地粗枝大葉。其實她早就隱約感覺到了。

恩德與終焉騎士團的少女——芊莉的對話，讓露傻眼到不行。

芊莉突然回來找恩德說話時讓露吃了一驚，但如今緊張感已經消失了。露唯一能做的就是拚命吐槽。

「你們，是朋友？」

「不……我們是一家人。」

『誰跟你是一家人啊！』

這個男生在說什麼啊？

露咬牙切齒，但已經沒人能聽見她說話了。

雖然最後在情勢發展下和解了，但露原本很怕恩德，恩德也在企圖利用露。儘管因為恩德實現約定而稍微改變了露的觀感，至少生前她與恩德的關係豈止不是家人，連朋友都不是。

這點恩德應該也明白，他卻用誇張到好笑的態度演得跟真的一樣。不只是這樣，眼前這個有點未經世事的終焉騎士少女似乎對此完全不抱疑問。

『不要說了！不要亂造謠！』

生前完全不介意的事情，現在卻讓露無法釋懷。她大聲訴求，好久沒有這麼激動了。

「不過，這下露總算可以安息了。繼續當赫洛司的奴隸沒有未來，她在無意識當中一直在尋求解脫。我沒有能力救她，芊莉你們是我們的恩人。」

『能安息才怪！你不把墓碑的名字改回去，我不能安息！不要講得好像很感人一樣！』

「在這種時候，不死者的身體真不方便。我明明如此傷心——卻流不出眼淚。」

『少胡說八道了！你什麼時候傷心過了！喂！芊莉小姐也是，不要為了這種假到不行的謊話感動啦——！』

恩德擁有生前的記憶讓露很驚訝。

但是，這男的果然是個騙子，而且原來終焉騎士是恩德叫來的。換言之，現在這個狀況全是眼前這男的搞出來的。

「露幫了我的忙。赫洛司．卡門企圖舉行可怕的儀式，再這樣下去，他也許會命令我襲擊人類，我絕不能讓那種事發生。幸好芊莉你們終焉騎士團來到了附近的城鎮。多虧有你們，我才能繼續當人類。」

『我根本不知情！我才沒有幫你！不要講得好像很感人！』

露對自己的死亡沒有憾恨，她好久沒這樣大吼大叫了。現在的露心情比生前暢快多了，但這跟那是兩碼子事。

這男的果然是個怪物。不只露，就連厲害如赫洛司，都上了他的當。

既然擁有人類的記憶，可見這傢伙大概從生前就是這副德性。

『芊莉小姐，別被他騙了！這男的不是個好東西！』

「所幸這座森林裡沒有人類。我打算在這森林裡為露守墓，靜靜度過餘生。要充飢的話獵捕野獸就好，我至今都是這樣活過來的。」

『最好是！你明明就當著我的面，故意舔掉手指上的血給我看！』

「太好了……我想露一定也很高興。」

『我才沒有在高興——！』

啊啊，從沒想過別人聽不見自己的聲音，沒有血肉的身軀會是如此令人焦急。

拚命做出的抗議沒能傳達到，芊莉就離去了。剎那間，恩德展開了行動。

他回到宅第遺跡，從廢墟裡找出包包，把各種東西塞進去。

露整個人愣住了。剛才大言不慚地講得跟真的一樣，現在卻打算違背與芊莉的約定開溜。他的動作毫無迷惘，翻臉跟翻書一樣快，臉上沒有半點罪惡感。

『逃走之前，先把我的墳墓改回去！給我遵守約定！那是誰的姓啦！』

§　§　§

後來的狀況真是歷經波折。的確，露也預料到眼前少年的前途將會充滿艱難險阻，但沒想到會到這種地步。

赫洛司・卡門復活了（雖然只是惡靈），企圖把恩德吸收掉。

才剛抵抗、克服了這場危機，接著終焉騎士團又來了。

露連剛才的怒氣都忘了，自始至終提心吊膽地看著恩德應戰。

雖然墳墓被亂動手腳讓她氣到不行，也不至於想咒他死。

看來恩德的命運比露這個小人物離奇多了。

『加油，加油啊！』

恩德被弄到只剩一顆頭時，露以為自己要停止呼吸了。他那模樣比露的死法悽慘太多，就算是不該活在世上的不死者，應該也罪不至此。

露讓自己跟墳墓底下的遺體重疊，試著讓自己復活，但很遺憾地是白費力氣。

露只能做些沒人能聽見的聲援。

芊莉回來時讓她鬆了口氣，獻出脖子時更是不禁看得目不轉睛。

『欸，我看還是算了吧？我覺得這是去送死。』

恩德不顧露的擔心，堅決地邁步前進。

恩德賭上性命，受人排斥厭惡，卻從不停下腳步。他去見終焉騎士團，大放厥詞，聲調中雖然沒有迷惘，但膽小的露很清楚他在害怕。

不過話說回來，他的意志力真是堅定得嚇人。即使心存恐懼仍勇往直前，不管發生什麼事都絕不肯乖乖受死的生存本能，實在不像不死者。

露感到有些後悔。

她心想：這世界有這麼美好，值得讓他如此拚命求生存嗎？早知道就再努力撐一下了。恩德行動中具有的活力足以讓露產生這些念頭。

不過，事情已經結束了。看來終於有人願意站在恩德這一邊。雖不知道今後事情會如何發展，但有在露臨死前試著伸出援手的芊莉陪在他身邊，想必不用擔心。

露有點想繼續看下去，然而身為幽靈的她就算留下來也無能為力。儘管墳墓的事令她掛心……但也無可奈何。露已經死了，不能一直賴在人世間。

她回到森林，再次繞到恩德的面前。

露開口道別，聲音在發抖。

『謝謝你，我會……為你加油的。再見了。』

露伸手摸了摸恩德的臉頰。沒有觸感，他的眼睛也沒在看露，但這樣就夠了。

於是，露臉上浮現一個溫和的笑容，然後轉身，往皎潔的明月飛升而去。

但願這個可憐的不死者將來能夠獲得幸福。

§　§　§

『……我、我問你，我怎麼好像一直沒辦法離開……我該怎麼辦？』

恩德沒有回答露顫抖的聲音。當然不可能回答，他聽不見。

露無奈地跟在恩德與芊莉背後飛去。雖然幽靈的身體完全不會有肉體方面的疲勞，但也導致精神疲勞更嚴重。

結果無論她飛得多高，都無法消失不見。但是，問題不在這裡。

露淚眼汪汪，在表情好像在打什麼鬼主意的恩德面前揮動雙手說：

『……我被你拖住了。欸，你是不是對我做了什麼？』

看來露．多爾斯的憂鬱還得再持續一陣子了。

# 後記

很高興認識各位新朋友，也很高興能再見到各位老朋友。我是槻影。

感謝各位這次賞光買下拙作。本作屬於風格較為灰暗的不死者故事，主軸描述罹患不治之症的主角在邪惡魔術師的法力下復活，用盡各種手段試著延續第二次人生。中心概念是「我只是想活下去，這世界卻想殺了我」。我想本來應該會是個風格抑鬱的故事，但主角個性有些無憂無慮，所以不會那麼陰暗。不敢看恐怖故事的讀者也請放心欣賞！

提一點私事，不死者題材是我一直很想挑戰的領域，所以這次寫起來十分愉快。希望各位能搭配メロントマリ老師切合故事氣氛的美麗插畫一起享受！

最後容我以謝詞作結。

負責本作插畫的メロントマリ老師，我至今仍然記得初次看到插畫時的衝擊。恩德以及芊莉，還有露以及主人，我全都非常喜歡。我會努力寫出配得上插畫的作品，今後也請您多多指教。在出版方面竭盡心力的和田責編，以及鼎力相助的Fami通文庫編輯部的各位人士，拙作能像這樣成為精美的書籍都是各位的功勞。今後我會繼續全力以赴創作，還請各位多多指教。最後是最必須感謝的，長久以來支持我跟賞光從書籍版開始購讀的各位讀者，我想借用這裡的版面向各位致上最誠摯的謝意。謝謝大家！

■下集預告

千辛萬苦逃出終焉騎士團手掌心的恩德，即將面臨一場全新的困境！

『恩德，快讓那個終焉騎士為你痴迷，成為你的得力助手！除此之外，你再無求生之道！放心吧，只要有我身經百戰的戀愛技巧，小事一樁罷啦！』

一個是對戀愛絲毫不感興趣的芊莉，一個是比她更不擅長談戀愛的恩德。

恩德正被不習慣的事情弄得心力交瘁，主人的幻影、理應已死的露的亡靈、眼光高要求多的岳父（埃佩）派出的刺客，以及芊莉的無心之言竟又連番來襲！

『上吧，恩德！態度要更強硬！蠢材！拿出你的男子氣概！真是，現在的年輕人都是什麼草食系，不像話。在我年輕的時候——』

『……坦白講，你這傢伙一點都不懂女生的心情。』

『恩德小兄弟，我不能把芊莉交到你這種無業遊民的手裡。你必須死。』

『對不起，我現在無法把你看成那種對象。我現在沒心情想那些。』

究竟恩德能否讓芊莉為他痴迷呢！敬請期待！

※預告可能與實際內容有所出入。

櫬影老師！
責編大人！
以及各位讀者！
真的非常感謝大家!!
我在繪製插畫時十分開心！
順便提一下，我喜歡的角色是哈克!!
可愛。
メロントマリ

國家圖書館出版品預行編目資料

幽冥宮殿的死者之王 / 梘影作 ; 可倫譯. -- 初版. --
臺北市 : 臺灣角川, 2020.11-
冊 ; 公分. -- (Kadokawa fantastic novels)
譯自 : 昏き宮殿の死者の王
ISBN 978-986-524-069-1(第1冊 : 平裝)

861.57 109013961

Kadokawa
Fantastic
Novels

# 幽冥宮殿的死者之王 1

（原著名：昏き宮殿の死者の王）

2020年11月19日　初版第1刷發行

作　　者：槻影
插　　畫：メロントマリ
譯　　者：可倫

發 行 人：岩崎剛人
總 編 輯：蔡佩芬
編　　輯：孫千棻
美術設計：莊捷寧
印　　務：李明修（主任）、張加恩（主任）、張凱棋

發 行 所：台灣角川股份有限公司
地　　址：105台北市光復北路11巷44號5樓
電　　話：（02）2747-2433
傳　　真：（02）2747-2558
網　　址：http://www.kadokawa.com.tw
劃撥帳戶：台灣角川股份有限公司
劃撥帳號：19487412
法律顧問：有澤法律事務所
製　　版：巨茂科技印刷有限公司
ＩＳＢＮ：978-986-524-069-1